杨新城
2018.11

杨新城 ★ 著

布局.2

长篇小说

人民日报出版社

图书在版编目（CIP）数据

布局 . 2 / 杨新城著 . -- 北京：人民日报出版社，2018.8
ISBN 978-7-5115-5625-7

Ⅰ．①布… Ⅱ．①杨… Ⅲ．①长篇小说－中国－当代
Ⅳ．① I247.5

中国版本图书馆 CIP 数据核字（2018）第 186935 号

书　　名：	布局 . 2
著　　者：	杨新城
出 版 人：	董伟
责任编辑：	郭晓飞
设　　计：	金刚创意工作室
出版发行：	人民日报出版社
社　　址：	北京金台西路 2 号
邮政编码：	100733
发行热线：	（010）65369527　65369846　65369509　65369510
邮购热线：	（010）65369530　65363527
编辑热线：	（010）65363486
网　　址：	www.peopledailypress.com
经　　销：	新华书店
印　　刷：	大厂回族自治县彩虹印刷有限公司
开　　本：	710mm×1000mm　　1/16
字　　数：	233 千字
印　　张：	15.75
印　　次：	2018 年 11 月第 1 版　2019 年 12 月第 3 次印刷
书　　号：	ISBN 978-7-5115-5625-7
定　　价：	39.80 元

目 录

再版前言：追寻光明 /1

楔子 /4

第一章：入局

　　将近五千人口的大村，一个上访的也没有。乡亲们有什么大事小情，老辈人从中说和说和就解开了，再加上那些有针对性的标语和宣传栏，平时瞥上一眼也能起到很大作用。在农耕文化背景下，首先不是法律而是秩序，是老祖宗、老爹老娘和家族里传下来的老规矩。一个家族、一个村庄、一方水土传下来的规矩，人们还是惧怕的，尤其是合村以来，一个人的所作所为都在乡亲们的眼皮子底下，谁也不敢越界，这就是农村文化道德的力量。

一　在位经得起笑脸离位受得了失落，二线最大的变化是身边人的态度 /9

二　退休心态因人而异，有人期盼时间自由有人惧怕失去权力 /14

三　离开位子再找位置，身段放下头才能抬起 /22

四　眼见未必真实，耳听也未必准确，越偏僻的地方越容易接受传言 /29

五　为了票子，放下面子？求人者畏于人 /38

六　以钱平息事态者迟早还将受制于人，非以役人乃役于人 /47

七　投机者将婚姻也视为投资的一部分，纵然得到收益也要付出机会成本 /58

八　陪标是招标方和投标人之间的串通，围标是投标人之间的合谋 /65

九　无为而治是最大的治，管理的最高境界是遵循事物客观的规律 /78

第二章：破局

在这个讲政绩的年代，光靠耍嘴皮子是不行的，必须有看得见的东西，在河海，首先是改变城市的面貌。河海的财政收入是全省的老末，还不如发达地区的一个强县，政府最缺的是钱。

高速公路的建设已列入了规划，现在把大鬼洼卖出去是农业用地，到时企业来投资征地，就成了工业用地和商业用地，价格就会提高几倍或十倍，不光现在买地的人能赚钱，按国家规定的40%的土地转让费归地方政府，就有好几个亿。

十　上级要结果下级走过程，过程重要结果更重要 /92

十一　谋事、办事首先要确定方向，在战略上藐视对手在战术重视对手 /113

十二　不了解事情的前因后果如同盲人摸象，走近才能走进 /123

十三　破解地方经济发展的融资困难，聪明的做法是将传说变成生产力 /142

十四　老大难，老大难，老大一抓就不难 /149

十五　种什么因结什么果，害人者人恒害之 /159

十六　自古成大事者算无遗策，事非做不能成 /168

十七　打仗打的都是钱粮，现代经济战争除了谋略拼的就是经济实力 /176

十八　　高回报意味着高风险，在乎的越多失去的可能也越多 /193

十九　　守正出奇不忘初心，当诸多矛盾交织在一起的时候要抓主要矛盾 /204

第三章：胜局

有人观察到，现在"老百姓"都变成了"老不信"，对政府政策、官员习惯性质疑。怎样消解逆反心理的形成机制呢？对于成人社会中出现的逆反心态，可以先从建立平等的人际关系和群际关系做起。官与民、富与贫、上与下、老与幼等，都可以从尊重对方开始，调整已经出现的或潜在的对立关系。其次是在平等的基础上学习沟通和协商。沟通不仅包括表达，也包括倾听。在这里，表达是立足于协商的表达，而不是下命令和训斥；倾听是立足于协商的倾听，不给对方"戴帽子""打棍子"和"穿小鞋"。与此同时，社会结构扁平化，减少上下位置感，也是消解逆反心理的途径之一。

二十　　老百姓为什么"老不信"，破解信任危机才能重塑公众信心 /219

二十一　金钱是物质财富，道德是精神财富，以德固财财才能长久 /233

尾声 /238

补充说明 /241

后记：感慨生活 /242

编后记：也说生活 /244

再版前言：追寻光明

感谢责编慧眼，《位子》一至三再版，与即将出版的《位子.4》改为《布局》系列，在人民日报出版社出版。

岁月悠悠，2012年退休时，组织部长找我谈完话，我顺便看了一下自己的履历表，41年的工龄，除了在企业和外出读书那点儿短暂的时光，自己在机关的工作时间竟达到了30多年，其间工作岗位多有变化，但基本是在官场圈里混，曾在市委机关和省政府为吏，也曾在县里为官，中间还跑到新闻单位做了几年头头。不管在什么单位，都万变不离其宗，靠笔杆子混饭吃，就是自己给领导写材料或者是组织一帮人给领导写材料，所以家乡的人提起我来，很少说是个什么官，更多的是说就是那个给领导写材料的人。

给领导写材料的特点之一就是发现、记录、延伸、完善领导思想。这就需要紧跟领导的步伐，参加高层次决策的会议，督促检查下面对各项工作的落实情况，发现问题，找出解决的办法，再汇报给领导，进一步部署落实——周而复始，这就是机关工作的程序——所以，自己这一辈子最熟悉的还是官场。自己从小就有作家梦，离开工作岗位就是梦的开始，文学是人学，文学创作是知识的积淀，更是对生活的回忆、感悟与思考。在我30多年的官场生涯中，接触了三种类型的领导干部：一是从战争年代走出来的干部，一腔豪情，冲杀在前，有着农民的朴实，但缺少了科学知识和思维的缜密；二是新中国成立后"文革"前毕业的大中专毕业生，有知识，有能力，但心中有"文革"的余悸，缺少了开拓精神；三是改革开放时期提拔起来的干部，敢闯敢干，但多了片面追求政绩、哗众取宠的毛病。

从我正面接触的情况来看，在上任之初，都有干一番事业的决心和初衷，都有追求光明的情愫，这应该是官场的主流，是光明的一面。当然，也出了一部分蜕化变质的腐败分子。拉山头，搞圈子，争位子，给国家和人民的事业造成了不可估量的损失。我也仔细分析过这些害群之马蜕化变质的过程，还专门看了一本研究人性的书，书中有一个观点说，人都有"两截"之分，上半截是要对社会、对公众能展示能公开的部分，下半截是指只能对自己、对家人、对特殊对象亮相的部分。我认为，对一个人的评价看上半截并不能说明问题，关键是看他下半截是否道德健康、是否能把握得恰到好处。人们往往很愿意把上半截展示给社会，而社会也往往只以人的上半截来给出定论，忽视了隐藏起来的下半截，暴露出了我们考察干部的弊病。还有监督问题，对领导干部的监督，可以找到一系列党纪国法的规定，比如人大监督、同级班子监督、上级监察部门监督、群众监督、舆论监督等，似乎每个领导干部都被监督围得水泄不通。但实际情况呢，有效性几乎等于零。这固然有各种各样的社会原因，最重要的是他们本人忘记了党的宗旨。所以，在党的十八大上习近平总书记提出的"不忘初心，继续前进"一下子抓住了问题的根本，赢得了全党、全军、全国人民的赞誉。因此，我在这个系列小说的写作过程中，塑造了一批不忘初心，追寻光明，为了社会和经济的发展呕心沥血，方得始终的干部，这些形象不是凭空而来，而是在工作中的深切感受。也写了几个祸国殃民的腐败分子，从各个侧面分析描绘了他们变质的过程，这也是生活中活生生的例子，不用到处去找，不用生编硬造，我身边就有。

未更名前，《位子》这本小说在当当网和实体书店销售了6年，每次外出在机场车站几乎都能看到它，流传很广，也有了一定的影响，很多分散在全国各地的同学、朋友、老乡和不同时期工作的同行朋友也时常打来电话祝贺、交流和分析。尤其是一些退休的老干部，他们说得最多的是结合学习党的十九大精神，如何培养、管理新时期的各级领导干部，让他们时刻不忘初心，善始善终。所幸的是以习近平同志为核心的党中央正在往深里做、往实里做，人民盼望的干部队伍正在形成并茁壮成长。作为作家，也正在努力书写这个伟大的新时代。

于书房
2018年2月22日星期四

○ 楔子

人一拨一拨地走，岁月一段一段地留。每个人在一个地方执政期间都会留下他鲜明的性格特征和内心的浮华。

铁打的衙门流水的官。地处华北平原腹地的河海市虽然进入21世纪才十来年，但市委书记、市长却换了好几任。中国社科院的学者、在河海当了3年多市委书记的东方晨，那次在金剑北的家乡被中办的车接到中南海讲课后就再没回来，不久，聪慧、优雅的女市长王嫣然接任了市委书记，才子柳枫因为没有在市、县当过经济方面的主要领导而没当成市长，还是副书记兼秘书长。王嫣然到底是出生于大户人家，爷爷是红军，爸爸是将军，干了不到两年，很快就到沿海一个省份做大官去了。这期间，她和柳枫柏拉图式的恋爱进展不大——都是公众人物，很私密的地方不敢去，即使是散步，身边的司机、秘书也不会离开10米远。会上他们倒是常见面，平时两人在一起的时候也不少，但多数是在说工作，有几次工作说完了，刚要暧昧一下，不是她被秘书叫走，就是他来了非接不可的电话。一个月明星稀的春天的晚上，两人送走了省委的一个督察组，都感到喝得有点儿多、吃得有点儿撑，便不约而同地来到迎宾馆贵宾楼天井里的一个小花园里散步。王嫣然看着怒放的红梅和盛开的凤梨花，忍不住用小巧的鼻子去嗅那自然的香气，柳枫则抚摸着皎洁月光下被微微春风吹动曼舞的杨柳枝，随口吟起了陆游的"红酥手，黄縢酒，满城春色宫墙柳"。王嫣然被他的情绪感染，也附和着往下背诵，渐渐进入了情动的境界，一双白嫩柔滑细腻的手眼看到了柳枫的手心里，王嫣然那个嘴紧行动快的女秘书拿着一封加急绝密电传一步闯到了跟前，两人虽然尴尬，但放心地分开了。后来这种机会少之又少，再后来王嫣然就调走了，一段深藏在心底汹涌澎湃但被庄重嘴唇封住的爱情就这样无疾而终了。

王嫣然临走的时候，由办公厅主任孙乃夫出面，约了私密小圈子的柳枫、吴阿杜、金剑北几个人小范围为她送行。席间，金剑北看着王柳两人四目相对、脉脉含情，嘴里又说着言不由衷的话时又气又急，把赴任的女省长送上车后，对柳枫说："你们这些知识分子，毛病太多。人有多大胆，地有多大产，不相信毛主席的话也得看看水浒吧，该出手时就出手啊！"看着柳枫有些萎靡的样子，又说，"兄弟，也别灰心，离了婚的女人做了那么大的官，她自己也不好办。你想，单身的高官、教授那些厮们找老伴都是要找保姆型的，谁敢随便弄个女省长啊。现在通信这么发达，机会多多，到时候你可要下手稳、准、狠啊。"柳枫望着满天的闪烁繁星，淡淡地说："凡事随缘，随遇而安吧。"

之后来了新的书记，上级有文件，实行党委常委负责制，他也不兼任秘书长了，也不想和新的掌权者建立亲密的关系，只维持官场上的平衡、平常关系足矣。副书记具体负责的事不是很多，也就是给书记和市长主持个会，或者是在某常委或副市长主持的会上讲个话而已，常有时间站在宽敞明亮的办公室里遥望蓝天，思绪联翩。柳枫在闲暇之余写了几本感悟人生、社会的书，很畅销，得到了省委一个新来的管意识形态的副书记的赏识，被调到省委任副秘书长兼政策研究室主任，属正厅级，也算升了半格。人过了50岁，各种雄心壮志也就减弱了。有一次到河海调研，河海的一个老政协主席请他在家里吃饭。痛痛快快地各干了3杯茅台后，这位曾经在3个县担任过书记，又做过市委宣传部长、农工部长和纪委书记的老干部说："过去咱中国的经济不发达，历史上又轻视商人，对于上过大学的人来说，能代表成功的标志也就是做官。官做得越大，说明能耐越大。我当县委书记的时候，从省里下来一个挺漂亮的女同志当组织部长。有一天她对我说，

她现在最烦的就是天天有人找她要官，我说你别烦，当农民的多打了粮食叫英雄，工人的技术高是精英，知识分子写出了好书、发明了新成果才会让人尊重，当干部的只有往上升了才说明自己有本事。他们找你要官是正常的，你是组织部长，不找你找谁？只要没多大问题，只要有职数、有编制，该提拔的就提拔，不要让大家寒心，这样人家干着工作也有劲儿。她连连说对。像咱们这些起点低又没什么家庭背景的人，就是跑官又能做到多大？还不是靠机遇、靠命运或者靠奋斗熬上来的，也不排除有送礼送出来的，但毕竟是少数。再说了，官做得再大也有到二线和退休的那一天啊。回忆起来，咱们毕竟风光过，比一般老百姓强多了。更不用说你老弟还有文才，还能著书立说，比我们这些老家伙强多了。"柳枫听了以后，如醍醐灌顶，想着自己一介平民，但是读了那个年代不是很多人有机会可以进的大学，中间既有机遇、奋斗、抗争，也有命运，自己在官场没有蝇营狗苟过，没有拿真金白银和美色贿赂过谁，更没有刻意害过谁，现在到了正五品，也差不多了，再说年龄也过了半百，没什么蹦跶头了，于是心里开始平和起来。夜晚他常坐在阳台上，对着深邃无垠的太空中的月光和星光更加深入地思考人生，不断把基层农村、工厂底层人物的命运和中国的社会发展、政策的阶段性联系起来，又出了几本社会与人生、哲学与命运的散文集，声名鹊起，还拿了鲁迅文学奖，被省城几个著名大学聘为客座教授。

在这期间，他和王嫣然深夜在各自的单身宿舍里也通过几回电话，那边是风风火火干事业，满嘴是各种产业的发展规划、改革创新的新举措，与自己逐渐走向恬淡的生活大相径庭，慢慢也就无话可说了，两人的关系自然也就渐行渐远。第二年，他找了一位丧偶大学女教授为妻，夫人的名字很有些俄罗斯风味，叫柳依娜。因为是二婚，结婚也没请多少人，除在本单位搞了一个小小的仪式外，再就是单独请了在省城电机厂原来当工人时的挚友，现在已是中纪委监察专员的杭维萍和现任中新社参编部主任的李一道以及河海的金剑北、吴阿杜、魏正义和谭丽萍几个人。李一道还是一副吊儿郎当没正行的样子，先把新娘子从头到脚看了一遍说："不错，不错，实在是不错，柳大秘书长有了新欢，我得有所表示，快拿文房四宝来。"

说着,在客厅的大餐桌上铺开宣纸,斗笔蘸满翰墨,龙飞凤舞地写下了一副对联:"老师傅开旧车熟门熟路,老缸套旧活塞游刃有余",横批"进出自如"。河海来的几个人看到如此粗俗的对联都有些惊愕,柳枫对此解释道:"你们以为这个家伙戴副眼镜,供职于国家通讯社人五人六的是什么高级知识分子啊,其实,和咱们一样,原来在省城电机厂是个冲床工,我还是他师傅呢。还有这位杭大专员,原来就是个电机组装工,不过是赶上了不用考就能读大学的好时光而已。"一听"师傅"两个字,大家一下亲切起来,工厂文化立即复活了,纷纷说起了当年在车间的趣事:谁谁学徒时搓六方弄成了五方;哪个女徒弟夜里跟着师傅学技术被按在工作台上;两个青工在库房里行云雨之事被领料的外人看见了,惊慌得连裤子都没穿就往外跑……欢声笑语很快打破了巍峨的京城和地方小市两拨人之间的隔膜。金剑北意外地没有参与谈话,端详着柳依娜悄悄对谭丽萍说:"这个人我好像在哪张合影照片上见过。"谭丽萍说:"金哥,不会的,我问过新嫂子了,人家是正宗的北京娃,父母都是搞尖端科学的高级知识分子。"金剑北若有所思地点了点头。

不管李一道怎么戏谑,柳枫再次结婚后日子倒是过得平静甜蜜起来,只有依旧在河海市委担任办公厅主任的孙乃夫常常怀念和东方晨、王嫣然、柳枫、金剑北在一起生机勃勃的时光,每天最后一个下班后常常在常委办公楼的院子里看着枯荣交替的草木自言自语地说着"逝者如斯夫""时光不复再来"之类的文言文,惹得一旁的退役老司机、现在担任花草维护的工人奇怪地看着他,不知道这位被人称作大内总管的孙大主任犯了什么病。

《圣经》说"太阳底下并无新事",但每一天都各有不同。本书之前的人物关系、具体故事请见拙作《位子前传》《位子》,下面讲述的是这些人新的故事。

第一章：入局

◉ 一　在位经得起笑脸离位受得了失落，
　　　二线最大的变化是身边人的态度

20 世纪 80 年代，金剑北在担任河海老市委书记徐波的秘书时曾对市委车队的专车司机们说过一句很雷人的话。

那是一个还有点儿热的秋天，市里搞那个年代每年一度的秋管、秋收、秋种俗称"三秋"的大联查。各县的县委书记和县长在市委的大礼堂里听徐波书记做总结报告，金剑北听着书记念自己写的稿子没劲，快散会的时候偷偷溜出来。门前的小广场上停着一片引擎待发的小汽车，发动机轰鸣的声音盖过了老榆树上的蝉鸣。金剑北看到开河海一号车的胖刘松解开了裤腰带，系上安全带坐到方向盘后边，两眼紧盯着礼堂的大门口，便走过去对他说："美国一个作家说，世界上有两种人永远在等人，一种是妓女，等着别人上床，另一种是司机，等着别人上车。"胖刘斜眼看着他那如非洲雄狮般的一头金发，说："你这个金毛，狗嘴里吐不出象牙来。"说着，想站起来打他一拳，但没想到还系着安全带，起身的时候腰部一紧，头撞到了车顶上，疼得嘶嘶哈哈，引得一帮司机哈哈直乐。

司机也不是永远等人上车，尤其是领导司机。有一天，身为市委大内总管的办公厅主任孙乃夫散会后下楼就找不到经常停在固定位置上的自己的专车了。给司机打电话，对方竟然关机。原因很简单，在刚才的领导集体谈话会议上，孙乃夫的年龄到了 57 岁，按地方规定，被宣布退居二线了。所谓二线，是 1983 年机构改革以后地方对处级干部制定的土政策。一般来

说,地市级的副职干到58岁或59岁,正职干到60岁,正处级干到57岁,副处级干到55岁;县里科局级的正副职有的规定是53岁到55岁,有的规定是50岁到52岁。也有按男女规定差别的,基本是差两三岁。对这项土政策,领导说是为了加快干部年轻化的速度,提早下来的干部说是领导为了多安排人、多收点儿礼,老百姓说机关里又多养了一批闲人,白拿纳税人的钱——不管怎么说,就是一批曾经当官的干部从位子上下来了,不再分管具体工作。他们还有办公室,上班爱来就来,不来也没人找,待遇不变,工资照发,车还照用,就是一点儿权力也没有了,也没人、没事找你了,在单位,成了一个多余的人。所以,许多到了二线的干部一般都选择不上班了,只是到了发福利和工资的时候到单位露一下面,办公室也自然没人打扫了,昔日洁净的写字台和地面蒙上了一层尘土,给人一种凄凉的感觉。

　　孙乃夫想清了这些事,也就释然了,摇头叹道:"人心不古,世风日下啊!"也就不再找司机了,看着渐渐坠下去的夕阳,缓缓步行回家。快到家的时候,看到自家厨房里的灯光,他竟然想起了自己在大学时写的一首叫《厨房》的诗:"窗外,暮色四合。厨房的灯光,如花朵般绽放。我的爱人,我沉默寡言的爱人,在背后,为我温柔地系上围裙。"

　　也是在这个风和日丽的黄昏,远在省城的柳枫正和戴着秀琅眼镜,文静、白皙的女教授在省委宿舍后边的一条人工河边散步。他看着走在前面她那看来还算圆润的臀部以及裙下白白的小腿,想着这个外表羸弱的女子昨晚床上那样有爆发力的上下翻飞奋战,不觉又想入非非。女教授回头莞尔一笑,似乎洞察了他的心思,脸上浮起一丝羞涩,扬起粉拳轻轻打了他一下,便和一个女伴牵起手下河堤看钓翁去了。柳枫站在宽阔的河堤上,看着夕阳下的人流,大部分人比较熟识,其中不乏当年名震一方的各地市诸侯,也有在省城独霸一条战线的厅长、局长,间或还有一些退下来的省级干部,现在都懒洋洋地走在这夕阳无限好只是近黄昏的河边。同在一个单位和地方工作过的同僚们也在一起吹吹牛,说自己当时在位时抓了几件大事,对哪个地方和单位的发展和进步起了多大的作用、有什么促进;也有争论,说说我是你非,说着说着情绪激动起来,声音大得离奇,吵着吵着,互相看着对方的白发与皱纹,忽然"扑哧"一声笑了,几乎异口同声地说:"没用了,没用了。走,喝酒去!"互相谦让一番,一个回家去拿过去做官时部下送的好酒,一个到小胡同里的小饭馆里订座位。

看着这些,柳枫感慨地自言自语:"人的一生,壮怀激烈也好,叱咤风云也好,恶名远播也好,坎坷纷争也罢,最后都要归于平淡。上帝对人最公平的是老年,也是今天。任何时候,今天是最重要的,因为昨天已经过去,明天还没到来。"

太阳艳艳照九州,几家欢乐几家愁。柳枫在河海时的几个至交也都在忙着自己的事。

金剑北在金家墩环村路上转悠,一面消化着中午陪省里一个厅长喝酒吃下的太多肉食,一面思谋着如何扩大自己的领地。

"峨眉大酒店"的女经理谭丽萍午睡后在总统套房里洗了一个澡,换了一身纯白的休闲装,坐在三楼宽大的露台上一把红蓝相间的太阳伞下品着玫瑰蜂蜜茶,闻着秋菊淡淡的香,看着酒店旋转玻璃门前笔直站着的昔日曾给自己写过求爱信而今任保安队队长的李俊粗壮的腰身,想着自己那个浪荡诗人丈夫昨晚稀松软蛋的表现,心中有些燥热。

谭丽萍的舅舅,号称"东方才子"的欧阳俊,当年因用快板和活报剧宣传金角湖旅游而一举成名后,金剑北怀着和丽萍老工友那次醉酒一夜欢娱的忏悔,把他运作到了湖区管委会宣传部,他很快成了湖区写材料的骨干,不过现在也退休了。欧阳俊中午喝了二两老酒,酣然睡醒后,端起从乡下带来的,对他从来都是低眉顺眼的妻子沏好的宜兴壶里的铁观音喝了一口,神清气爽,信步闲庭,悄悄关上在城里不多见的平房小院的门,顺手招了一辆的士,去找现在已声名显赫的法律服务事务所的魏正义,思谋着不辜负平生所学、所思,倒腾一个既雅又能来钱的道。

河海的现任书记是位博士,据说在意大利那个世界上唯一没有公共汽车没有小轿车的水城威尼斯住过一段时间。他上任后,在城南的金角湖畔转了三圈,蹲在清澈的湖水旁沉思良久,提出了一个新的发展概念,说咱们

11

这里的老百姓有句俗话，叫"马无夜草不肥，人无外号不名、不得外财不富"，一个城市也这样，没有特点的别号不好出名，也不好对外宣传，不利于招商引资，我看这里可叫"在水一方"。他起这名字的目的是先把金角湖的名片打造好，而后再把这湾清澈的湖水引进河海市，让每一个社区都有潺潺的溪水流动，让每一座楼房都建在绿树掩映中，让每一块空地上都开满鲜花，让茵茵的绿草伴随着每一个人的空间。一把手的话自然是真理，博士的语言更是圣经，再加上这么煽情，常委们自然全体鼓掌通过，博士书记又说："人们都说凡是民族的就是世界的，但是你不宣传出去，不让大家认可，就只能窝在地域的一角，永远成不了世界的。"他家老爷子曾经是京城一家大报的掌门，手下的新闻小兄弟自然很多。靠着财政局拨的一笔专款，他带着一帮笔杆子在京城转悠了几天打点关系，之后河海是"碧水湾畔名城"的传说甚嚣尘上。人们很快想起了"在水一方"的前半句"有位佳人"，再和曹雪芹写的"女人都是水做的"联想起来，都觉得那里应该是美女多多，于是引来了许多寻芳客。但他们不知道，刻意的宣传尤其是花了钱的新闻炒作都和现实差得很远。河海毕竟不是南方，没有斜飘的烟雨，更少月华的幽辉，虽然有湖水，但面积很小，是形不成大影响的小气候；虽然靠近黄河，但黄河的水是粗粝的，风是粗犷的。新中国出生的女孩从小就没有绣楼，也不可能在后花园里搔首弄姿，也要和男孩子一样到地里砍草、到街上卖菜，经受着风沙的磨砺，不可能出现高挑白皙的女人，因此大多数女孩子都是方头方脸、圆鼓囷墩，既像瓜农在木箱子里播种而成的长方形的西瓜，又像农民在陶罐里种出的红薯：腿短身长的多，长腿细腰的少；土黄黝黑的多，细皮嫩肉的少；高嗓门、大声吆喝的多，浅唱低吟、莺歌燕语的少。

河海有一个人没让外地来的寻芳客失望，就是退居二线的原市人大副主任，外号叫"生铁锅"的家伙。此人混迹政界多年，最大的特点是研究市委领导的讲话，还特意在市委办安排了自己的一个小兄弟，专门把一把手在各种场合的讲话汇报给他。他听到博士书记的城市定位后，立即利用过去在建筑部门和在市纪委工作过的关系，迅速组织手下的一个包工头包租了一座大楼，装修极尽豪华，弄来了南国娇娃、北国佳丽以及朝鲜、俄罗斯的姑娘、少妇，和几个弟兄成立了合股经营的"柳浪闻莺"夜总会，自己做幕后老板。此夜总会名冠周边，许多人趋之若鹜，兴盛了一年多，终于被省公安部门注意到，在一次"无声风暴"行动中被抄，许多美女流落到了民间，有的远走他乡，有的在河海做起了小生意谋生。夜总会被一个叫"大运摩托"的强势女人低价接手，传说她把曾经在那里做皮肉生意的女子又招了回去，藏匿起来，以致后来发生了许多故事，在河海掀起了一场直接有几万人参加的集资追债大风暴，惊动了北京和省里的高官，使河海过了几天公安、武警大兵压境，民众疯狂吼叫的日子。

◎二　退休心态因人而异，
　　　有人期盼时间自由有人惧怕失去权力

　　退居二线的孙乃夫回到家里，妻子凤英高兴了。她与他从小青梅竹马，感情笃厚，平时却因为孙乃夫工作忙，缺少交流，只管伺候他吃穿。凤英早已在企业退了休，唯一的闺女也在省城上大学，现在终于有时间过过二人世界了。两人结婚将近 30 年，先是孙乃夫军校毕业从军，聚少离多，接着转业后又到了市委办，按凤英的话说，他进了万恶的市委办，自己就回到了黑暗的旧社会——说是有丈夫，两头不见人，披星戴月回到家，不是满身酒气说浑身酸疼倒头就睡，就是扎到书房里写材料，不管自己穿什么新衣服，弄个什么新头型，晚上认真洗完澡后所穿的睡衣多么诱人，他都视而不见。开始孩子上初中，凤英每天打理闺女的生活，还不觉得怎么着，后来闺女上了高中，每周回一次家，也还有个盼头，再后来孩子上了大学，自己就彻底寂寞了，除了早晨给孙乃夫做一顿饭外，基本无事可干。老孙还给她定了一个约定，回来吃饭打电话，不回来吃饭不打，结果十天有八天电话也不响一次。柳枫做市委秘书长时，有一年春节前夕给市委、市政府两办写材料的同志开慰问座谈会，幽默地让各位说说平时对自己妻子的印象，比如看到了什么。孙乃夫闷头想了想，说我只看到我老婆穿着裤衩。众人大笑，孙乃夫认真地说你们笑什么，我当这个主任，每天提前上班，早餐在路上解决，我起来时，她还在睡，我晚上回去后，她已经睡着了，不看见裤衩看见什么。不几天有人把这话传了出去，办公厅机要收发室一个刚结婚的女子问了凤英一次,凤英毫不避讳地撇着嘴说是这么回事,他就是看到我穿着裤衩,可你嫂子穿的什么颜色的裤衩他不一定记得住,我这是守活寡啊!说得那个女子羞红了脸,很庆幸自己的老公在大学当老师,每天按时回家,夜夜陪着她。

秋日的晚霞像天上的烟花,照耀着孙家热气腾腾的厨房。凤英红扑扑的脸上带着笑意,挽起袖子,露出在家养得白白的胳膊,煎炒烹炸。四个色香味俱全、荤素搭配的菜出锅后,看着瓦罐里炖着的汤,凤英想了想,跑到后阳台的储藏室里拿出一根孙乃夫在吉林工作的战友送来的鹿鞭,扬刀立切,剁成五截,扔到了汤里,脸上飞起了几朵红云。她想起了那个满嘴跑火车的大胡子东北汉子说的——一截可让男人在女人身上多做50个俯卧撑。

这天晚上,两口子还真的有点儿久别胜新婚的感觉,只是孙乃夫仍按老习惯把开着的手机放在枕边,不时看一眼,好像随时准备着,别耽误了什么事似的。仰躺在他身下的凤英瞥了他一眼,刚想说他点儿什么,但考虑到他刚下台,又怕破坏了眼前的好氛围,也就装作什么也没看见,只是卖力地用身体和含混不清的语言配合着努力劳作的他,而后二人破例地相拥而眠。玫瑰红的床头夜灯下,呈现出了两个还不算很老的男女欢乐后疲惫的睡容。

人的生物钟有时候不是很好改变的。不到7点的时候,孙乃夫醒了,按照老习惯先看手机再看公文包,而后起来穿衣服,凤英赶紧把他拽回被窝,轻轻地咬着他的耳朵,说"不用去上班了,再睡会儿吧",边说边用女人特有的温柔与手段安抚得他浑身通泰,孙乃夫又迷迷糊糊地睡着了,再醒来已是日上三竿。满屋阳光灿烂,凤英不知何时已经离去,屋子里收拾得窗明几净,床边放着新买的睡袍和一套散发着阳光气息的纯棉内衣,床头柜上有她写的一张条子:"洗澡水放好了,饭在微波炉里,我找几个老姐妹玩去了。你吃了饭到街上溜达吧。"

孙乃夫几十年来第一次不紧不慢地洗了个舒舒服服的澡,喝了一杯热牛奶,吃了一碗绿豆小米稀饭、一个咸鸭蛋和一个花卷,摸了摸比吃了温

胃舒还舒服的胃，按老婆的指示上街溜达去了。

几十年工作的惯性可以让人忘记什么，也足以让人形成一种不变的性格。写了半辈子综合调研材料的孙乃夫弄了一辆有时骑有时推的破自行车溜达了几天街，他这个选择也是考虑了自己面子的。如果是搭乘公交车或者是骑电动车什么的，会让人感觉真没坐车的待遇了，而推自行车，可以说是闲溜达，也可以说是倡导低碳经济出行的政策。这么体面的溜达，他真还溜达出了体会，逛荡出了几条规律，发现离开工作岗位的人群中最苦恼的是他们这些有点儿官帽翅的人。工人盼着退休，因为国家给的退休金比老板给的有保证，还及时；一般干部职工盼着退休，因为上班时没得到体制内额外的好处，还得按部就班上下班看上司的脸色行事，不断挨科长、处长的训斥，还得逢年过节对上司有所表示，退休后这些烦恼没有了，可以自由自在地生活，有兴趣、有专长的还能干点儿小生意赚点儿小钱；最烦恼的是县处级下来曾经做过这种不大不小官的人。在街上碰到熟人基本会出现以下几种情况：

第一种是过去关系不错的。见了面互相打招呼，下了自行车或电动三轮问候几句身体如何，而后看着对方有些萎靡不振的样子，说做官是短暂的，做普通人是长久的，"咱们干了一辈子，也该歇息了，以后咱们的主要任务就是保养身体。"随之说一通自己的养生经验和体会，介绍几个老中医或者是推荐几种传销的保健品，还说是内部卖的，里面也不乏从中赚点儿小钱的意思。

第二种是平时关系不远不近的。见了面不下车、不停步，哈哈着打个招呼，不疼不痒地说说天气什么的，表情是淡然、淡定的。

第三种是在位时混得不怎么样的。曾经提拔调动受挫，不如其他人顺利，一直把情绪带到了离开岗位，想起当时的领导就骂街，说起来就抱怨，看见经常和市委领导在一起的人就烦，总认为这些人没给自己说好话，所以见了他们冷言冷语，说你也下来了啊，我以为你整天给大领导提壶续水端尿盆，巴巴结结地下不来呢。

第四种是在关键部门当过科长、处长的。在位时给某些单位办过事，如今在某个企业单位打份工,或是在某酒店当个前台负责人,或者是在办公室操持个什么事,虽然挣点儿钱,但免不了被老板呼来唤去,见了人也是腆不搭的,见了熟人尽量躲开,实在躲不开也是匆匆打个招呼装作很忙的样子走开。

第五种是过去在位时有些实权的。曾经给企业谋过较大的利益,下来后挟一点儿余威,在企业帮忙和当顾问,依然坐好车,衣着光鲜,碰了面说现在更好,给企业出个主意、跑点儿事,好酒好烟照喝照抽,拿着双份工资,一副得意扬扬的模样,但还是从吹牛的表情中看出了一丝悲哀与空虚。

闲溜达的第三天,孙乃夫碰见了前两年退下来一直坚持上下午独自一人步行5公里的管工业的刘剑锋副市长。说起在企业当顾问的那帮人时,这位老市长说:"你千万别信那个,企业老板都是人精,开始说得好好的,一个月几千几万,呵呵,你要不能给他创造比这个数多十倍、百倍的利润,他根本不可能给你。他聘你,无非是让你利用过去的老关系给他们办些不符合政策的事。你想,你就那么点儿关系、那么点儿人脉,能办几回事啊。再说,这几年干部更新得很快,机关的头头脑脑几年就换一茬,你不在位了,谁还拿你当回事啊。"他说他刚退下来的时候,一个企业老板三番五次央求他当顾问,办公室和车都准备得很高档,去了之后开始两天对他还行,过了没多久老板就显出了地主和资本家的样子。有一天上午,老板的办公室门大开着,高声大气地对手下说去把隔壁的老刘给我喊来。"别说到屋里来请我,连个电话也不亲自打,连称呼都变成'老刘'了。我一听这话,拿起包打的回了家。"

两人说着,来到了人行便道上的一长溜麻将桌前。刘市长对忙于又吃又碰曾当过中级人民法院刑庭庭长的妻子兰香说:"快走吧,这个麻将摊有什么档次,把你迷成这样?"来自河海北部土龙河畔,从小拿说粗话不当回事,结了婚有了小孩就敢夏天光着膀子吃饭的兰香瞥了他一眼,手里不停歇码着牌说:"都二线了还讲什么档次?我跟你说啊,如果有一天我对麻将都不感兴趣了,就是快死了,你赶紧告诉咱们在省城工作的两个闺女回来给我准备丧事。再说,你有什么档次啊,还不是拿着咱家那几只猫当厂长管，每天让它们排队进食，好像轮着叫你批项目搞投资似的。"刘市长苦笑着和孙乃夫告别，说自己回去给麻将婆准备午饭去了。孙乃夫无此任务，妻子去省城看女儿了，目前自己是一个人吃饱了一家子不饿，锁上门不怕饿死小板凳的主，于是继续往前溜达。

河海近几年新修的大街比较宽阔，两边人行道上的小摊很多，现场加工小吃的，卖布头的，补鞋的，修理自行车、电动车的在梧桐树下排兵布阵。摊主们互相说着话，也忙乎着手里的活计。大部分人穿着过去企业里发的工作服，上面还隐约显出工厂的名字。

一个修自行车的摊位，熟练地转动着手里扳手的老工人得到了顾客的赞扬后说："你甭说咱干活就是利索，我好赖也是正规大厂的七级钳工啊，从剔键槽、挫六方开始学徒，门里出身的，哪像那帮农村来的泥腿子啊，连个扳手怎么拿都外行。"旁边一个50多岁的微胖妇女说："那是，你看我做的这锅贴，外焦内软，这也是在国营大饭店练出来的。"说着，故意把围裙上印着褪了色的"某某国营饭庄"的红字指了指，显摆地挺起了胸脯，很有自豪感。修车的师傅说："别挺了啊，妹子。你这个围裙肯定是你做姑娘时用的，你再使劲挺，就要露出来了啊。"锅贴女人说："你这家伙看得还挺准。这个岁数了，露出来也不怕，正好让你吃两口，我也好几十年没奶过孩子了。"众人哈哈大笑，惊飞了树上的一群麻雀。

孙乃夫也笑了，心里真是有点儿羡慕这些人，没有在位置上下来的烦恼，没有可顾忌的面子，在宽敞的大街上敞开心扉，靠自己的手艺赚钱，想说就说，想笑就笑。他感到最烦恼的是他们这些做过不大不小官的人，尤其是像他这种做了一辈子刀笔吏的人：一辈子辛苦不少，好处不多；在位时出入大机关衙门，看似狐假虎威，内心却诚惶诚恐；平时面子做得很足，内心多是苦楚。想到这里，他坐在一个靠傍大款的女人开起来的"美姬超市"栏杆下的水泥台子上。由于在市委办养成的每逢出门都要带本和笔的这个习惯，他打开随身带的笔记本，茫然四顾，往事越过几十年，提笔写下一段顺口溜。

一把汗水一把眼泪，投身仕途英雄无畏；
西装革履貌似高贵，其实生活极其无味；
为了升迁吃苦受累，鞍前马后终日疲惫；
日不能息夜不能寐，大官一叫马上到位；
屁大点事反复开会，长年累月不离岗位；
劳动法规统统作废，身心憔悴无处流泪；
逢年过节家人难会，请客送礼让人崩溃；
为了关系经常喝醉，不伤感情只好伤胃；
工资不高假装高贵，交往沟通经常破费；
五毒俱全功能报废，稍不留神就得犯罪；
抛家舍业愧对长辈，身在其中方知其味；
不敢奢望社会地位，全靠傻笑自我陶醉；
如今一切付之流水，灵魂飘荡何处归位。

　　写完，他长出了一口气，发觉肚子有些饿了，看到旁边小胡同里有一个店面还算整洁的"天龙驴肉馆"，料想这里不会碰到官场上的熟人，便信步走了进去。他要了一碗馄饨和一个驴肉烧饼，刚要吃，门"咣当"一声，被一股粗暴的力量推开了，进来一高一矮两个极具河海特点的中年妇女——方头大脸，文的眉粗糙且黑，像两条大蜈蚣趴在额头上，腰身粗壮，倒是穿了比较时髦的衣服，但搭配上是红绿相间，俗气得很，永远不知道纯色和黑白色更能显出女人的风骨——一看就是当地农村或者是工厂下岗出来跑江湖的女人。

　　两人一坐下，开口对话果然不出孙乃夫所料。河海小城的土著居民说话有一个特点，张嘴说话发出的声调很少用平声和三声，用二声和四声最多，按柳枫文章里的描述："刚开始说话时用二声，像拿着一个木棍子偷枣杵天，嗷的一下上去了，后半部分又像拿着镢头刨红薯，腾的一下又下去了，极其难听。"但是身处这个环境，难听也得听。

　　孙乃夫拿着汤勺一边随便搅着热气腾腾的馄饨，一边听。高个的说："伙

计,咱这次倒腾几大包服装你赚了几个钱啊?"矮个的说:"我赚了300多,你呢?"高个的说:"我比你多赚了80多,今天我请客。你点菜吧,咱姐俩好好喝几杯。其实,我也不上算,让那个批发衣服的老鳖胡蹭了奶子好几把。"矮个的说:"嘻嘻,你的奶子长得好啊,我是肚子比奶子大,他想蹭也蹭不着。其实,蹭了也就蹭了,咱也是40多往50数的人了,也不值钱了。"高个的说:"你说得对,叫那个老鳖胡蹭了还多赚几个钱呢,叫家里那个死鬼摸了半辈子还不是白摸,到最后还得靠咱们娘儿出来挣钱啊。也怨咱们姐妹当初在车间当姑娘时没眼光,就看他们俩一个篮球打得好,一个二胡拉得好,不清楚咱们待的是工厂,是靠技术吃饭的。他俩倒是混到工会上班了,谁知道一夜之间,厂子倒闭了,他们屁也不会,还拿着那个所谓干部架子,出来摆个摊怕丢人。真是男怕入错行、女怕嫁错郎啊!"矮个的深有同感地叹了口气说:"姐,不说那个了,提起来就有气。来,喝酒。"说着,两人端起玻璃杯"咣当"一碰,把半杯廉价白酒喝下去一大半,中间还偷偷看了看慢慢吃馄饨的孙乃夫一眼,但这种偷看不是淑女式地眯起眼睛瞄一下,也不是常在正规场合出入的人那种正经的扫视一眼,而是翻起大白眼珠子白愣了一下。

孙乃夫文静地乐了,又想起柳枫在一篇散文里对河海土著妇女的白描:"这里的妇女文化程度低的居多,方头大脸、圆鼓囵墩的多,身腰不分的多,说话高声大气的多,偷看人时眼珠只转半圈或者是多半圈的多,把黑的部分藏起来,用白的部分瞟你一眼。"真是妙极了,这老兄真是写小说的料,观察得太细了,描述得太传神了。

他正在偷着乐,两个女倒爷又高声大气地说起来了。

"你听说了吗,大军寨要成外国化妆品基地了,要是能搞几亩地种,一年能赚好几万呢。""真的啊?那里的地可多啊,光那个大鬼洼就得有几千亩吧。我大姨的婆家就在那儿,我们去包几亩吧。嗨,你这信息有准吗?这个年头骗子可太多了啊!""有准儿,我听说那个老干部'雄伟的井冈山'和坏种'生铁锅',还有浪全国的'大运摩托'都去了。我一个表妹嫁到那里去了,这几年来往不少,明天咱们去看看,要是种地能赚钱,强似这倒腾衣服，也叫那两个懒鬼去卖卖力气。"

"大军寨"，孙乃夫听了心里一动。"大军寨"，他慢慢念叨着，不由得笑了，想起了自己干的荒唐事。前几年，一个新任书记上任后，要求机关干部下基层，每个县级干部包一个村，保证3年脱贫致富。孙乃夫包的是全市最大的村庄大军寨，此寨位于金角湖以西，紧靠金角岭下的入山口，过了山口就是茫茫的大山了。人多，地更多。据说这里的祖先是忽必烈的一支骑兵深入中原时迷路留在这里的，善养牲口。当时的村支书外号"老牤牛"，办了一个规模不小的养牛场，河海市的肥牛火锅店的大部分原料来源于此，但根本不是火锅店老板吹嘘的那样，从内蒙古把活牛千里迢迢赶到这里，用时再宰杀，新鲜可口，而是"老牤牛"每天和一批青壮劳力打扮成内蒙古汉子的模样黄昏时在大街上招摇进城滥竽充数。孙乃夫当兵时曾在内蒙古驻过防，一看那牛的个头就知道了，对"老牤牛"说，内蒙古的牛比你这里养的牛大得多，有的都上千斤，你这里的才四五百斤，得想法提高单位面积产量。"老牤牛"吧嗒着刚吃过饭的大嘴说是哩，我问过省里的专家，他们说这是品种退化，是咱们这里的公牛不顶劲儿啊。孙乃夫想了想说这个问题我来解决，"老牤牛"斜着眼，有些意味深长地说，你行啊？孙乃夫看着这个带着乡村流氓味道且狡猾的农民，说你这老小子别没好心眼，不是我行，我有个战友在内蒙古牧区，叫他弄几头好种牛来。过后，他和战友几番电话沟通，十来头个大体壮、威风凛凛的内蒙古大种牛被运到大军寨的牛场，"老牤牛"指挥着人把当地的公牛牵走，把发情的母牛赶过来。几番交配下来，好几十头当地母牛受精怀孕了，可一头崽也没下来，母牛都痛苦地死了，原因是内蒙古种牛交配后的受精卵胎盘大，当地母牛的子宫小，都给憋死了。从此，大军寨和市委机关多了一句歇后语：孙主任配种——憋死母牛。

大军寨也成了孙乃夫的一个噩梦，最不愿提，更不愿去。

三　离开位子再找位置，身段放下头才能抬起

馄饨加驴肉火烧，有稀有干，没有酒精捣乱，吃得胃很舒服，孙乃夫抚摸着肚皮回家睡了一个美美的午觉。下午起来洗脸时，孙乃夫看到自己有点儿乱糟糟的花白头发想起了自己刚退二线跟金剑北说时，对方说："退下来了要把自己拾掇得利利索索的，别显出一副落魄的样子，让人瞧不起。闷得慌了来我这儿转转，给你个事做。"便决定到文化街上陈剃头佬的美发厅理个发、焗焗油。

孙乃夫还没到美发厅跟前，就听到一向欢声笑语的"陈记理发馆"里传来一阵阵吵架声，不觉大为奇怪。因为这位姓陈的剃头佬不是一个简单人物，是见过大世面的人。他原来在一个工厂理发，后来通过本村的叔伯哥调到了市委理发室，机遇跟着来了。市委行政处长的老婆按照那个年代的政策农转非后，从家里带来的孩子多，处长在一次采购市委领导小伙房吃的肉食顺便给自家孩子蹭油时，发现河海边上的陈村烧鸡很好吃，于是列入了定点采购，因此认识了剃头佬的本家二哥。陈家二哥在村里是支书，两人喝过几次酒后成了朋友。行政处长花了很少的钱从村里买了一块宅基地，盖了三间房，一次喝酒时无意间说起市委缺一个理发的，二哥便推荐了自己的这位兄弟。多大的官也得理发，陈剃头佬往市委传达室旁边一个宽敞的房间里一站，推子一拿，明亮的刮脸刀一晃，便认识了市委机关的许多头头脑脑。不管在哪里，物以稀为贵，机关干部多，后勤人员少，尤其是直接为领导服务的勤杂人员就更少,这些人大部分就有些道行了。全机关就一个剃头佬,负责人们头上那几根毛,那毛又有多种形状,人还要讲礼仪,因此头发很重要。陈剃头佬生活在城边,见识不少,嘴甜,手艺也不错,给大领导理发时特卖力气,除了把他们的发型弄得更加有官员的威仪外,还给他们掏掏耳朵,掐几下肩胛颈椎,敲敲背,搞得他们很舒服,他也趁机提出件事让领导打个电话,或者是让领导的秘书给办一下。其实,那些事在领导的眼里都是小事,但在老百姓身上有些可是天大的事。比如在计划经济的年代里,买辆自行车、买台缝纫机,亲戚调动,甚至买瓶好酒、几斤白糖、几袋日本产的化肥都要票证的。衙门里的人手里这方面的资源丰富得很,所以剃头佬在乡亲们和原来的工友面前就显得大有本事了,成了他们村里和原来的工厂里面的大能人,很是红火了几年。在处于社会底层众人的颂扬和吹捧下,他还真不知道自己几斤几两了,每次借市委传达室的电话往外打,开口就说"我是市委老陈",唬得下面一愣一愣的。那时,河海的电话装机容量小,一个局也就一两部电话,多数领导都要到值班室接电话,所以值班人员听到"市委"两个字都诚惶诚恐。当时正好有个市委领导也姓陈,搞得下面接电话的人弄不清楚来电话的是市委的陈领导还是陈剃头佬,有些事就稀里糊涂办了。这些,都成了他退休后在闹市区开理发馆闲暇时向人吹牛的资本了。

  在小地方生活的人都有个习惯,办事找熟人。各县市和市直各局的头头基本都是市委出来的,都让老陈理了一辈子发,退居二线或者是退休后还是来找他,有的没事也来坐会儿,这里又成了在野的时政议论中心。陈剃头佬年纪也大了,就带了几个徒弟,来了老熟人亲自动动手,其他人让徒弟干,自己也抽空到附近散散心。今天,他又到旁边当街开杂货店的下岗职工李大素的摊前搭讪,模样黑黑的李大素看着几个本地把脸弄得挺白的女人招摇而过的样子说:"花那么多钱,白得也就是那张脸,身上兴许还不如别人呢。"陈剃头佬看着她还算丰满的胸脯说:"对,可能还不如你呢。我给她们盘头时看见过,脖子以下都是黄不溜秋的。"李大素抢白他说:"你也是老不正经的货,看人家脖子底下干什么?"两人正在斗嘴,

女徒弟跑来说:"师傅,快回去吧,有人抢咱们的买卖。"他说:"是谁吃了豹子胆了,敢来我市委老陈这儿撒野?"赶紧走了。

来"陈记理发馆"抢生意的也是市委的,还是熟人。此公姓左,全名是左超,部队出身,出生在河海下属的柳林县一个小镇的剃头铺里,也算带艺从军。当兵后分到沈阳军区陆军部队,驻防在齐齐哈尔。从战士到排长凭着家传的理发手艺把军营和军营附近的脑袋修理了无数次,年年是学雷锋的标兵,官至正营职生活管理员,也就是一个大食堂的司务长。转业到家乡后,通过孙乃夫的关系到市委统战部当了办公室主任。也许是在部队管伙房时油盐酱醋都要登记造册、事必躬亲习惯了,左超工作很认真也很令人厌烦,每天晚上都要把第二天要办的事写成备忘录,早晨召开全体人员会议布置,一件事至少要说三四遍,中间忙忙碌碌地去检查,晚上还要总结评比。他要求办公的大部分时间要有人听他指示、向他汇报工作、接受他批评和教育,中间检查工作时要有人时刻听他指挥。虽然整天忙得晕头转向,但他自己觉得乐在其中,机关人都喊他"左婆婆"。连他在师范学院教政治学的妻子都讽刺他,说你那个破统战部一共才不到20个人,办公室也就三五个兵,值当吗?他严肃地说当领导关键是用干部,指挥人做事,没有了指挥权这个领导还有什么意思。他被提拔为副县级调研员后,部长让他腾出办公室主任的职位,也好多安排一个科级干部,他一想到离开具体岗位坐在办公室里寂寞的样子,没有人向他请示汇报、不能给别人安排活干那个别扭劲,坚决不同意,一直兼任主任到退居二线,遭到了单位不少人的唾骂。

左超二线后回到家,妻子上课去了,孩子在北京读书,自己躺在空荡荡的沙发上对着天花板琢磨了半天,起身把三室一厅的屋子转了个遍,把平时当作客房里的小床搬走,把卧室里的书柜搬过来,到家具店买来写字台、皮转椅,外带一把普通椅子,靠窗摆好,又把客厅的电话挪过来,忙了一身臭汗,往转椅上一坐,又有了在办公室的感觉,只是对面的普通椅子上少了汇报人,总觉得是一种遗憾。他想了一会儿,铺开工作日志稿纸,拿起笔写了起来。

女教授下班回来,看到家里的变化,理解地、无声地笑了笑,坐到他对面的椅子上,说左主任有什么吩咐啊?不管是真是假,左超总算找到了一种熟悉的感觉,清了一下嗓子,拿起手中的纸片,把明天家里上至到谁家串门、给哪个亲戚打电话,下至油盐酱醋茶的琐事说了一遍,并明确两人的分工,规定了明天的碰头时间、检查落实情况,女教授都一一答应了。这样过了几天,夫妻关系毕竟不同机关里的上下级关系,到了第五天女人就烦了,第六天买来了一副跳棋,上面写的是各国政党的名字,棋盘是一幅世界地图,对他说:"你也别指挥我了,你给它们分派任务吧。根据世界各国的情况,看哪个政党该做些什么。"看着丈夫茫然的神情又说,"我说老左啊,人都有老的时候,也有退的时候,得适应啊。你也别坐在你设计的办公室里了,没事出去转转吧,找那些老同志侃侃大山也行啊,我真怕你闷出病来啊。"于是,左超也成了到街上闲逛的一族。到哪里去呢?向来不愿走路的他首选的当然是机关退下来的老同志常去的"陈记理发馆"。在那里坐了几天后,还真让他看出了名堂,心里蠢蠢欲动起来。

陈剃头佬毕竟是市委出来的,对政治颇感兴趣,看到许多下野的干部在自己的店里坐着很有荣耀感,也给自己聚了人气,很高兴,但靠墙的沙发椅子都让这帮人占了,为了让来理发的顾客有座位,就在中间安了一排塑料联排椅子,编上号,按号叫人排队;理发的时候还不断地询问顾客最近用了什么洗发水,讲各种品牌的特性以及注意事项,颇有领导训话和布置工作的气派。这一下启发了左超,唤起了他的旧手艺和早在脑子里积淀的知识,似乎是一种离开位子再找位置的觉醒。左超回家置办了一套行头,还特意买了几个小马扎,编上号码,让人有次序地坐等,就这样在"陈记理发馆"门前的小广场安营扎寨了,旁边的电线杆还挂了小旗,上面写着"弘扬雷锋精神,义务理发"几个字。小城的人贪图便宜,来的人还真不少。他兴奋起来,一边指挥着大家按号入座,一边手里忙乎着,嘴里也不停歇,不断地给人讲着什么样的人应该留什么发型,还问来人的职业,利用自己在市委机关工作政策知道得比较多的优势,给人指点迷津。今天下午,来理发的有一个是开小饭馆的小老板,左超一边修理着他的脑袋,一边给对方讲党对个体户的宽松政策,还说我们河海是熟人社会、农民城市,和大

25

城市不一样,大城市开饭馆宰生客,宰一个算一个,我们这里无论干什么,都是要回头客照顾生意,说做回头客的生意要注意几条等。开饭馆的小老板一般都嘴甜,白享受理发,自然一一答应,还不住夸几句,说对左主任的指示一定会好好落实,下次来理发时汇报。左超的满足感立即在各个细胞游走,浑身通泰。

　　陈剃头佬气势汹汹地赶了过来,一看是左超,毕竟是一个机关出来的,自己怎么说也是一个勤杂工,对方好赖也是当过县级干部的人,不能一开始就像对待乡下人或者是附近城边的人一样恶语相向或挥以老拳,于是先旁敲侧击地讽刺说:"我说这儿怎么这么热闹呢,以为来了耍猴的呢,原来是左大主任在这儿练摊啊。跟我们老百姓抢饭碗,你缺钱花吗?"左超说:"我不要钱,是学雷锋做好事。老陈,这不算抢你的生意。"陈剃头佬说:"那你也不能在我的铺子前干啊,不算抢是什么?"说着就要把摊子踢到一边去,旁边几个刚理完发和等着理发的人不干了,纷纷说人家占的是马路边,也不归你管啊,再说左主任干的都是不焗油的粗活,你那理发馆做一个女活要好几十块,赚得还少啊?大家你一言我一语,和陈剃头佬斗起嘴来。陈剃头佬一看众怒难犯,回到店里想了个嘎法,把洗头水一盆一盆地从台阶上往下倒,一会儿就流到了马路上,逐渐把左超的地盘浸湿了一大片,大家纷纷躲避。开始左超手里忙乎着没注意,后来感到脚底下一凉,回头一看还在台阶上倒水的陈剃头佬,火气就上来了,以军人的敏捷三两步就蹿上了台阶,一把夺过了他的脸盆,就要往外扔。眼看着两个半大老头要动手打起来,众人有的劝架,有的起哄,正在这时,孙乃夫到了,首先劝住了他俩,说不要冲动,冲动是魔鬼,随即训斥道:"你们两个也算是市委机关的职工,怎么能当街打架呢,一点儿素质都没有。"他毕竟曾是市委的大管家,资历、职务都比两个人高了一大截,两人立刻自我缴械,各自诉说自己的理由,孙乃夫也立刻有了领导的感觉,心里美滋滋的。

　　孙乃夫他坐在陈剃头佬特意给他搬来的一张椅子上,点燃一支烟,略加思考后说:"首先,大家要认识到社会的大趋势是和谐,差异是现实,共生是美德。其次,老左也不是完全学雷锋做好事,我看主要是为了排遣寂寞,但客观上起到了拉动社会进步的作用。但是，话又说回来，你总不能在书店门前摆书摊、在武术馆门口打把式卖艺，这不符合老辈人留下的规矩。最后，老陈你到底比老左大了几岁，不能为老不尊先动手，还用上不得台面的阴招损人。这样吧，我看你这里人手不是太多、活不少，老左的手艺也不错，让他在你这里义务帮工，另外你老左还没正式退休，按规定是不能从事第二职业赚钱的，主要管管排队秩序，忙的时候也搭把手，上班时间不固定。"两人连连称是，旁边等待理发的人和来闲坐的市委、市政府的大部分退到二线和退了休的大小干部也纷纷称赞，说到底是老秘书长，就是有水平，几句话就化干戈为玉帛。孙乃夫心里那个高兴啊，把二线后几个月来的郁闷全部排遣出来了，拿出在位时别人送的软中华给大家散了一圈，随后议论起别的事来。

　　原劳动局长"孙猴子"说："你别说，像老左这样的人要是多了，这个社会还真会好起来，现在的人啊，都坏了良心了啊。早晨我去车站站前街买菜，听到两个卖菜的农村大嫂说话，一个说，你的韭菜这么鲜亮，一只虫子也没有，准是拌了不少呋喃丹吧。另一个说，那当然，要不怎么能卖上好价钱啊？我自家吃的一点儿药也不上也不卖，就是烂了也不拿到这里来，省得他们说咱的产品不好，挑三拣四的还给降价。唉，咱们朴实的农民兄弟也变质了啊。"

　　戴着一副深度近视眼镜的市委原讲师团的赵主任说："这就是典型的道德沦丧、思想滑坡！如果社会的人都去追求钱了，一切都用钱来衡量了，这就是乱世的征兆啊！天下大乱以人人谋取不义之财开始，天下大治以国家合理平均分配财富为凭啊，这是千古不变的辩证法。不能眼看着贫富不均、阶层固化越来越明显了。"

　　原在报社，现也是退到二线的副总编沈墨说："现在咱们说这个也没用了，在位时还能写篇文章在报纸上呼吁一下。"不甘心的他接着又说，"跟老百姓比，好赖现在咱们有退休工资，维持温饱没问题，可要说钱，谁不缺啊，不过，我们用什么去挣钱呢？一是钱不好挣，二是都快六十了，挣了钱也没什么用，吃不动，跑不动，别的也快做不动了。"

"谁说挣钱没用？"洗头的里屋传来一个女声，刚退了职务的水利局原副局长马霞顶着一头刚刚焗过油的大麻花黑发走出来说，"谁说钱没有用？钱不好挣。前两天我碰见革命老大姐'雄伟的井冈山'了，她还在为钱发愁呢。你说她革命了一辈子，还不如一个年轻的暴发户呢。我在乡镇企业局工作时，扶持了多少个大小老板啊，又是免税，又是贷款减息，而今他们都开着奥迪、宝马，养小三了，而我们呢，连坐辆车都困难了，你说跟谁说理去。"

"孙猴子"打趣道："我说怎么闻着里面有不同的味道呢，原来是你啊。你说，你那腰身都快赶上大水桶了，还染这么一头黑发，真是老黄瓜刷绿漆——装顶花带刺啊。"

马霞说："你这个花果山上下来的家伙，哪里知道人间的事啊，不理你。"说着坐在椅子上等着老陈给她吹风，一边继续着刚才的话题说，"各位前任领导，现在可有了一个发财的机会啊。听说大军寨要搞国外的化妆品基地了，说种一种什么草。那里的地多是出了名的，咱们这些老家伙都是从庄稼地里出来的，包几亩地，抡抡镐头、铁锨还是没问题的吧。"

沈墨问："现在以讹传讹的太多了，消息确实吗？"

陈剃头佬插话说："我也听说了，听说咱们河海最有钱的'生铁锅'和'大运摩托'都参加了，他俩竞争得还很厉害呢。"

孙乃夫谨慎琢磨着，又是大军寨，连那一男一女两个魔头都参与了，恐怕就不是简单的化妆品基地问题了。

马霞提供的消息让讲师团的赵主任以及沈墨等人有点儿动心，赵主任说道："这倒是个不错的办法。孙主任你在那里有基础，和他们的支部书记也熟，咱们去包点儿地吧，名义上说是锻炼身体，面子上也过得去。"

见多识广的"孙猴子"说："我看这事靠谱的可能性不大。"说着看了看表，站起来随走随说，"还是回家喂脑袋去吧。说起来还是金剑北那小子有见识，发了一笔财，回家搞庄园去了。听说他那个村兼并了好几个小村，能管一两万人了，农村支部书记又没有年龄限制，这个官能当到死啊。"众人听了一脸的艳羡。

听完"孙猴子"的话，孙乃夫心中有了一个打算。

◉ 四　眼见未必真实，耳听也未必准确，越偏僻的地方越容易接受传言

俗话说，众口铄金，三人成虎。大军寨做外国化妆品基地的事还真不是空穴来风，有点儿摸门。

大军寨，是个让许多河海人魂牵梦绕的地方。此寨南邻黄河滩，背靠金角湖，往东是千里大平原，往西是巍峨耸立的太行山。大军寨是河海最大的村庄，4000多人，近万亩土地，也是令各个时代领导头疼的大破村。大军寨是典型的丘陵地带，战略要地，古来交战之地，除了这里的居民是宋朝时蒙古的一支鞑子兵来中原抢掠迷路后定居的后代是传说外，其余的都有据可查。这里的每条壕沟、每个土堆、每个大坑、每所老房子、每棵老树、每棵多年生的草木，都经历过、诉说着战争的苦难。春秋战国的将军和士兵们在这里厮杀过；明朝燕王扫北时曾一次坑杀了一万多反叛的明军；直奉大战时东北来的戴着狗皮帽子嘴里喊着"妈了个巴子"的张作霖率领的土匪部队在这里把曹锟一个警卫营的兵全部点了天灯。

八路军一二九师西出太行在这里设下埋伏，一举歼灭了日本华北派遣军的一个联队，把抗战以来缴获的第一把大佐刀送到了战时的陪都重庆。八路军高唱凯歌走了，这里留守的县大队和群众遭了殃，日本鬼子的一个旅团拂晓时分把4000多人包了饺子，男人几乎全部被杀，扔到村东那3000亩当时还是沼泽的地里。以致那片沼泽地许多年后人们仍不敢去，成了狐狸、蛇虫的天堂，茂密的野草和次生林里掩盖着坟场和白骨，白天阴森森，

夜晚鬼火闪,人称"大鬼洼"。"文革"时河海城里搞武斗,八一八红卫兵中队被毛泽东思想兵团赶出了城,纵队司令曲耀武带着300多人的近卫部队来到大军寨,说要在这里建立根据地,用星星之火燎原,结果被毛泽东思想兵团革命大联合贫下中农组成的镰刀、梭镖自卫团打了伏击,带着残兵败将撤到了大鬼洼。思想兵团的战士们高喊着"宜将剩勇追穷寇,不可沽名学霸王"的口号打进了这片近乎原始的地方,八一八的红卫兵纵队则高呼着"为有牺牲多壮志,敢教日月换新天"的毛泽东诗词拼命抵抗。那夜,机枪、步枪、土枪几乎响到天明,间或还有手榴弹的爆炸声,纵队司令曲耀武战死,其余人几乎全部被歼灭,思想兵团也死了不少人,几十具年轻的躯体永远留在了荒野战壕里。那次唯一得了便宜的是"老牤牛"他爹,他怕自己的儿子"老牤牛"在战斗中有失,又不敢阻拦他的革命行动,便推着一个独轮小土车跟在后面,想一旦儿子遭受不测赶紧把他推回去,结果在树林里捡拾了许多被流弹打死的狐狸、黄鼠狼和野兔,装了冒尖的一车子,在那个喝稀粥、啃老咸菜的年代里,他家那围着一圈破墙头的院子里飘出了好几天肉香。那年冬天,"老牤牛"他爹穿出了全村第一件老粗布罩面的狐狸皮大袄,为了在众人面前显摆,他常反穿着在街上来回逛荡。当时20来岁的"老牤牛"自家三兄弟也戴上了类似样板戏《智取威虎山》里面座山雕那样的尖顶兔皮帽子。尽管大家很羡慕,但谁也没有胆量到那个大鬼洼里去逮那些成群结队的野生动物。两年前,号称"东方秀才"的欧阳俊退休后骑着一辆电动车来此闲逛,顺着兔子小道往里走了一段路,被一条3米多长的菜花蛇挡住了去路,惊得他一屁股坐在地上,哆哆嗦嗦爬起来往回跑,一直跑到了树林边上。看着这白天阴森可怕、夜晚鬼火荧荧的大荒甸子,心里充满了荒凉与恐惧,他抽了一支烟,定了定神,想为这次闲逛受惊写一首诗,但想了半天灵感也没上来,最后念了杜甫《兵车行》里的几句诗:"君不见,青海头,古来白骨无人收。新鬼烦冤旧鬼哭,天阴雨湿声啾啾!"后来听人说那个阴森可怕的大鬼洼深处住着一个很有来头的美丽中年女人,天生好色的他懊悔不已。

大军寨这个地方地形很特殊,建筑布局也和别的村庄不一样,别的村庄都是抱团而建，这里却分成了几个堆，堆与堆之间是街道，但是比房屋低得多，也不是为了排水，而是当年战壕的遗迹。整个村庄的布局就像古代屯兵的一个大兵营。冷兵器时代，占据有利地形很重要，也是决胜的根本。帅帐在中央，四周是兵营，互为犄角，鹿寨、碉堡、拒马的后面是壕沟，以后村子的建设就这么延续下来了，房子在各个军营的基础上建立，东一堆、西一堆、南一堆、北一堆，几个方向都有，原来位于中间的帅帐后来成了一个大地主的宅院，再后来成了大队部和小学，原来的壕沟也就成了街道，以此为中心，通向建筑在各个土堆上的各个居民点。这里的农民大概是受了漠北祖先的影响，也是为了战争时好隐蔽，酷爱种树。几代下来，房前屋后多的是百年老榆树、弯曲的老柳树和夏季开了花能把人熏醉的大槐树以及后来国家推广种植的大白杨。如果从高处看去，这个村子就像几片既独立又互相关联的树林子。全村共分12个堆，后来叫12个生产队，姓氏很杂，从哪里迁来的都有。4000多人的一个村，占地面积很大，无论到哪个生产队去，都得爬坡越岭。如果外人打听谁在哪儿住，这村的人不说在哪个胡同或者是哪条街道，而是说在哪个堆上或者干脆说在哪片林子里，自然是按着那个堆上种的什么树多而定，好像这里的百姓不是农民，而是看林人或者是栖息在哪个山林里的动物一样。

　　这里依山傍水，早年又是驿站，外来户多，杂交人种自然优良，女人绝大多数都是蜂腰、长瓜子脸、白皮肤，也算是河海出美女的地方。美女多，自然有人想着，这里的姑娘自然大部分能嫁个好人家。夫贵妻荣，娘家也跟着发达起来，她们本身也就有资格回来显摆一番。这里要成为外国化妆品基地的消息就是早年嫁出去的杜氏三姐妹传出来的。

　　四月草青青，是城里人踏春的好时光，也是出身农村的人回老家扫墓上坟的日子，尤其是从故乡到他乡、要把他乡当故乡的那些嫁出去的姑娘，更要给曾经养育自己如今已经长眠地下的爹娘的坟头烧纸上香添供品。

　　在华北农村，清明节这一天，也是俗称接闺女的日子。嫁出去混得好的在婆家有地位的闺女自然是大小车辆轰轰烈烈风风光光地回来显摆，嫁得、过得一般的也就是自己骑个自行车或电动车，给娘家的侄子、侄女带

点儿小礼品,吃顿饭到坟上烧点儿纸就走了,当然也有婆家贫困,和家里的哥嫂关系不和睦的,既不进村,也不进家,到坟上点燃几张烧纸,哭几声就走,这是少数。

今年清明节的大军寨,迎来了当年惊艳四乡的杜氏三姐妹。按村里的说法,她们是杜树堆上的人。这个堆和杨树堆、柳树堆遥遥相望,离占据帅帐的大队部很近,盛产杜梨树。此树生长慢,木纹细,木质硬,属于很有韧性的结果落叶乔木。夏天暗紫色的杜梨花幽香,秋天不大的杜梨成串,放在嘴里又酸又甜。杜家的祖先来自南方,据说是扬州的瓜洲渡,和怒沉百宝箱的杜十娘还沾点儿关系。既然和千古的美娇娘有关,他们的后代自然是不同凡响了,不是帅哥就是美女。也确实如此,这家的男户主杜万金就生得眉清目秀,传说其祖上是扬州城里有名的木刻雕花匠,到了粗犷的北方,费工费时的手艺就用处不大了,但他看到这里的杜梨树后眼前一亮,仔细分析了它的木质结构,放倒了几棵树,做起了北方农村剁肉、切菜、和面谁家也离不开的案板。他做的案板和北方的木匠做的不一样,不是锯开随便刮两刨子就完活的那种,而是细细刮平后再用砂纸打磨一番,还在四边刻上五谷丰登、牛羊满圈、瓜果飘香的印纹图案,使腰粗胳膊壮的农妇在上面挥刀干活时心里感到喜庆。"杜案板"一下子成了十里八乡的名牌产品,日子自然就富裕起来,杜万金回了一趟老家带回了一个长腿细腰的南方女子成了家,在大军寨传宗接代、繁衍生息。到中华人民共和国成立前后,"杜案板"家一连生了3个闺女,个个如花似玉,胸中文墨不多的杜家老爷子给3个丫头起了杜美、杜丽、杜华的名字,合起来是美丽华。但村里的人们依然按照当地的习惯叫她们为杜大妮、杜二妮、杜三妮,杜家有手艺,经济比较宽裕,3个丫头也不算笨,一个上了大学,两个上了中专,除了杜大妮嫁了自己的同学外,按照当时的婚姻观,二妮和三妮子都嫁给了一颗红星头上戴、革命红旗挂两边的军官。女婿都事业有成,孩子都安排得不错。三姐妹有的在省城,有的在市里,老了之后经常凑在一起回忆儿时的乐趣,说说当年村里姐妹们的去处,觉得自己家是很幸运了,于是就动了清明节去老家祭祖显摆一番的心思。

俗话说，早清明，晚寒食。清明节的头一天，这3个60岁至70岁，加起来到了200多岁的三姐妹开始行动了。有的老伴虽然退休了，但由于职务的关系，还可以向单位要车，有的有私家车，姐妹之间也是暗地里攀比，3个人竟然坐了3辆车，不仅拉了供品，还带上了日常做饭的炊具和被子，浩浩荡荡地开向了大军寨。本来可直接进村通过大街就可以到达杜树堆，但带头的大姐让车围着村里的环村路绕了一圈，3辆车清脆的喇叭声也震荡着大军寨瓦蓝的天空，惊散了栖息在各种树上的飞鸟，当然，更引来了不少看热闹的小孩和一些抱着孩子的年轻妇女和老太太，多年冷落的杜家大门口一下子热闹起来。可惜三姐妹离家多年，大部分都不认识，但还是把带来的糖果和小食品分给孩子们。杜大妮最善说，边分边问是谁家的媳妇、谁家的后代，不知道他们父辈就问爷爷辈是谁，凭模样基本也猜出个八九不离十，于是现场摆出了老资格，说说当年和他们父辈在一个生产队劳动时的趣事，尽管说得很夸张，但这种谈话总是单方面的，一是现在的年轻人对过去的事一无所知或者是没兴趣，二是这里的人还遵循着小辈不言大辈过的老传统，说了一会儿也就没趣了，只有她们做姑娘时嫁过来的媳妇，现在也是老太太的人和着她们的腔调搭讪了几句，但很快被远处儿媳妇的叫声唤走，带着孩子回了家。

三姐妹打开生锈的大门，用头巾包住脸，把多年不住的老屋子打扫了一遍，铺上带来的被褥，拿出从城里带来的菜、面，找出家里刻有花纹的家藏案板，菜刀扬起，剁馅包起饺子来，再加上姐妹三人故意大声说笑，使得多年沉寂的小院里有了过日子的声音。尽管这样，还是没有引起多大的注意，除了刚才得到糖果和小食品的几个小孩子来趴趴瞧瞧外，大人进院的不多。杜二妮从一个旅行箱里拿出了一个四个喇叭的双卡录音机，上上磁带，放起了《好日子》等流行歌曲，好像树林里开起了明星演唱会。这一招还真灵，不一会儿，左邻右舍陆续来了几个老头老太太，三姐妹出来和大家打着招呼，论辈分，说亲戚，最终还是说自己家在外过的好日子。大家吃着她们的糖，抽着她们的烟，有人说真是人比人该死，货比货得扔，看人家杜家养的孩，就是比咱们强。一个是她们同门大娘的人说："我说，

3个闺女，明天可得给你们的爹娘，我那老哥哥、老嫂子多烧几刀纸，让他们在阴间也过过好日子。"三姐妹连连点头称是。正说着，一阵拐棍戳地的声音传来，一个满头白发穿得脏兮兮嘴里没几颗牙瘪着嘴的老太太进来说："我说，杜家的3个大小姐啊，你们的电匣子里别再放那么大声的《好日子》了，我家老头子的心脏病快叫你们吵犯了。不就有几个钱吗，瞎咋呼啥啊，我家穷，但是我那爹娘比你们家大人活的岁数还大。"说完，不等搭腔，拄着拐棍蹬蹬地走了，大家一看是村里最难缠的刘八婆，也到了吃饭的点，就散了。

到底是老了，到底是乡村与城里的条件不同，折腾了半天，到晚上三姐妹病倒了两个，大妮、三妮感冒有点儿发烧，二妮忙着给她们烧水弄药。第二天，也就是清明节的正日子，老姐妹三人还是挣扎着往坟上走，果然，村里的人多了不少，认出了不少当年在一个生产队干过活的老哥、老嫂，可惜的是，在一起锄地时常到树林深处和高庄稼地里一块解手的老姐妹很少。这些嫁到外村的闺女也有来的，但大部分是坐着子女开的汽车、农用车、摩托车来的，档次最低的也是骑着电动车来的。三姐妹刚搭讪几句，想显摆显摆，子女们就按喇叭催各自的父母，说下午还要赶回城里打工呢，别扯闲篇了，弄得杜家三姐妹很扫兴，只得快快回家。家里女婿官做得最大也最心高气傲的杜华想起了小学时曾经一个班的同学，现在是支部书记的"老牤牛"的儿子"二牤牛"。在人民公社化的生产队时代，一个月明星稀的晚上，他们赶黄河水放水夜班浇地后回村，路过一个小河沟时，她有些犹豫能不能跳过去，后边赶来的"二牤牛"先蹦了过去，然后说你跳吧，我在这边接着你。她跳过去的时候，"二牤牛"一下接住了她的手，并且趁机摸了一下不该摸的地方，以后还多次向她殷勤。杜华想到这里，老脸暗暗红了一下，起身拾掇一下去了村部。

50多岁的支部书记"二牤牛"中午待客时喝了几杯，正坐在老板椅上似睡非睡地想着村里新娶的媳妇哪个模样俊，醉眼蒙眬中看见院子里走进来青春时代心中的大美女杜三妮。虽然已是50多岁的人，但由于城里人保养得好，又穿着高跟鞋，还是有点儿风摆杨柳的样子，他赶紧迎了出去说：

"哈哈,这不是杜三大美人吗。啥时来的啊,也不说一声。"说着,拽住了她那丰腴的胳膊,就往沙发上拥。

看着这个虎背熊腰的黑脸汉子,闻着他满嘴的酒气,杜三妮轻轻推开他说:"按村里的辈分你应该叫我姑的,别胡闹。我今天来给你说件正事,能让你小子升官发财,让咱们全村富起来。"

"真的?""二牤牛"正因上级招商引资任务逼得紧,一下子瞪起了牛蛋眼,赶紧沏了一杯好茶奉上。

杜三妮满意地笑了,微微颔首说:"知道咱村的公主草吗?"

"二牤牛"说:"当然知道,不就是七色花吗?满地里都有,大鬼洼最多,就是东一棵西一片的,长得不成个气候。"

杜三妮说:"就是这个要成宝贝了。上次我来上坟拿回去一把,让我外孙女发现了,涂指甲,抹脸蛋。她那爸爸,也就是我那在省里当厅长的女婿问清了来路后说,'这是纯天然的化妆品原料,正好法国的一个化妆品企业来招商,我看可以作为招商项目做起来'。咱们村里可要成为外国化妆品生产原料的基地了,听说一公斤能卖好几十元呢。"

"真的啊?""二牤牛"的牛蛋眼瞪得更圆,脸上立刻换上了一副讨好的笑容,说,"三姑,你们老姐仨都来了吧?真是咱们村的福星啊。谁也不能走,我今天要以咱们村党政两套班子的名义招待三位老姑。"

杜三妮满意地回家等着去了。

这个公主草还真是大军寨附近的特产,是长着七种不同颜色、七片叶子的草本植物,这里面还有一个美丽的传说呢。据说是不知哪个朝代的皇帝的女儿——反正中原这个地方战乱很多,短命的小国多如牛毛,占了一块地方就封地建国,自封为王,有了女儿自然也叫"公主"——自幼酷爱打扮,每天从头到脚都要穿成七种颜色,号称"七彩公主"。有一年,皇帝与人争霸,兵败被杀,奶娘拼死相救,护着公主到奶娘的老家大军寨一带,流落民间隐姓埋名过起了老百姓的日子。公主爱美的天性一直未泯,虽然再也穿不起绫罗绸缎,但心灵手巧的她还是到处采各种颜色的草加工出染料,依旧穿七彩衣,同时也加工七彩线,到集上卖给四乡八村的农妇,

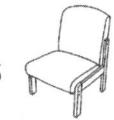

赚点儿小钱补贴家用。一次,天生丽质的她被邻村一个赶集的财主看到了,非要强娶她为妾不可。媒人跑断了一双小脚,她誓死不从,财主恼羞成怒,派了一伙家丁破门而入,强抢逼婚。公主不仅精于女红,还在王宫里学会了精湛的武艺,尤其是剑术和轻功了得。她把奶娘藏进夹道墙里,自己和家丁斗在了一起。心地善良的她不愿杀死这些为了一口酒饭为财主看家护院的人,尽量不刺他们的要害,只伤他们的穴位和胳膊腿关节的地方,让他们倒地而已。公主在院子里瞬间刺伤几个人后,施展轻功,飞身上了墙头,向大军寨方向草高林密的大鬼洼跑去。老地主恼羞成怒,一边大骂家丁废物,说白吃了他家的大锅菜白馒头,一边命令放箭,还说谁射中了回去奖赏3两白银,跑得快逮住的给2亩地外加一个丫环做老婆。一时,春天的阳光下箭如雨发,公主一面飞跑,一面用宝剑拨打雕翎,但还是有几支利箭射到了她身上,鲜红俏丽的血一路洒在了绿草如茵的大地上。护院家丁的教师爷在老恶霸的怒骂下,挽起硬弓,搭上了狼牙箭,一声呼哨,一箭穿入姑娘的后心,公主倒地而亡,鲜血洒过的地方,第二年就长出了这种七色的植物。为了纪念这位美丽的姑娘,当地人给七色植物起了一个名字叫"公主草"。

冷落多年的杜家小院热闹起来了,先是村委会和党支部两套班子集体把老姐仨请到了村里最好的饭馆里轮流敬酒,说三个老姑是村里的功臣,将来要立碑,还要建一个类似娘娘庙式的纪念堂,并随口宣布了要开发大鬼洼,各户承包种公主草。杜三妮也说到时要在自家设一个收购站,让自己的女婿派人收购。干部都是村里各个家族的头和殷实的富户,老百姓就是一群羊,随后各个树墩上的住户都像朝拜一样进了杜家院,不光送了礼物,还邀请三姐妹到家吃饭做客。请贵客当然要村干部作陪,那几天所有的村干部都喝得晕晕乎乎的,特别是"二牤牛",几乎是每天两顿,而且喝完酒后还忙着给村里来承包地的农户盖章,收了不少钱,真是乐不可支。

一天晚上,一个在外经商多年的老叔到他家说:"你别傻乐呵,那个娘们说得可靠吗?在家里做生意可不比在外边,骗了钱隐姓埋名一跑了之,这村可都是住了几百年的乡亲,那东西种出来要是没人收,他们可要活吃了你的。"听到这话,这个久经世事沧桑阴沉天不怕地不怕的"二牤牛"

还真有点儿怵了，赶紧操起电话，跑到里屋，给原来在此搞"四清"运动把他扶上了台而后成了铁杆朋友的原市人大副主任、现在已退休的郭铁生打了一个电话，足足半个小时，从里屋出来后满面兴奋像一头发情的野驴对他老叔说："您老就请好吧，一会儿我就开会，这地不往外承包了，全部由村委会统一经营。哈哈哈！""二牤牛"狂笑着仰天出门而去，搞得他叔那个老头好半天没转过磨来。

转眼之间，大军寨的公主草成了宝贝，"大军寨要成外国化妆品基地了""那种草好种得很，谁有了地就能发大财"，这些消息像春天的大风刮起的杨树毛毛，通过各种途径传遍了河海市的每一个角落，使许多人蠢蠢欲动起来，很多和大军寨有亲戚、有关系的人成了人人追逐的香饽饽。为了这种草，许多人的神经开始错乱，社会秩序被打乱，伦理关系也开始混乱。事实上，传言背后，让大军寨升值的并非这种草，而是大军寨本身。

〇五 为了票子,放下面子? 求人者畏于人

河海的胖女人、在政界颇有名的"雄伟的井冈山"老干部首先出场了。

河海城里的人大部分来自农村,说话都很粗,也很有乡土味道,那些年对这些农村出身的女干部也不太尊重,再加上她长得人高马大,和她差不多资格的人说起她来都说"那个胖老娘们儿"。有一年纪念党的生日,大唱革命歌曲,她还在局长职位上,大家推举原来在中华人民共和国成立初期当过土改文艺宣传队歌唱演员的她当指挥。她站在台上,头戴八角帽,一身红军军服,军用牛皮带把大肚皮勒得紧紧的,更显得胸前波涛汹涌。开头唱的是"雄伟的井冈山,八一军旗红",随着两只手臂在节律的带动下大幅度地晃动,她胸前硕大的乳房也跟着晃荡,在台下观看的政府办公室副主任张破更说:"你们看,这个老娘们儿的大乳房一晃荡,多了3个小的,就像井冈山上的五老峰一样,我们干脆就叫她'雄伟的井冈山'吧。"雅号从此传出,她也不恼,在政府开会时见了张破更还说:"你说我5个乳房,我一共才4个孩子,一人吃一个,正好多出一个,剩余的那个就归你了啊。"两人好一场笑骂。

胖女人叫巧秀,可长相一点儿也不巧,身材也不秀气,属于身高体壮、五大三粗的那种。她嗓门足、力气大,小时候上树爬墙,和男孩子摔跤打架,曾经把一个和她一般大的小男孩一脚踹到了河里。土改时组织民兵连,她当上了民兵排长,有一天晚上站岗,一个恶霸地主想半夜逃走,她一下子追出了 2 里地，三拳两脚将恶霸地主打翻在地，独自一人将其绑回了村，从此声名大振，被吸收到区土改工作队。那一年是 1949 年 5 月，她和一伙小伙、姑娘组成了土改翻身宣传队，唱《翻身道情》《东方红》，说评书《王大成翻身记》，很快红遍了半个县。也是在那一年，她迷恋上了镇中学会拉手风琴、会跳水兵舞、会唱《莫斯科郊外的晚上》的马教员，第二年就结婚了。随着中华人民共和国的成立，干部管理要正规化，她填表报个人简历时想，10 月 1 日是新中国成立的日子，把自己和共和国连在一起是何等的光荣，就挥笔写下了参加工作的日期是 1949 年 10 月 1 日，写完充满了一种豪气。这种豪气在她身上一直保持了好多年，无论是当区长、县委农工部长、妇联主任还是市里的知青办主任以及计划生育局长，参加各种运动下基层工作队，从未对困难畏惧过。在抓计划生育最艰难的时候，她亲自带人到村里抓人做结扎。胖女人的泼辣传遍了全市，成了市委领导手里的一把刀，急难险重的事总让她挂帅。

"文化大革命"结束后，全市最乱的村大军寨迟迟联合不起来，几个派别还在争权夺势，农业生产一团糟，市委书记亲自任命她为工作队队长。她到了村里，把几大派的造反头头召集到一起说了三句话："一是毛主席是我们的大救星，他老人家让搞大联合，不搞就是忘恩负义的小人；二是一个村住了几百年，都是老少爷们儿，没什么过不去的事；三是是人就要吃饭，你们当头儿，连老百姓要吃的饭都弄不出来，这叫没脸没皮。从今天开始，我们工作队和你们一起去搞农田基本建设、打井、深翻土地，我干多少你们干多少，看你们的表现再说谁当村里的干部。"她当时还和"二牤牛"他爹"老牤牛"结成了对子，双脚踩在还有冰凌碴子的地里，大铁锹一抡开，把"老牤牛"这个老庄稼把式惊得直斯哈，逢人便说，这个老娘们儿咱惹不起啊。连续干了一个多月，愣把上千亩盐碱地改造成了高产粮田，大军寨老百姓第一次户户家里有了余粮，她也和那里的人结下了深厚的友谊。

花无百日红，再能干的干部也有休息的一天。到了办手续的那一天，她才知道为当年"和中华人民共和国同一天参加工作"那样的豪言壮语付出的代价有多惨重。按国家规定，新中国成立前参加工作的干部拿 100% 的

工资，看病全报销，而她只能和20世纪五六十年代的人一样，拿90%的工资，药费只能报销一半。她争辩了几句，组织部管干部的一个处长拿出她的档案笑眯眯地说："张局长，这里可是白纸黑字你自己填的啊。"她没话了，骂骂咧咧地回到家，马教员说："你应该继续找，让老同志给你做证，或者找村里的乡亲给你证明，工资少点儿差不了几个钱，但以后老了看病还真是个麻烦。"她坐在床上挥了挥手说："算了，算了，我一辈子没向组织提过什么条件，临下来了找这个丢人现眼。我就不信我给共产党干了一辈子，家里有了事党会不管，有了病共产党办的医院会不给看。"

她的话很快出现了相悖的规律。她生育了两男两女，都没上什么学，安排工作时坚决听党的话，该下乡下乡，该分到哪儿就分到哪儿，积极响应毛主席的号召到工厂一线去，基本上都是到的企业。除了已经多年断了联系的小女儿自己折腾得还有点儿出息，其余的3个孩子伴随着企业改制的大潮，有的下岗，有的待岗，有的在半死不活的单位里待着，生活都不宽裕，还要靠他们老两口的退休金接济点儿。离开工作岗位的她，在家里蒙头大睡了半个月，想了好几个睁眼看月亮、数星星的夜晚，总觉得自己这一辈子有点儿冤屈，第二天豁出老脸走访了几个过去是自己的老部下现在还在任的人，想给子女换换工作，当年自己对他们入党、提干、升官可是帮助不少，可走了一圈后，顿时感到了世态炎凉。进了他们的办公室，他们都把过去的圆脸变成了长脸、过去的真笑变成了假笑、过去的真热情变成了真应付，一个个哼哼哈哈，顾左右而言他，有的还不断地看表斯哈。老干部回家后骂了半天街，摔盆砸碗，闹得家里鸡飞狗跳。素有涵养的马教员把来家蹭饭的子女和外孙、孙女劝走，默默地给她做了一碗鸡蛋挂面放在床头柜上，自己到另一间屋里练毛笔字去了。折腾了一天的她也累了、饿了，吃了后倒头睡到大天亮。早晨电话响起，老干部局通知老同志到外地旅游，她就跟着走了，谁知回来后却进了医院。

其实，她得的也不是什么大病，就是这次老干部旅游承包给了一个私人开的旅行社，旅行社为了省钱和多赚，包的宾馆比较低档，不太卫生，她从小又有裸睡的习惯，脏乎乎的床垫上不良微生物侵入私处，引起了炎症。

她到市医院去看病时,本来是想拿点儿消炎药或者打一针就回家的,谁知一进妇科,一个中年女医生就笑盈盈地迎上来,拉住她的手软软、亲亲地叫了一声"局长大姨",说:"您老可是难见啊,哪儿不舒服,我好好给你看看,您可是革命的老功臣啊。"说着,让座、倒水一气呵成,让这个被冷落了好长时间的老干部心里顿时舒服起来。她仔细一看,原来是自己在大军寨蹲点时老房东柳锦亭的女儿,叫柳絮,是老贫农的女儿,就说:"原来是你这个小丫头啊,几年不见出息了,都成副教授了啊。我在你家住的时候,你还上中学哪,天天翘着个小辫子疯跑,回家就喊饿,我的饼干你可没少吃啊。"柳絮医生说:"出息不出息还不是全靠局长大姨的栽培啊。我卫校毕业分到这儿,还是我妈找您,您跟医院说的呢。您忘了,我妈是背着咱大军寨特有的黄米去找您的,还让您给骂了几句,说什么也不收啊。您知道吗,局长大姨,我从中学到中专最佩服的就是您了。"

几句话说得"雄伟的井冈山"心里通泰无比、笑逐颜开、晕晕乎乎,心里想,还是老贫农的后代可靠啊,顺便说了自己的病情,并说过去的事都是应该做的,"谁叫咱是共产党员呢,大姨这病怎么看全靠俺闺女了啊。"柳絮连连应着,继续笑盈盈的,樱桃口里的话更甜了,说:"局长大姨说这个可就外道了,您是谁啊,革命的老干部、老功臣啊,为人民谋了一辈子福利啊,当晚辈的给您看个病还不是应该的啊。"随后边给她看病边说,"我说局长大姨啊,老了可要注意身体啊,你们好好活着是我们晚辈的福啊。现在外边旅馆可乱得很啊,卖淫的、嫖娼的什么人都住,我们这里天天都有看性病的,您老这是感染了啊,我先给您去化验。"说着随手开了几张单子,也不让她动,自己里里外外跑了几个来回,说了病情结果,向她推荐了上药、冲洗、电疗、按摩的四联疗法,亲自安排了独立病房,打针、送药都自己动手,让这个退了休的老干部感到更加热乎,只是在护士要她的医疗卡刷卡时,一下刷走了1000多元,让她心里有点儿疼,但又一想,一个老贫农的女儿是不会坑自己这个老共产党员的,心里也就有些释然了。

这天晚上,她半夜睡不着,起来在只开了夜灯的走廊里溜达,走到医护台不远的地方,听到一个男医生对值夜班的柳絮说:"还是我聪明吧,这个20世纪治疗妇科炎症的老处方让我分解成了四联疗法,既显得高深,还有了多收钱的理由。你这次忽悠的这个老太太不错吧,提成大大的啊,按百分比,起码得多提四五百元吧。"柳絮对那个帅气的男医生妩媚地笑了一下,并用兰花指轻戳了一下对方的眉心说:"还不是为了你这个小冤家啊。再说,人不为己,天诛地灭啊,现在这个社会谁不是为自己打算啊。我们这点儿钱和那些贪官比起来还不是一个天上一个地下,他们写几个字、说几句话就能捞几百万,我们还得说好话、动手伺候人,容易吗?"男医生顺势把她抱在了怀里,两人勾肩搭背拉扯着进了医生夜间值班室,门锁很快就咔嗒了一声。她气坏了,本想一脚踹开门把这两个狗男女痛斥一番,但想到夜里病人都在休息,对方在她眼里毕竟是原来的孩子,不能为老不尊。回到病房,她呼呼喘了半天粗气,顺手摔了几个药瓶和杯子,看着天色发亮,在一张处方纸上写了几个柳树叉样的大字,"不要脸的妮子,我走了",收拾了随身物品,下楼打的回了家。

她家还是一处河海罕见的平房小院,不同的是不小的院子里栽种的不是花草。除了两小畦青菜外,其余的全是玉米、大豆、红薯等大田作物,这些当然都是她的杰作,马教员从来不精于此道。这不,他掂着一把二胡刚从河边帮着一伙从剧团退下来整天闲得浑身疼的老娘们儿吊嗓子回来。由于两口子有以前的堵心事,"雄伟的井冈山"理亏地对他在外边和女人琴瑟和鸣的事从来都睁只眼闭只眼。马教员淡淡问了她一声"回来了",而后眉飞色舞地说:"咱那宝贝孙子来电话了!"她也立刻把医院的龌龊事忘到了九霄云外,情绪高涨地问:"他说什么了啊?"马教员说:"他说明年就毕业了,在北京处了一个对象。"她更高兴了,说:"还是我们家瑞星好啊,我要当老奶奶了啊。"这辈子她最舒心的事就是大儿子给他们生的这个孙子,从小学习好,一路扶摇直上,考上了北京的一所名牌大学。她和别人提起来总是乐滋滋的,一说起来就没完没了,说自己如何疼爱、教育,好像孙子的一切都是她的功劳,当她又要回忆、吹嘘自己当年教育孙子的事时,马教员说:"别说那事了。孙子说女方要留在北京,要咱们出钱买房子。"一时间,两口子不禁都噤了声,她拿起锄头狠狠地把一丛杂草挖出来说:"你说北京的房子咋这么贵啊，咱俩这把老骨头砸了卖了也不够交首付的。要是毛主席活着，一句话就能降下来。"马教员说："别说那没用的了，咱得给孩子挣点儿钱啊。"随后把听说大军寨要成国外化妆品基地、可以到那儿包地赚钱的事说了，还说："你不是在那蹲过点儿吗，找他们支书包几亩应该没问题吧？""对！""雄伟的井冈山"立刻信心百倍起来，又想起在医院看到的龌龊事，立刻决定去一次大军寨，先教训柳絮的娘柳锦亭，说她闺女不学好，而后找"二牤牛"要几亩地，凭自己的力气给孙子挣点儿房钱，也不违反原则。

　　"雄伟的井冈山"凭着老面子跟单位要了车，不到40分钟就到了大军寨。按照老辈人留下的规矩，在外的人回老家都要在村口下车，她大步流星、熟门熟路地先到了槐树堆的柳锦亭家。几棵浓绿的老槐树掩映着4间20世纪的红砖房，土墙头的细草绿盈盈的，虽然有些破败，但院里收拾得很干净，碎砖铺的甬路旁几畦秋菜长势旺盛。一个将近60岁的干净利索的老太太看到她，一下子把手里的笤帚扔到了地上说："我的天，张局长，我的老姐姐，你怎么来了啊？前几天柳絮打电话，我还说让她多看看你去呢。"胖女人本来还想和她拉拉家常，客气几句再说别的事，一听她开头就说柳絮如何如何，气马上上来了，就直通通地把柳絮坑她钱的事说了出来，但并没说她女儿和男医生勾搭的事，那样会显得太不给老房东面子了，但言语中还是说出了"你这个当娘的不够格，不让孩子学好，把过去贫下中农的精神都丢没了，丢了当年村里最年轻的女共产党员、女民兵排长的脸，辜负了当年我对她的培养"之类的话。

　　她原以为自己的一顿连珠炮一定会让对方羞愧难当，给自己道歉，谁知柳锦亭听了把嘴一撇，说："我的傻老大姐，都什么时代了，笑贫不笑娼啊，你还说这种话。现在谁不是为自己啊。孩子多要你几个钱怎么了？何况你又是公费医疗，钱又不从你家拿。""雄伟的井冈山"说："她那是造假坑国家啊。"柳锦亭说："造假？现在谁不造假啊，不造假能发财吗？要不是那年你发展我入党，当那个不多挣工分的突击排长，大冬天里带着月经下河挖泥，我也落不下这个腰疼的妇女病，也早就造假赚钱去了。"看着一脸惊愕的她，柳锦亭又说，"走，我现在就让你看看村里那些造假的事。"说完，拉着她出门走向大鬼洼。

下了槐树堆，走过柳条巷，顺着她还能依稀认得出来的当年的机耕路，她们很快到了大鬼洼的北面。原来茂密的荆棘丛里不知被谁开出了一条路，还铺了水泥，一辆辆有牌照的和没牌照的汽车来回忙碌地跑着，车上全是装得满满的油桶和纸箱。"雄伟的井冈山"刚要顺着路往前走，柳锦亭一把拉住她说："我的大姐，你要找死啊。"拽着她钻进了一条林间小道。

在一个大土坡上，搭着几排半地下的窝棚，上百人光着上身紧张地劳作着，冒着浓烟的棚子里架着大锅，一筐筐从饭店里拉来的泔水和脏猪蹄、肠子、心肺等倒进去，在底下火力的催动下，发出一股股呛人的臭味，一包包化学原料加进去，脏物沉淀，上面的液体经过过滤，变成了清亮的油，被装进了标有名牌食用油的塑料桶里。不冒烟的棚子里则堆满了烂烟叶、纸条、酒精和大缸的自来水，人们同样忙着，把卷成的烟卷、勾兑好的水酒装进了标有名牌香烟的盒子里、贴着名牌酒的瓶子里。

"雄伟的井冈山"气得两眼冒火，骂道："兔崽子们这是造孽啊，坑人害人啊，社会主义市场经济全被你们这帮王八蛋搞乱套了。"她的嗓门很大，吓得柳锦亭赶忙拉着她往一边躲，但已经迟了。一个叼着烟卷，满身黢黑、五大三粗的汉子一手提着裤腰一手拎着一根硬邦邦的枣木棍子骂骂咧咧地走过来说："是谁吃了熊心豹子胆敢来这里偷看啊，老子刚撒泡尿就露出你们这两个老娘们儿啊。来，弟兄们，把她俩绑起来脱光了，拴到林子深处那棵老榆木歪脖树上晚上喂蚊子。当然，你们想玩玩也行，不过这老梆子也太老了。"话音一落，立即蹿出了几个和他一样的愣头青。眼看就要动手，柳锦亭吓得哧溜一下藏到了一堆紫穗槐里。

老干部"雄伟的井冈山"可不是被吓大的。她几步迈上了一个坟堆，顺手拿起了不知谁扔在附近的一把铁锹，占领了制高点，背靠在一棵树上，站了个马步说："你们谁敢动老娘！"随后仔细一瞅，骂了起来，"我当是谁呢，这不是老花脸家的三小子三花脸吗？你也成气候了啊。要不是我那年从粪坑里把你捞出来，你早喂了狗了。我连你爹都敢剋，别说你这个小王八蛋了。还有你，二石头家的小碾子，老榆木疙瘩家的小树杈，成精了啊。你们这是帮狗吃屎，帮着坏人办恶事，要是在从前，先把你们这帮王八崽子批斗游街！"

到底是当年威风凛凛的女工作队队长，是给当年的这帮小学生上过阶级斗争课的人，他们一下子都愣住了。张巧秀摆平了他们，立即拿出手机，对着这些造假窝点拍了起来，一边拍，一边骂道："我叫你们祸害社会主义，祸害老百姓，我要给你们在报纸、电视上曝光，让你们一个个不得好死。"

"二牤牛"不知何时赶了过来，连连求饶说："张局长，我的好大姨啊，祖奶奶啊，求求你别拍了啊，你要公布出去，可要断了我们的生路啊。"

"雄伟的井冈山"气愤地说："就是要断了你们的生路！忘了毛主席的教导了吗？贪污和浪费是极大的犯罪，你们这样造假是更大的犯罪啊！你们有了生路，咱们的社会主义就成了死路。要是在过去，我非得办你个反革命罪不可！造假、祸国殃民的东西！"

看到她不肯通融的样子，狡猾的"二牤牛"眼珠一转，突然语气硬了起来，一屁股坐在她旁边，掏出一支烟点着说："哼，我们造假是跟你们领导学的，你看那些当官的，改档案，造假年龄，改毕业证，造假学历。组织部提拔假干部，纪检部门查假案子，把山坡涂上绿漆造假树林，把老百姓的羊群赶到路边撒了盐的草地上充数。数字出官，官出数字，国民生产总值是假的，财政收入是假的。你去问问乡里，每次让我报村民收入，哪次不是他们说了算？连墙头上长的几棵野草也按集上的价格算收入，谁去卖，谁又买呢？村骗乡，乡骗县，一直骗到国务院啊。"

昔日的老党员还真让他说住了，只得硬着头皮说："你说的那是个别现象，我反正这一辈子没造过假。"话虽这样说，但明眼人都能听得出来，她的底气已经有些虚了，紧接着说，"中央这不是整顿吗？"

当了大半辈子农村干部的"二牤牛"何等精明，赶紧把黑脸换成了红脸，上前亲热地说："大姨啊，别的事咱也管不了，你这个老干部的清白谁不知道啊。我琢磨着，你来这里，到咱这儿你曾经的第二故乡来，准不是来查造假货的，是来看看咱这儿老乡亲的吧？你老退下来了，闲不住，劳动

人民的本色丢不了。正好咱村要搞化妆品基地，你老是种庄稼的老行家了，我包给你10亩地吧，一年也能收入十几万。"

"我不包，看见你们这样我心里堵得慌。"张巧秀依旧梗着脖子。这时，手机响了，里面传来她宝贝孙子标准的普通话，她的脸上立即笑开了花，忙问："宝贝啊，听你爷爷说，你在北京搞了个对象，真是好小子啊，奶奶等着抱重孙子呢。"孙子说："奶奶啊，我跟你说，我这个对象长得像巩俐似的，家是南方的，这么多年，她是让我最来电的一个姑娘。我们想毕业就结婚，你可得给我钱在北京买套房子啊！要是没房，她跑了，我就不活了。""雄伟的井冈山"虽然不懂得来电不来电，还是赶紧答应说："一定一定，我的宝贝啊，奶奶就是头拱地也得给你想法儿，你可不能那样啊，你可是我的心头肉啊。"说完，回头对着一直看她的"二牦牛"说，"还站着干吗？去，给大姨看看种公主草的地去，老娘住下不走了。"说到后半截的时候，声调显然低了很多。

"二牦牛"说："大鬼洼那3600亩地我们定的是村里统一经营，已经向土地部门打了报告，谁承包都得先交预付款。您老就算了，单独给您划出一块来。"说完再也不看她，在前边得意地走着。张巧秀，这个老共产党员在后边跟着，眼里不由得流下了两行悲哀的无可奈何的老泪，她赶紧擦了，但还是有两滴落在了小路旁一丛青草上，刚刚长出的嫩草芽不由自主地抖动了一下。

〇六 以钱平息事态者迟早还将受制于人，
　　　非以役人乃役于人

　　大军寨要变成外国的化妆品基地，包地一年可收入万元能发财的传闻在河海城里迅速而又悄悄地传播着，许多做过领导干部的人听了基本都付之一笑，因为这几年招商引资吹牛放炮，最后连个影子都看不见的事太多了，但这事对升斗小民的感染力很强，尤其是离开了工作岗位，再也不能凭着小权力占点儿小便宜弄点儿小福利的科长和有点儿小实权的人，他们深感手头紧张，老婆管得又严，自己又有点儿小爱好，总想挣点儿小钱满足一下。大军寨曾经是市里的老典型，大干部在那里蹲过点的人很多，支书"二忾牛"又是个在市里有靠山的人，一般人他都不理，所以，和大军寨有点儿关系的县处级干部就成了小人物央求的对象。这不，孙乃夫刚要出门，家里就来了一位仁兄。此公姓陈名福海，"文化大革命"期间毕业于唐山机械工程学院，原来和孙乃夫的老婆在一个车间，后来落实知识分子政策到了市农业机械化研究所，混了一个副所长当。二线之后，穷极无聊，看着自己从农村带来的老婆越来越不像个女人样子，便没事到"刘秀休闲广场"跳野台子免费交谊舞。在那里跳舞的女人大都是来自企业的下岗女工，一辈子也没走出过工厂的围墙，见识自然小得多。在机关不起眼的陈副所长到了那伙人堆里，自然成了一群母鸡中的公鹤。有在大学里受过正规训练的老底子，有在机关时对外交往和到外地开会时在正规场合跳舞的经验，陈副所长在这些女工面前底气十足，自然可以指点对方一番。他和其中的一个女舞伴搂腰搭肩，两手相连，移动起来也就耳鬓厮磨，日子长了，男人看怀中的女人，虽然文化低点儿，但比起老婆年轻了几岁也稍有风韵，女人抬头看搂着自己的男人，对方不愧是大学毕业，虽然大了几岁，但和自己同样当工人的男人比起来，多了几分儒雅，何况在悄悄话中有时还能背几句唐诗宋词，念几句雪莱的诗歌，听着非常新鲜，不免做出几分小鸟依人的娇态，这就更让男人心动了。有时散场晚了，他拉着她找一个小饭馆吃点儿小吃，喝几杯廉价啤酒，两人脸上红扑扑的，感觉极为幸福。终于有一天，家里的另一半不在家的时候，他们做了成年男女在床上常做的游戏。事毕后，陈副所长自然是哼着小曲，浑身通泰，而来自农村的女人觉得自己不上算了，想起在老家做闺女时，邻居寡居的二婶和主管菜园的生产队队长私通，每次都得一个大北瓜或者一捆菜什么的。一个夏日的黄昏，她在挨着门楼过道的厕所里小解时，听到来给她家送北瓜的二婶对娘说，"拿着吧，白来的。咱们是一个村里来的闺女，我也不瞒你，你说咱们托生成女人本来就不容易，顺着男人的意让他们折腾，还得生孩子受苦受难。嫁汉嫁汉，穿衣吃饭，养汉养汉，不能白干，反正不能让他们白睡。"她那时年龄小，别的话没大听懂，但把"不能白睡"牢牢记住了，回头向陈副所长提出："你是干部，工资比俺多，咱俩已经那样了，你想揭也揭不下来，俺也不是贪心人，你一个月怎么也得给俺个三百二百的吧，其实，还不顶你那工资的零头。"老话说，吃了人家的嘴短，其实，上了人家的身体嘴更短。陈副所长想，自己堂堂一干部，堂堂一大学生，岂能在一个小女工面前装狗熊，自然是满口答应。但自己退居二线后，额外的收入基本没有了，那两千大几的工资，老婆看得很紧，自己平时每月花个百八十的还不显怎么着，真要每月拿出三五百来还真是个难题。

退休的陈副所长就这么来求孙乃夫了，说自己在农机战线干了一辈子，对土地极有感情，到大军寨包几亩地，一来可锻炼身体，二来有点儿收入，三来还可以发挥自己的技术专长，搞点儿农机具革新，提高劳动效率，并承诺说，如果孙主任有地，他可以包种，只求老主任给"二犍牛"写张条子。看着这个昔日戴着大眼镜在车间指指点点非常神气的工程师现在萎靡而又可怜巴巴的样子,孙乃夫说,我是和"二牤牛"熟悉,那是在位的时候了,现在可是下野了,不一定管事了,我给你写张条子试试吧。陈副所长拿了条子千恩万谢地走了,第二天骑上破自行车直奔大军寨,奔他的发财梦和对女工的承诺梦去了。这样的人,孙乃夫那几天打发了好几个。

在许多人指望在大军寨那块大鬼洼发财的时候,大军寨的当家人"二牤牛"正坐在乡土地所里发愁。

按照纪委发的村财乡管的文件,任何集体财产变动都要经过乡政府有关部门批准。新上任的土地所所长告诉他,大鬼洼虽然在大军寨的地界里,但属于国有土地,况且原来还办过人民公社的林场,现在也有人承包其中的一块,要想获得这块土地的使用权需要招、拍、挂。"当然,作为历史上属于大军寨的地,你们村可以优先。"这个严肃的年轻人告诫"二牤牛"说,"听说你已经把部分地分到了村民手里,那是违法的,必须收回,之后再竞拍。"

"二牤牛"不屑地看了看这个所长,以农民的狡猾笑着说:"好吧,你忙吧。"还没走出门就狠狠地说,"你算什么东西,老子马上就找人修理修理你小子。"随即坐到乡政府门外的一棵老树下,一脚踢走了一条正在翘着后腿撒尿的狗,把被狗尿淋湿的一块半截砖翻过来,一屁股坐在上面,拿出手机给前市人大副主任郭铁生打电话,要求他一定制住这个叫冯春海的所长,收了的承包钱不能退回去。对方沉吟良久说:"收地的事不用急,关键是赶紧把村里剩余的地拿过来,特别是那块被一个女人占着叫扫帚苗岗的地方,至于那个小所长的事,等我看看记录本再说。""二牤牛"听了以后想,那扫帚苗岗可是个阴气、鬼气最重的地方,"文化大革命"时死了那么多红卫兵,都是年轻人,他可听爷爷说过,人死时越是年轻,鬼气越旺。不过,既然老领导说了,肯定有他的道理。"二牤牛"嘟囔着回家想辙去了。

此时,河海市前人大副主任郭铁生坐在市老年大学大楼的最高处——十九层一间朝阳的大办公室里盘算着,这是他退下来之后谋得了老年大学名誉校长之后的办公地点。屋里除了一张老板台和一套现代化的办公用具

之外，最显眼的就是一张老榆木大宽床和一个虎虎势势的保险柜，那都是他在下边当官时搜罗来的。他是上了一辈子班的人，下来后实在耐不住寂寞，就找了省里原来要过他的好处而没给他办成事的领导，领导给后任的市委书记打了招呼，郭铁生就当上了这个能拿些补贴还能有很好办公条件的名誉校长。其实，他对补贴的那几个小钱并不在乎，他满意的是这个办公室，一是由于家庭的原因有些私密性的东西不便拿回去可在此隐藏，二是还可以和这里来往了十几年的老情人女校长以及其他女人幽会暧昧一下。

此时，他慢悠悠地抽了一支软中华烟，喝了一口极品铁观音，眯缝着两只狼眼看了一会儿初秋时期在街上走的还穿着短裙的年轻女人们，得意地狞笑着掏出一把永不离身的钥匙，走向那个发着幽幽黑光的保险柜。

外号叫"生铁锅"的郭铁生也是河海本地的土著居民，老家就在龙阳河的下稍。他的老祖宗当年从河南逃荒来此落户开荒时挖出了一对石马，就叫这个村为"神马庄"。郭铁生从小就不是省油的灯，长得人高马大，上树、爬墙、打架是强项，初中没毕业就被学校开除了，跟着村里的盖房班当小工。有一次在脚手架上码砖，他一边干活一边用小石子投不远处一群觅食的鸡，那群倒霉的鸡被袭击得炸着翅膀乱叫，一个小脚老太太急得跳着骂街，他在上边哈哈大笑。砌墙的师傅实在看不下去，照着他的屁股给了一瓦刀，他脚下一滑，"扑通"掉了下去。脚手架有5米多高，师傅吓坏了，忙下去看他摔坏了没有，谁知这家伙一翻身蹦起来说什么事也没有，在场的泥瓦匠都哈哈笑了，说这小子真是个"生铁锅"啊，从此，这个外号伴随了他一生。

20世纪70年代城里招工，他老爹送了支书半扇猪肉，他进了市里的一家建筑公司当上了瓦工。蓝色的劳动布工装一穿，他成了一名国有企业的正式工人，觉得很神气，再加上当时毛主席"工人阶级领导一切"的口号在中华大地上喊得震天响，他又多了几分自豪感。可很快他就发现，说是领导一切，其实谁也领导不了，谁都可以领导这伙人。和在村里盖房时没多少区别，现在干活也是风吹日晒，累得一身臭汗，不过过去是挣工分，现在是拿工资而已，还没科室的干部拿得多，于是，他瞄准了科室的位子。

怎么去呢？论写写算算，他不行；看图施工，水平不高。他想了个嘎法。

　　建筑公司经理是个老瓦工出身，工作狂，脾气很暴躁，自己经常加班加点，还不断到工地现场看建筑质量，发现问题骂娘，当场扣工资甚至开除都是常事，尤其是对各个工地雇用的临时工，他要瞅着谁干活不顺眼，当场就让卷铺盖走人，得罪了不少人。但他特讲义气，公开说我这个官是自己干出来的，没巴结过谁。谁对我好，我就对他好一辈子；谁要算计我，我让他一辈子不得好。

　　一个燥热的夏日夜晚，白天在工地上转了一天的经理随便到伙房里抓了3个馒头，喝了一碗菜汤，又看了一会儿文件，已是满天星斗了。他骑上老飞鸽回家，在经过一条路灯被顽皮的孩子用弹弓打坏了的胡同时，一支细长的棍子从暗影中伸出，插进了他自行车的后轮里，"咔嚓，咔嚓"辐条断了好几根，老经理"扑通"摔到了马路牙子上，还没等他回过神来，3个半大小子就围了上来，拳头，手里的砖头、棍子照着他的屁股上招呼起来。其中一个因小时候长疮，脑袋上没几根毛，外号叫"秃鹫"的家伙下手最狠，挥舞着一根从学校讲台上偷来的小藤条使劲往老经理的屁股上招呼。他一边反抗一边呼救，这时，"生铁锅"赶到了，三拳两脚打走了几个小流氓，把老经理扶了起来，说是经理你啊，我姑姑家就在这个胡同里住，我从姑姑家出来就看见这几个小子不是好东西，可还是慢了一步。你和他们有什么过节啊，我去追他们。经理说准是在工地不好好干活被我开除的临时工，"他妈的，打得我的腰好疼，屁股破了。你也别追了，把我送回家吧。""生铁锅"暗暗笑了笑，小心翼翼地把经理送回了家，回头到商店买了一瓶老白干和那几个打经理的，也就是他们村的"秃鹫"等一伙半大小子到一家狗肉馆会合去了。

　　没多久，河海的多个建筑公司合并，成立了建筑工程局，老经理当了局长，"生铁锅"被调到了生产调度科，过起了在办公室喝茶吸烟、到下面工地上转转的悠闲日子。干了不到一年，他又去了政工科，狐朋狗友大惑不解，调度科有权又清闲还能到下边的公司里白吃白喝，到政工科那个清水衙门里去干什么？他狡猾地笑了一声，说你们都经常去买面条吧，应

该知道哪个摊上队短往哪儿排吧？趁大家还在愣怔的时候，他赶忙说喝酒喝酒。调度科一正两副，领导职数已满，而政工科就一个科长，还缺一副职，而且和一把手接触多，也就机会多多。

　　他进了政工科以后，凭着察言观色与机灵劲，很快和科长的关系搞得不错，但发现科长对一个新来的女大学生更加青睐，重要的表格和给下面的任命书都是让她填写，还时常在女科员的桌子前腻歪，但那个女大学生自恃清高，不太领情。有一天下雨，下班时大家都在楼前整理雨具，科长不知从哪里弄来一辆破吉普车，要送女科员回家，女科员边穿雨衣边说你走吧，不用你管。这时，局里一管业务的副局长开车过来，打了一声招呼，这个女科员就上了局长的车，弄得科长好没面子。"生铁锅"看出了端倪，也找到了机会，晚上蹲在自己的小屋里，左手戴着白手套撕掉了本局常用信笺的红字头，写了一张女科员和某副局长有染的小字报，发挥自己腿长个大当瓦工时练出的善于攀爬的本事，不走正门，翻过局后院的墙头，潜行到二楼，贴到了那个年代各单位常搞的学习心得栏上。第二天，在人们议论纷纷的时候，他不失时机地对科长说还是人家眼光高啊，一句话说得科长妒忌之火烈焰腾腾，心想，傍上了一把手或者是我的主管局长我尚可忍，找了一个排在最末的管业务的副局长让我忍无可忍，不可饶恕。老科长上下运作一番，把那位女科员从后备干部的名单上刷了下来，填上了"生铁锅"。

　　小字报事件在局里引起了一场风波，那个管业务的副局长也不是吃素的，明察暗访一番，锁定了"生铁锅"，把他叫去叱问，"生铁锅"也早有预料，心里记住了村里经常干偷鸡摸狗踹寡妇门刨绝户坟的当家二伯的话，"死不承认"。他穿了一身旧得不能再旧的工作服，进门后两眼茫然地说："老局长，你看我像俺们村东地里的一棵红高粱，我会干那个事吗？"局长看着他一副装傻充愣死猪不怕开水烫的恶心样子，挥挥手让他出去了。

　　不久，他当上了副科长，后来调到了升官更快的市委组织部，当上了副部长。他任副部长期间，那里的干部对他干的两件事印象最深刻：一是述而不作，有了上级要的材料，他就叫几个人讨论一番，自己说几条，交上去之后，上级要是满意，他就说是自己亲自定的提纲，甚至小标题都是自己写出来的；如果上级不满意，就说自己那天没在，下边胡乱鼓捣的。二是每逢市委要研究干部，他就故意写出几个人的名字，随便放在桌子上，故意走出去不锁门，让别人到他办公室拿东西，把这个假名单传出去，让人想到郭部长在想着他，自然给他送礼。不管大家怎么认为，他在上级眼里的印象不错。

组织部就是升官快，没几年他到县里先是当县长，后换了一个县成了书记。他当瓦工的时候喝酒爱划拳，在县里讲话时，不自觉地把那个习惯带了出来，表示对某件事物的决心时，不是像领袖人物那样挥拳头加重语气，而是有时把拇指藏起，其余4个指头呈刀状往下切，有时把3个手指头藏起来，拇指和食指呈叉状往上扬。对此，许多干部戏称为郭书记的"四喜"与"八仙"，但也有懂门道的精明干部总结出规律：姓郭的手呈四喜状的时候，往下切是看着不顺眼要处理你了；呈叉状的那是耙子，要从你这搂钱了。"这人会当官，还得升啊。"还别说，民间预测得还挺准，"生铁锅"在官场这条线上一路飘红，先是当了市纪委副书记兼监察局长，又成了市人大副主任，但升的原因绝对不是民间组织部成员所说的那样，而是另有捷径。他除了著名的买面条理论之外，还有一个理论就是，"你的职务是党给的，所得的额外好处也是沾了党的光，所以，要把大部分献给党"。不过不是献给党组织，而是献给党内能代表组织的某些人。在贡献给某人的过程中，他还干了一件让别人望尘莫及的事。省委最顶劲的一个30多岁大秘书的母亲过生日，前去祝寿的人如水如潮，金银珠宝、珊瑚玛瑙、名贵字画自然满了寿堂，谁也不比谁差。看着这些，"生铁锅"拿起话筒，对着仅比自己大十来岁的女寿星唱了一首著名歌唱家的《祝妈妈健康长寿》，特别是说到"您的儿子、儿媳、闺女、姑爷、孙子、孙女也祝您身体健康"时，大手一挥，把在场的男男女女一伙干部全部划拉进去了，惹得在场的人笑骂声一片，那个刚到六旬还显得很年轻的老太太更是受用得不得了，对着儿子的耳朵说这个孩子我喜欢。大秘书虽然腐败透顶，对母亲却是很孝顺的，"生铁锅"也就提拔上来了。

在市委大楼办了几年公的他，虽然对得到的厅级干部这一地位很满意，

但最得意的还是当纪委副书记和监察局长时,在这个位置上他收获最大,对退下来还能保持以前的生活水准和在河海这个地面上还能办些大事起决定性的作用。在纪委工作期间,他除了把一把手伺候好,欺上瞒下地抹平一些小案子,收些礼外,再就是把一些举报信和告状信压起来,悄悄调查一番,记在小本上,和当事人暗地里见个面,告诫几句,说咱们哥们儿不错,都是本乡本土的,这事我给你瞒下了。对方自然是感激涕零。其实,他早把那些信和调查情况拿回家锁进保险柜里了,这些东西成了他下来之后要挟他人的筹码,当过滨湖区副职、管过开发区建筑项目、现在的老干局女局长就是这样被他长期作为胯下之马的。

此刻,"生铁锅"把办公室的门锁死,蹲下来,像只大虾米一样开了保险柜的门,从自己编写的土地系统案卷里一页一页找起来,可能是下来太久了,也是这个冯春海太过年轻,他没找到所需要的东西。但他并没失望,心想,河海的干部基本都是接班制,年轻人上了一流大学的都不回来,上二三流大学的人回来想进国土这样的好部门,他老子一定是个有点儿社会地位或者是有点儿纱帽翅的人。他又找出了当监察局长时以查案子方便为由,要的全市县级以上干部的亲属登记表,果然不负所望,他得意地笑了起来。这个小所长的老爹叫"冯三怀",当过一所中专的校长,现已退休。

冯三怀临退下来的那一年,"生铁锅"收到学校的一封告状信,说冯校长盖学生餐厅时受贿20万元。当过多年瓦工和建筑局长的他当然最清楚建筑行业那些猫腻,而且河海的建筑企业大部分都是国企改制时从他经营多年的王国里分离出去的,许多负责人还是他的小兄弟。他一看承建这个餐厅的建筑商真是他的一个小兄弟,就悄悄地把信压了起来。那时,他刚娶了二夫人,手头也有点儿紧张,心生一计,找到建筑商,一番吓唬之后,那人说了实话。"生铁锅"严肃地说:"最近中纪委来了文件,行贿受贿一样的定罪,超过10万元就算特大案件,进去待10年不成问题。"对方磕头求饶,下跪恳求了半天,"生铁锅"沉吟良久说:"你也不容易,我们是光屁股一起长大的,我也不忍看你进监狱,弟妹、孩子抬不起头来不说,衣食无着可怜啊。你把情况写出来吧。"在他的威逼下,对方写了一页多的纸,他假装认真地看了一遍说:"现在社会就是这样,你不行贿就包不到活,你们也是苦衷多多啊,但你也得体谅你哥我啊,干一行说一行啊。"说完,眯缝着眼睛不说话了,意味深长地看着对方。干到包工头的人也不是白吃干饭的,写完情况后,交给"生铁锅"的同时,顺便往他包里塞了3万块钱,"生铁锅"假装没看见,煞有介事地看了看那个说明,叹了一口长气说:"数目也不是很大,看在兄弟面上,我担点儿责任吧。"说着,把那张纸撕成了碎片,趁点烟时,烧成了灰烬,转身出了屋子。建筑商自然更感恩戴德,像哈巴狗一样亦步亦趋地把他送了出来,同时吩咐女秘书拿了两根长白山的老人参和1箱茅台、10条软中华放进他车里。他哪里知道,"生铁锅"在听他交代的时候,早就开启了放在上衣口袋里的微型录音机,他的罪证依然保存着。

冯三怀记得清清楚楚,当年把他找到纪委办公室时,已是快下班的时候了,夏日傍晚的市委大院里,造型别致的地灯发出多彩柔和的光芒,在阳光下暴晒了一天的梧桐叶子像夏日的睡莲慵懒地在晚霞中低垂,只有盛开的洋槐花还在晚风中散发着醉人的清香,坐在"生铁锅"对面的冯三怀却感到阵阵发冷。

"生铁锅"的办公室是三大间,里面是休息室,外面两间是相通的,很宽大,"生铁锅"坐西朝东,周围是一圈包着蓝色金丝绒的布艺沙发,进门放着一把平时各处室在他办公室开会时记录人员坐的椅子。

冯三怀进来时,屋里没有开灯,暮色中坐在老板椅上的"生铁锅"像一头大灰狼,轮廓很巨大,发出了威严的一声:"来了,坐吧。"冯三怀知道自己是戴罪之身,哪敢在富丽的沙发上落座,战战兢兢把半个屁股放在了那把椅子上。"生铁锅"不知动了一个什么开关,冯三怀的头上亮起了一盏射灯,照在了他那微秃的脑袋上,其余的空间依然是在暮色中,霎时间,豪华的办公室成了法律部门的审讯室。

黑暗中,"生铁锅"哼哼冷笑了一句说:"看来冯校长的身体还不错啊，我看到监狱里住几年还是没多大问题的。"冯的秃脑门上立即渗出了几滴冷汗，连忙说："郭书记，我……""生铁锅"一声断喝打断了他："怎么，想狡猾抵赖是不是，是不是想听听给你送钱人的交代录音啊？我跟你说，在我放录音之前，你还算自首坦白，放了之后可就是另一种性质了啊。""我，我，我……"冯三怀的汗水湿透了全身。

"生铁锅"在暗处得意地笑了，心想，知识分子就是没胆，几句话就吓成了这样，下面该是收获的季节了。"生铁锅"不再说话，屋里出现了一种恐怖的静，见冯三怀也不说话，他顿一顿先开口了："看来你是不到黄河不死心啊，那我叫检察院一起来办案吧。""生铁锅"说着把手伸向了电话机。"别，别。"冯三怀立刻想到了亮晶晶的手铐和冰冷的监室，交代了。

外面的暮色更浓，"生铁锅"打开了室内的灯，黑脸变成了红脸，就像野兽抓到了猎物，并且咬伤了它一条腿，让它不能再跑的样子，踱着悠闲的步子走过来，一边欣赏着冯三怀的窘态，一边有些痛心疾首地说："唉，自从担任监察局长以来，我一直在想我们的干部如何能够平安退休的问题。老了，平安退了，也就相当于辛辛苦苦种了一年的庄稼颗粒归仓了，剩下的就是大冷的天守着小火炉吃涮锅，和妻子儿女乐融融地抱着孙子享受天伦之乐啊。谁愿意让家人丢人现眼送牢饭啊。钱啊，钱啊，能让人高兴，也能给人消灾啊。"

冯三怀毕竟是大学毕业，脑瓜不笨，从最初的惊慌错乱到镇静了许多，他走到郭铁生的大办公桌前，垂手站立，深深鞠了一躬说："多谢郭书记批评指导，我回去好好检查。明天这个时候我准时把检查送来，听候组织处置。"

第二天太阳刚落山，冯三怀又来到市委。"生铁锅"通过窗户看到他上楼就拿起了电话机，也没拨号，冲着话筒叽里呱啦讲了起来。冯三怀拿着一个装有10万元的大信封进了门，说："郭书记，我把检查送来了，请您过目。""生铁锅"向他摆了摆手，临时捂住话筒，指了指拉开的一个抽屉，示意他放在里边，又对着话筒继续说："我觉得这件事还要从三个方面进行调查……"边说边冲冯朝门口方向摆了摆手,冯知趣地退了出去并替他关严了门。

这件事就这样过去了,10万元进了纪委副书记的腰包,但冯三怀的交代材料却被"生铁锅"保存了起来。

"生铁锅"今天找到了冯三怀的交代材料,仔细看了一遍,脸上浮出了得意的狞笑,随即拨通了当年中专校长的电话,约他晚上到茶馆坐坐。当夜,在迷离的灯光下,"生铁锅"旧事重提,冯三怀嗫嚅地说:"郭书记,那事不是早就结案了?我也没让你白操心啊,还送你10万元呢。""生铁锅"不紧不慢地说:"一、钱我没见;二、谁做证我收了你的钱呢,你是有录音还是有录像呢?"其实,冯三怀也不傻,根据郭的为人他确实带了一个微型录音机,但那天的过程是对方一句话也没说,计划落了空,今日只能自认倒霉。"生铁锅"继续说:"你虽然没送钱,但是你的交代材料还在我这里。中央有文件,对于贪污受贿可是终身追究。呵呵,你看着办吧。"冯的冷汗流了出来,在郭的威逼下,只得答应连夜去求儿子。

年轻的小冯所长看着父亲的满头白发和布满老年斑的脸上纵横的泪水,违心地答应把"二牤牛"已分到老百姓手里的地办手续,说剩下的自己实在做不了主,要按照上级的文件实行招、拍、挂拍卖。"生铁锅"的目的达到了一半。

○七 投机者将婚姻也视为投资的一部分，
纵然得到收益也要付出机会成本

河海有一句不太雅的俗语叫"强中更有强中手，能人背后有人弄"，此话验证在"生铁锅"家里。

这天下午，暖暖的阳光沐浴着"生铁锅"建在龙阳河边到了初秋还草木葱茏的连体别墅，透过大玻璃窗，洒在二楼卧室里那张用花梨木雕刻的宽大床上。午睡起来的白玉兰满足地洗了个澡，穿着一件据说能燃烧脂肪能量能瘦身更能衬托出白皙皮肤的性感紫色内衣，趴在床上翘着大屁股看画报。她是"生铁锅"的二婚妻，与自家女婿有些不清不楚。"生铁锅"弄人，自己的媳妇被人弄，这也是"冥冥之中"对"生铁锅"为非作歹的报应。

白玉兰过去在邮电局工作，号称"乒乓之花"。对于她的来历，河海人不是很清楚，一是邮电局是线上的单位，全国统一调配，地方管不着；二是她来自东北，身上有八分之一的俄罗斯血统，是带着一个小女孩调来的，有人说是逃婚，有人说是婚变，有人说是在一个临海的地方受伤了，来此舔养伤口来了，但不管怎么说，她的漂亮和健美是有目共睹的。当时建工局和相邻的邮电局举行球类友谊赛时，白玉兰着一身短打扮的火红呢绒运动衣一出场就震住了全场。那匀称的高挑身材，长长的肌肉紧绷的大腿，莲藕一样的胳膊，一头乌发用天蓝色的缎带扎起的马尾以及脚上那双欺霜傲雪的回力球鞋，让这些见惯了短粗、黄土颜色女人的建筑汉子一下瞪大了眼睛,荷尔蒙激素升高,纷纷嗷嗷叫着上台对阵。白玉兰英姿飒爽、不慌不忙,一只玉手横握海绵球拍,随着一双健美大腿和胸前两只白鸽的欢乐弹跳、平推、斜挡、远拉、高扣、长调,把几个汉子连续秒杀掉,全场欢声雷动。从小只会拿弹弓射鸟,和野孩子摔跤,对现代体育运动一窍不通的"生铁锅"坐在看台上,出神地看着,口水流到了下巴上,趁着无人注意擦掉后暗下决心,此等不可多得的尤物,一定要弄到手把玩一番。

此后,他实行了分阶段有目的地向女神靠拢的计划。第一步,先与他一样的脸似黑炭手像小铁耙子的结发妻子离了婚。第二步,到纪委工作后,把白玉兰调到不用上夜班也不用顶班的自己一个小哥们担任头头的园林处,并送了一套房,跟小弟兄说替他看紧点儿,不准别的男人染指,更不能搞对象,若有人给她说婆家,要想尽一切办法破坏。用他的话说,"就像在田野里放牧,不带缰绳,尽情吃喝,还不能离开视线跑了"。按河海的土话说,"遛着她"。紧接着他利用中央不管哪级单位,纪检和检察部门可以按属地办案的原则,抓住了邮电局一个副局长的经济问题,本来不大的事,他却小题大做,硬是把局里十几年的账本搬到了纪委,亲自查账,终于找到了当年乒乓球队一笔不合理的开支,签字人正是当年的队长白玉兰。狡猾的他没有亲自出面,故意把当时3000元立案的标准改成了1000元,而当年白玉兰恰恰是多领了1000元多一点儿,然后让那个小兄弟转告她。一番威逼利诱,"生铁锅"终于抱得美人归,还平白无故得了一个和妈妈长得一样漂亮的闺女。婚后,一次他和一帮当瓦工的小兄弟喝酒喝高了说:"你们是不知道啊,我给你们娶的这个嫂子真是活得值了。那大腿、那肚子那个白啊,就像洋粉纸一样,像雪花膏一样啊;屁股那个翘,奶子那个大,真是摸不够、揽不够啊。"一个有点儿文化的施工技术员说:"你别说得那么难听啊,那叫丰乳肥臀。"

女人爱虚荣。一个在河海无根无蒂的外地女人一下子嫁入了豪门,尽管男人比她大七八岁,但吃穿不愁,班不上了还照样拿工资和奖金,尤其是没上过正规大学的女儿后来还进人事局成了公务员,她觉得很满足了。

她家的女婿是孔武有力的青年男子,叫王建业,也是大军寨人,其父外号"大叫驴"。"大叫驴"是从外地逃荒到大军寨的,在随父逃荒途中,曾在一个私塾里打过两年零工,认识了几个字,后来又到一个油坊里踩榨油机,跟着账房先生学会了算账。解放初到大军寨的时候,落户到了穷人最为集中的槐树堆。土改时"大叫驴"因为认得几个字、会算几笔账成了贫农团的骨干;土改结束,做了寨子里的当家人,一直干了十几年。"四清"运动时,因为一点儿经济问题被早就看他不顺眼的"二犟牛"他爹整下了台,媳妇也跟着平安县一个做马尾罗的跑了,丢下了一个小子,就是这个王建业。"大叫驴"后来又娶了一房,带来了一个闺女,但孩子不久就被女人的前夫领走了,两人也没有再生,后娶的老伴对他们爷俩很好。日子虽然过得不富裕,却也算和美,但"大叫驴"心里一直窝着口气,认为自己的一生最辉煌的是土改后当干部的那几年,下来后因为自己家族小,又没什么官面上的亲戚,一直没竞争过"二犟牛"家,就把希望寄托在了儿子身上,给他改名叫建业,意思是要建功立业,为老王家争气,在村里扬眉吐气——这话是他在和后老伴结婚圆房时说的——女人闺女走了,以后就指望着这个儿子了,自然对孩子就更加关心。

建业也许是继承了他爹有点儿文化的基因,从小聪明,书读得好,按农村人的说法,经常考双百。家里只有他一个孩子,不用放羊砍草,不用拉扯弟弟妹妹,有时间做作业。脑袋聪明加上对学习有兴趣,建业顺利上了城里的高中,3年后考上了北京的一所名牌大学,顺风顺水地毕业了。那时大学生还是统一分配,读了四年大学的他,除了装了一肚子知识,眼睛也明亮了许多外,个子蹿到了一米八,虎背熊腰,猿臂长腿,但脸上还是红扑扑的,乍一看还是河海农村大小伙子的模样。

他家在城里也没什么人,那时也不太讲究走后门,人事局大学生毕业分配办公室的人看了他所学的"宏观经济"专业和不错的各科成绩单,把他分到了人称"二政府"的市发改委。建业第一个月领了工资后自然要孝敬他爹,可他爹嘱咐不要把钱拿回来,要通过邮局寄回来,并明确说一定要说明几时寄出的,他好在家等着。在儿子的300元寄到大军寨的那一天,"大叫驴"早早跑到了原来的大队部在一旁蹲着,并对老婆叮嘱了一番。当邮递员骑着绿色的自行车到他家门口要求拿章盖戳取钱时，他老婆说章在老头子手里，可能到村部去了。邮递员在村部找到"大叫驴"后，他当着众人盖章领钱后得意地说："我们家也有了吃官饭的，以后也得认认我这个门。"还故意到附近的小酒馆里"啪"的一声拍出一张崭新的100元新票子，要了二两老白干和一盘花生米，从腰里拿出一头自家地里拔的蒜，有滋有味地喝完，哼着小曲晃晃悠悠地回了家。

王建业有一个外号叫"王大鸟"，据说是小时候和一群小孩子比赛谁尿得高获胜了，小伙伴看着他那还在抖动尿液的小鸡鸡说："怪不得他尿得高，他鸟大。"从此，"王大鸟"这个外号便传开了。

"王大鸟"能跟白玉兰的女儿结婚并非出自这个精壮小伙子的本意，说起来还是"东方秀才"欧阳俊做的媒。当时"王大鸟"虽然年轻，但时光也是快速地溜走了，转眼到了处对象的时候。他上大学时读了几本西方文学和爱情哲学的书，脑子里装的罗密欧朱丽叶的故事很多，一心想找个学历相当有共同语言有知识内涵的伴侣。凭着他的学历和工作的单位，倒是有几个小女子对他有意。在一起看过几次电影，在马路上第几根电线杆下约会了几次，逛了几次公园，吃了几顿小吃后，按着河海的规矩女方要和家人到男方的家里去看看，尽管"大叫驴"两口子把家里打扫了又打扫，还是掩盖不住那三间只有挂面砖土房和土坯垒砌的土墙头的穷气，在女方家长讲的将来生活的严酷声中，一个又一个姑娘退却了。后来有人给他介绍"生铁锅"家后老婆带来的闺女华丽，他见了面后，觉得人长得不错，就是中专毕业，知识层次低，共同语言太少，心里不太乐意。他爹知道后，欣喜若狂，若攀上"生铁锅"这棵大树，何愁不能东山再起啊，力主儿子成婚，可"王大鸟"还没从雪莱的爱情诗里钻出来，一直犹豫着。

夜里，"大叫驴"在土炕上和媳妇亲热过后，望着屋顶想辙，想着找谁才能说动这个不懂老子心的浑小子，盘算着自家亲戚和熟识朋友谁能和这个自以为读了大学就上了天的儿子对上话。农耕社会，乡村守望，几辈子娶媳妇嫁女都出不了多大的圈，三四十里之内都能连上亲，"大叫驴"把所有的亲戚在脑海里过了一遍，最后想起了多少年没来往的远房表哥，

号称"东方秀才"的欧阳俊,于是逮着一个周末,拾掇了几样土特产骑着破自行车跑了一趟,把这个表哥请回家,把儿子也叫了回来。

是夜,星光满天,欧阳俊酒足饭饱之后,让老两口回屋睡觉,带着"王大鸟"出了院,坐在胡同口一棵老槐树下,满嘴喷着酒气,但头脑特别清醒地说:"老侄子啊,你别看你老伯没上过大学,那是'文化大革命'闹的,我可是正儿八经1966年的高中毕业生。那时我的作文传遍周围三个县,号称'东方秀才',要是让考,北大、清华我得挑着上。要没有这个底子,你老伯我也不会在40岁了还能吃上商品粮,成了湖区宣传部的科长。当然,还得有机遇,得感谢调走的柳枫秘书长和那个漂亮得让人不敢看的王嫣然市长,以及那个和我一样没学历但混得更好的金剑北大侠。"对于他的历史,"王大鸟"是知道的,连连点头。欧阳俊看他初步认可,就有些恣意起来,点着了一支软中华烟继续说,"别看你上了大学,但是读的书不一定比我多,唐诗宋词不用说,古典名著我全看完了,就是外国的什么《红与黑》《静静的顿河》《基督山伯爵》《飘》等,连什么《查泰莱夫人的情人》我也研究了好几遍。我告诉你,小子,那个什么叫爱情的东西根本没有,那都是不用下地干活,不用到外地打工,也不用到某个公司上班,不用去哪个机关谋生的小姐、公子们臆想出来的,也是一帮无聊文人阴差阳错娶了个不中意的女人,看到邻家或者是哪个单位美丽的小妹和少妇自己晚上意淫编造出来的。你也是读过大学的人,你看看中外名人的传记和各朝各代的历史,哪个婚姻是讲爱情的,还不都是为了政治上的升迁和经济上的钱财啊。西方一个获诺贝尔文学奖的作家说男人有三大责任,第一个就是让父母骄傲。你看你家这个穷样子,你爹总觉得窝囊了半辈子,后娘也老了,你现在虽然在官场混,但没什么靠山,10年顶多也就混个小科长,还不一定。你要是和'生铁锅'的女儿成了婚,起码有三个好处:一是你的提拔会进入快车道,二是你爹娘会高兴,三是经济上也会翻身。"

看到逐步开窍的"王大鸟",欧阳俊回到屋里,拿出剩下的半瓶酒,喝了一口,又点燃了一支烟,用烟酒盖脸说:"其实,女人就那么回事,不是武器,就是工具。如今官家的女人多空虚,你有本钱,伺候两三个女人没问题。过去皇家招驸马都从状元里面挑,要的是才华和容貌,你都有啊。你做了他家的女婿,依靠自己的本事,不管是明的暗的本事,只要把他们一家伺候舒服了就是把他们的钱和权用起来了,这也算光宗耀祖了。再说,白玉兰的闺女长得也不错,工作也好,就是学历低点儿,可话说回来,不是你这高学历和名校的文凭,人家还不乐意呢。小子,咱是农村人,就得说过日子啊,一家子风风光光在村里是何等的快活啊。记住,在咱们农村,可是前三十年看父敬子,后三十年看子敬父啊。"

一席话说得这个农村出来的名牌大学生频频点头。就这样,"王大鸟"和"生铁锅"后妻带来的闺女华丽结婚了。

和官家联姻就是上算,"生铁锅"在河海市内房产多多,除给了前妻和孩子足够的房子外,手里余下的其他房产还包括这座建在龙阳河边的联排三层楼别墅:一圈过去农村土财主式的高大围墙围住了院内的花草苗圃和菜园,中间是每层都有6个房间的白色西班牙式楼房,还安了一部小巧的电梯。一层是客厅、厨房、餐厅和客房,二层是"生铁锅"两口子的卧室及书房,三层就成了闺女和女婿的新房。

"王大鸟"和华丽两人搞对象期间也没玩什么浪漫,一是河海也没有什么可去的地方,新修的不伦不类的公园无非是几棵树、几盆花、几块绿地和一洼水,对农村来的"王大鸟"没什么吸引力,也就是有时去看场电影,到新兴的星巴克喝杯咖啡,或者是到金角湖边上溜达一圈,其余大部分时间是在"生铁锅"的家里吃白玉兰做的东北菜。二是准丈母娘对闺女看得很紧,规定晚上10点以前必须回家。这两个青年男女因此没有深入的机会,最多就是拥抱亲吻一下,还怕这个整天在家玩的岳母看见。

等女婿进了门,"生铁锅"按照白玉兰吹的枕头风办事,施展了过去储存的能量,说服发改委主任把女婿提拔成了副处长,压着大军寨的"二牤牛"把亲家"大叫驴"吸收进了村委会做了副主任,王家的房子也变成了青砖到顶的大瓦房。"王大鸟"更加佩服自家远房的表大伯欧阳俊了。

今天上午,省里的会一会儿就散了,"王大鸟"搭了企业的一辆便车,

按照老爹的要求先回了一趟老家。他爹"大叫驴"告诉儿子，虽然自己是副主任，但一点儿主也做不了，大鬼洼的地也和普通村民一样包得不多，要儿子通过亲家多包一块。"王大鸟"知道，这事只能是通过白玉兰说。表大伯欧阳俊说过"你有本钱，伺候两三个女人没问题"，他把这劲头全用在自己的丈母娘身上了。"肥水不流外人田"这句话在"生铁锅"这里成了莫大的讽刺，这辈子没做过好事的"生铁锅"生生被自家姑爷染绿了帽子还蒙在鼓里，算是老天对这个亏心人实实在在的报应。

"王大鸟"回家后和白玉兰酣畅淋漓地疯狂了一回，趁着丈母娘还在兴奋的余波里打滚，说了自己的要求。这时候的女人智商最低，一口答应下来，并说钱不是问题，不过地块的事得让老头子说话。在当晚的饭桌上，白玉兰炖了一罐鹿鞭人参汤，先给"生铁锅"盛了一小碗说："看你，退休了还在外面忙乎，这几天喝酒喝得都瘦了，赶紧补补身体吧，这一大家子还指望着你呢。"说得"生铁锅"平地升起一股豪情，想着今天下午摆平了那个小所长的事，一边享受一边得意地说："你说的还真是那么回事。在河海这块地盘上，我的话还是能占一席之地的，他们啊，嫩着呢。"趁他得意地低头喝汤时，白玉兰麻利地给女婿也盛了一碗，并把老山参最有营养的那部分根须放到了"王大鸟"的碗里，不失时机地对丈夫说："就是，树大根深啊。"随即把女婿说的事提出来，补充说，"我这几年在家里坐得身体也虚了，正好趁春秋不冷不热时到地里转转，接接地气，看看花草，把身子骨壮实壮实，也好伺候好你们爷俩。"'生铁锅'赞许地看了妻子一眼说："好事啊，我可以打招呼，但是，大鬼洼除了现在大军寨人承包的以外，其余部分可能要招标拍卖。建业啊，你和你爹说，咱就要扫帚岗那一块，那块地我看过，长400米，宽300米，大约有300亩，黄金宝地啊。""王大鸟"听得有些发蒙，他从心里还是有些惧怕这个老丈人的，怯懦地说："爸，那块地可是……"白玉兰怜爱地看着女婿说："那块地可是块凶地啊，那么多红卫兵的坟地，再说还有那个怪女人承包着。""生铁锅"喝完了最后一口汤，两只狼眼在白玉兰的胸脯上扫了几秒说："天机不可泄露啊，你们就按我说的办吧。"说着拿起牙签，剔着一嘴大马牙进了卧室。

64

〇八 陪标是招标方和投标人之间的串通，围标是投标人之间的合谋

公主草的故事继续流传，大军寨村东的3000多亩大鬼洼成了人见人爱的白雪公主，成了人人都想得到的黄金宝地。镇土地管理所发出了公告："除了已被大军寨老百姓承包的800多亩外，其余2000多亩公开向社会招标竞价拍卖。""二牤牛"召开了村民大会，宣布村里通过对外招商，找到了南方一家专业种植花草的公司，流转承包村民各户目前在大鬼洼的地，签订合同后预付一年3000元的收入。这几年在外面打工，大军寨的年轻人都基本不会种地了，人也变懒了，一想到要把几百年生的荒草和老树棵子刨掉再平整，心里就发怵，都愿意像过去老地主一样夏天坐在大柳树的阴凉里品着凉茶看长工们锄草施肥，冬天坐在小火炉旁喝着小酒、吃着火锅里的涮羊肉收租子，所以，不几天，前一段时间出手的地又回到了"二牤牛"手里。"生铁锅"在"二牤牛"家里喝了几次酒，一块吓人的"中华北方天然化妆品基地开发公司"的牌子就在"二牤牛"家新盖的临街二层楼上挂出来了，还真来了几个南腔北调的外地人里里外外忙乎起来。

这几年中国的基层政权也真是穷坏了，上边千根针，下面一条线，这个达标，那个达标，大官来视察，上级来检查，对口部门考核评比，哪路神仙也得罪不起，都要和干部的升迁挂钩，不仅做形象工程花了一大笔冤枉钱，还有数也数不清的招待费。这次在"生铁锅"的操纵下，可以把大

鬼洼的荒地拍卖了，穷疯了的河湾镇政府高兴坏了，在靠近"二牤牛"说的怪女人承包的果园、菜园外加养殖场的旁边也就是原来叫扫帚岗的外边，砍了一片树，平了一块地，修了一条路，搭建了一排木板房，竖起了拍卖指挥部的大牌子，前面插上几面彩旗迎风招展，大功率的播放机摆在门前，四只大喇叭上了几棵钻天杨的树梢，一会儿是《四郎探母》，一会儿是《小二黑结婚》，一会儿是《学习雷锋好榜样》，一会儿是《心雨》，一会儿是《我家住在黄土高坡》，一会儿是《夜来香》。在这大杂烩般混乱的戏曲、歌曲中，来的人还真不少，小汽车、摩托车、电动车、三轮车还有农用车以及多年不见的驴车也来了，满满当当地挤了一大片。工商、税务、公证部门的人到齐后，土地所的小冯所长按照"生铁锅"给镇里制定的规则拿着大麦克风大声喊着："以 10 亩为单位，起价 500 元，10 个人一组开始竞拍，出钱最多的拿地。这里有制式合同，当场交钱签订，使用权 30 年。"此话一出，在城里有点儿小闲钱，想到农村买个三五分地一面休闲、一面赚点儿小钱的人退却了，附近村里想要个三五亩地这几年靠种地发了点儿财的人也拿不定主意了，只剩下外地来的几个承包大户在一起窃窃私语。

　　大军寨的"二牤牛"和"大叫驴"各带着一队人马赶来了，每人开着一辆加长农用车，车上坐着十来个膀大腰圆的小伙子，手里拿着铁锹、镢头，车厢里还放着几根磨尖了的铁棍子。"二牤牛"咋咋呼呼地说："小冯所长，你也别 10 亩一组了，我们要这扫帚岗的 400 亩，我和我们的副主任一起竞争，不算违反规定吧？"小冯所长说："那不行，这块地是齐曼同志早就承包的，还没到期呢。""大叫驴"大大咧咧地一挥手说："我们知道，不就那个怪女人吗？这你就别操心了，我们买了，自然有办法让她退出来，这里有镇长的批条。"

　　有道是官大一级压死人。冯春海看着"二牤牛"不知道从哪里找来的连辆车也没开穿着也一般却拿着标书指指点点的几伙人，知道这不是真正的买主，是来帮着围标的，但有领导的批条，他也得照办。为了对得起良心，他在正式竞争投标前，还是把那几个从外省赶来的土地承包大户往招标台前集合。那几个人往前走的时候，"二牤牛"带来的那几个小伙子拿起了车上放的农具和磨尖了的铁棍上场了,他们并不直接冲着人去,而是在那几个人的必经之路上耍起了武术。锃亮的大铁锨、开了刃的镢头和类似金箍棒一头尖的铁棍在太阳的照射下发着寒光,被舞得呼呼生风,把几个来投标的外地大户逼得节节后退。

这边招标台上,"二忙牛"和"大叫驴"等人高声呼喊着:"快啊,竞标吧。"突然,一阵大功率马达的轰鸣声由远而近,一股钢铁洪流扬起漫天的尘土直开过来,还夹杂着车载高低音炮、重金属音响放出的一支不伦不类的歌曲,竟然是20世纪中期庆祝抗日战争时红遍全国的《抗日将士出征歌》,但不是著名军旅歌手唱的,而是一个粗犷的带点摇滚的声音:全国动刀兵一齐来出征,你看那大旗飘扬多威风,这路人马哪里来?西北边区陕甘宁。声音盖过了树上的高音喇叭,压住了现场的嘈杂声,大家像被巫师施了魔法,又像被武林高手点中了穴位,都直直地愣在了那里。

一彪人马极其张扬,前边是6辆大功率两缸四冲程的太空银色的宝马摩托,骑者都是青壮小伙,头戴黑色贝雷帽,上身着黑色皮夹克,马裤下面是高帮白色耐克旅游鞋,中间是黑色加长、加宽的奔驰600轿车,后面是两辆美国悍马敞篷军用吉普,每辆车上坐着6个留板寸穿黑色阿玛尼西装脚蹬作战靴个头都在一米七五以上的汉子。

这支钢铁洪流停下来之后,摩托车并未熄火,而是绕着奔驰车3辆顺行3辆逆行转了一圈,最后在奔驰车主人下来的位置两旁各侧立3辆,形成了一条走廊。后面悍马吉普上的12个阿玛尼黑西装如同黑豹下山捕猎,身手矫健地跳下车,在摩托前面分列两行,使走廊又延长了一段。虎背熊腰的司机大踏步转身,小心翼翼地把车门打开,一个头戴白色牛仔式遮阳帽,黑色墨镜遮面、长发披肩的女人坐在车里,身着一身铁锈红紧身皮夹克装,把高大丰满凹凸有致的身材表现得格外张扬。女人脚蹬一双黑色过膝马靴,肩膀上披着一件发着幽光的黑皮半大衣,戴着雪白手套的玉手拿着一条类似马鞭的东西,好像一匹四蹄矫健、扬鬃炸毛的大洋马。她缓缓走下车,摘掉墨镜,整齐又有点儿弧度的浓眉下一双充满着欲望、沧桑和精明的黑葡萄似的大眼睛看了看天上的太阳和现场说:"哈,好热闹啊,

67

我们来对了啊。怎么了，一个投标的事，还这么多人拿刀动枪的？去，叫他们让让路。"随着她的话音落地，12个阿玛尼西装跃起，也没见怎么动作，"二牤牛"带来的那几个精壮汉子手里的武器就纷纷落地，人也被赶出了一丈开外。"啊，'大运摩托'！""二牤牛"和"大叫驴"几乎同时瞪圆了4只牛蛋眼，"我的娘，这个女魔头怎么来了啊？""二牤牛"惊得一屁股坐在地上，抓起手机给"生铁锅"打了电话。就在此时，扫帚岗上的果园里，一座青灰色小砖房的平顶上，穿一身20世纪初流行的大翻领卡腰列宁装留着齐耳短发腿有点儿跛的中年女人站在上面，冷峻地架着一部苏制高倍望远镜，细细观察着这里发生的一切。她的两边卧着两条黑色的藏獒，身后是一个像狗熊一样壮实的铁塔黑汉。她看了一会儿，尽管身边有如此雄壮的护卫，但还是觉得心里发冷。思索良久，在两行清泪的陪伴下，她拿出手机，给远方久未联系的金剑北发了一条信息——你能来看看我吗？

在她的脚下，果园旁边锈蚀的铁丝网外的一条土路上，退居二线的河海市委原办公厅主任孙乃夫靠着一辆旧213吉普车也默默观察着这里发生的一切。离开了工作岗位的他实在无聊，在欧阳俊、魏正义等人的撺掇下加入了他们成立的"机关材料秘书公司"并当了顾问，没有了专车的他也实在觉得别扭，就找了过去的一个干企业的老部下借了一辆旧车开着胡乱转悠。他今天来大军寨一是想找"二牤牛"给托自己办事的人找几亩承包地，二是农村出身的老婆凤英动了儿时的俗兴，要来收割过的秋后农田里捡秋，说拾些老玉米和红薯，回去熬粥喝。

孙乃夫拉过一个在边上的农民，给了对方一支昨晚在谭丽萍的酒店里吃饭时顺到兜里的中华烟，问明了情况，摸着秃脑袋琢磨了一会儿，对拿着花布兜还在玉米地里寻找的凤英喊道："哎，我送你回家，我得去趟金家墩，找剑北大哥去。"

这个把"二牤牛"和"大叫驴"吓得一屁股坐在冰冷土地上的女人绰号很多。她是河海市第一个骑摩托的女人，先是国外的"佳娃"，后来是国产的"幸福125"，再后来就是雅马哈、本田、名流、宝马等最大功率的摩托车。她人高马大，骑摩托时总穿一身黑色皮夹克，披一件黑色大衣，和中央电视台广告上的大运摩托的女代言人一个模样，人们就叫她"大运摩托"。她有很多名传一时的第一：她是在绥芬河做边贸生意时第一个跑到俄罗斯海参崴军事基地，用两瓶老白干把一个基地司令灌得晕头转向，驾驶米格－17直升机上天的中国女人，人们也因此叫她"飞天女侠"；她是第一个敢坐在市长床上先耍赖后拍桌子，和许多市级领导称兄道弟互拍肩膀的人；她是第一个和官宦子弟离婚后还和公婆保持着良好关系的人；她是第一个在市医院管医疗器械采购时，伙同院长贪污，院长被判了刑，她却得到据说是市委高人指点而安然无恙的人；她是第一个在河海组织了女企业家协会担任了会长，混得了省政协委员名头的女人。其实，她就是老干部"雄伟的井冈山"那个断了多年联系的女儿。

当年，正值40来岁的巧秀从副县长位置上刚调到市直一个部门任一把手，临近的一个城市发生了大地震，她牢记毛主席"什么是叫工作，工作就是斗争""越是困难的地方越是要去"的教导，自告奋勇地担任了河海市的救灾队队长，带着一队人马赶到了目的地，来不及埋锅造饭就投入了抛砖瓦、抬檩条、撬预制板救人的行动。他们分到的救灾区域是一个离市里较远的工厂生活区，大跃进时期盖的房子，倒塌的很多，因而伤残的、被砸死的也不少。她冲在最前面，连续救出4个人，看到车上满了就大喊着快开车，把人抓紧往医院送。在突然到来的风雨中，大家在她高声的喊叫中七手八脚地把伤员抬上了车，疾驰而去，却把她忘在了瓦砾旁。她看着远去的卡车欣慰地笑了笑，抓起在土里埋了半截的一把油纸伞，坚持着往市区走。刚开始时还行，一会儿从头天到现在没吃饭的肚子咕噜噜叫起来，在泥土里扒蹬了半天的四肢也软了下来，她刚想在一棵大核桃树下坐下来歇歇脚，正巧来了一辆外国进口的大卡车，她拦住司机就爬了上去。这种车的驾驶室是两排座，后面一排又长又宽，像一个大沙发床。她吃了大个子司机给的一个大锅盔，喝了一壶军用水壶的水，连日的劳顿、困意袭来，不一会就四仰八叉地在后座上睡着了。半干的衣服裹着凸凹明显的身躯

以及敞开的衣领露出的硕乳和胸前白花花的一片让这个常年在外跑车的壮年汉子从反光镜里看得清清楚楚，几次差点儿撞车，挨了同行几次臭骂，越往前开越开不清楚，手也不听使唤。汉子索性下了大公路，将车开到了一条偏僻的小道上，熄火，拉手刹，转身把巧秀抱在了怀里，睡梦中的她像回到了自家的炕头上，半睡半醒中，一方有意为之，一方糊涂接受。

谁知这一个野炮下去，种子就落了地，当她发现身上的大姨妈到了时间该来没来时，不由得慌张起来，连夜找了个理由回家，中午没让马教员出门，在床上折腾了一番，虽然让马教员吃惊不小，她心里的一块石头却落了地。9个月之后，她生下了一个九斤半的胖丫头。生产那天，由于前面已经生了3个孩子，马教员也没当回事，一边守着她，一边备课，背诵到毛主席的诗词"斑竹一枝千滴泪，红霞万朵百重衣"时，老婆问他这个闺女叫什么名字，他随口就说了一句叫"红霞"吧，从此这个世界就多了一个叫马红霞的女人。

他们夫妻一个高大，一个瘦小，前面出生的孩子都随马教员，无论男女，个子都没超过一米七，小鼻子小眼，"雄伟的井冈山"一直抱怨说自己的一块好土地碰上了瘪种子。唯独这个最小的丫头不仅生下来大，长得也大，不到18岁，就蹿起了一米七几的大个子，大脸盘，浓眉大眼睛，和她的哥哥姐姐一点儿都不像。心细的马教员看出了问题。有一次小红霞上火流鼻血，他悄悄地收集了一点儿，到医院做了化验。当天晚上在两人的卧室里，小个子的马教员破天荒第一次跳起来扇了张巧秀一巴掌，把化验单摔在了她脸上。一辈子强势的女局长第一次向自己的小男人下跪求饶，家里阴盛阳衰的形势开始改变。慢慢地，红霞知道了自己的身世，常常横眼看爸、斜眼看妈，立睖着眼看一家子都不顺眼。

别的小姑娘长到十几岁都是腰盈可握、亭亭玉立，而红霞却是膀大腰圆、高大丰满，和男孩子一样上树爬墙、打群架。有一次，为了掏一窝鸟蛋，她把3个男孩子踹下了树，还一脚伤了一个男孩子的下体。对方的母亲找到她家，说要是自己的儿子不管事了，红霞得负责给当媳妇，男孩子的父亲说别瞎说了，要是娶了这个二百五，咱儿子这一辈子还不光挨打受气啊，咱可不要这个母夜叉。

一个这样的环境下长大的孩子,学习肯定是不可救药了。红霞初中毕业后没考上高中,被"雄伟的井冈山"弄进了市里刚建立的毛巾厂,她干脆搬到厂里的女工宿舍不回家了。毛巾厂的厂长是个转业军官,曾在军文工团当过武生,打拳、翻筋斗、踢足球各种体育项目样样在行,还拉得一手好京胡,红霞很快和他黏糊上了。早晨起来和他一起练拳脚,晚上用粗嗓门和着他娴熟的弓法拉出的西皮二黄唱黑头,什么《包龙图打坐在开封府》以及《沙家浜》里胡传魁的唱段"想当初,老子的队伍才开张,总共才有十几个人,七八条枪",唱得韵味十足,因此还男扮女装参加了厂里的文艺宣传队,曾和金剑北所在的东风机械厂的文艺宣传队联台演出过。据说这两个男女还在一个月明风清的夜晚跑到一丛红荆棵子后面共同切磋过,引起了毛巾厂厂长的不快,红霞费了好大劲才哄得对方破颜一笑,笑过之后把她从车间调到了销售科,并特批了一辆当地军队和毛巾厂搞联欢时赠送的苏联的摩托车让她专用。她给自己置办了一套黑皮夹克,高大威猛的她骑着大摩托在大多数人还骑自行车的河海大街上呼啸而过,引起了不少艳羡和议论。那时,毛巾厂不光生产毛巾,还织造医用纱布,她又成了各个医院院长办公室里的常客,用销售提成和院长们大碗喝酒、大块吃肉,在一起大跳交谊舞,成了有名的"女光棍"。一个医院的院长看中了她的豪爽,把她挖走,进了医疗药品器械采购科。这期间,她找了一个当地颇有实力的家族的一个公子哥结了婚,旧摩托先换成了新本田,后来开上了北京213吉普车。暴富引起了人们的怀疑,还没等有人反映,那个院长在一次采购核磁共振机器中收受巨额回扣的事被揭发出来,把她也给供出来了。眼看要跟着院长进监狱,她哭着去找了已经到市委办任了要职的金剑北,金剑北忙中偷闲到楼下的花坛后面对她耳语一番,她回头找到了检察院的办案人员,说我那钱是院长给我的报酬,不是我贪污的。检察官问什么报酬,你为他做了什么事?她说我和他上床了,哪有白睡的事啊。一句话说得检察官目瞪口呆。那时又没有性贿赂罪,只得放人,把所有的罪都算到了院长身上。司法部门的人虽然口头说给涉案人保密,其实,高兴了什么都往外说,尤其是涉及别人身体接触之类隐私的事,是河海人最爱议论的。

没多久这事就传遍了全城,眼窝浅的人说这个女人简直是个不要脸的骚货,什么丑事都往外说;有见识的人说这个女人不简单,一定是受了高人的指点,这一手规避了法律的制裁,免了几年的牢狱之灾,聪明绝顶啊。不管怎么说,这件事一传开,公子哥虽然软弱无能,可公开戴绿帽的事绝对不干,果断离了婚。双方的家庭在河海也是有头有脸的人物,更是受不了,马教员立刻和她脱离了父女关系,婆家也宣布她不再是自己家的人。

已初步练成铁脸钢骨的"大运摩托"似乎没有在乎这些事,在那个冬天即将到来的时候,带着女儿到了三亚,在河海人在严冬中冻得瑟瑟发抖的时候,她在那里享受着椰林、海滩、阳光、碧浪。在开着摩托艇冲浪的时候,她认识了南方制药厂的一个老板,得知他们刚从日本引进了一个新药品种,对治疗北方地区因大气污染引起的呼吸系统的疾病疗效很好。凭着几次在海湾里游泳双修,几番在酒桌上猜拳行令、打情骂俏,她签下了一个大单,使新上任的河海市医院院长在市委和老百姓面前大大地露了一回脸,本着"英雄不问出处"的用人原则,把"大运摩托"提拔成了药品采购科长。这时,上级要求各个医院要搞中西医结合,医院成立了中医科,并请来了一个久负盛名的老中医坐堂。老中医也确实有两下子,拿出家存的药材,治好了几例疑难杂症,再来了同样的病人,他说治不了了,需要东北长白山生长的一种名贵药材,院长于是派"大运摩托"出马。她带着烈性老白干远征白山黑水,不到一个月,不但弄来了长白山的药材,还弄来了俄罗斯西伯利亚原始大森林更加珍贵的原生原长的中药,把老中医乐得白胡子直颤。院长更是心花怒放,赶紧让老中医配了几服药,亲自监督着熬好,装到保温桶里,冒着严寒颠颠颠颠地送到新任市长家里,让市长那个常常心慌气短的娘慢慢喝了下去。送到第四次的时候,正赶上市长在家,看着说话底气渐足、喘气顺畅的老人,市长问院长何处来的神药,院长抓住机会,把药材的来历大大吹嘘了一番,并提到了"大运摩托"马红霞,市长心里暗暗记下了。

新任市长上大学学的是商贸专业,前几年一直在工业部门,壮志难酬,上任后正赶上省委提出开展商品生产,他提出了一个"商贸兴市"的发展战略，首先在市政府门前挂了一个牌子，叫"河海贸易总公司"，自任总经理，随后在南方和北方以及沿海城市建立办事处，也叫分公司。在建立满洲里办事处的时候，他想起了"大运摩托"这个不同寻常的女人，便一纸调令把她调到了政府办，担任"河海贸易总公司驻满洲里办事处"主任。这可难坏了组织部，按河海当时情况，总经理由市长兼任，是正厅级，办事处主任就应该是正处级，但"大运摩托"在市医院仅是个正科级，越级提拔不符合原则。政府那边又下了文，组织部长想了半天，只得下了一个"任命马红霞同志为满洲里办事处副主任，主持全面工作"的文件。

很多时候机关里绞尽脑汁琢磨的事，在下面根本就不是事。"大运摩托"把那张任命书只看了一眼就扔到了废纸篓里，欢天喜地和医院辞行，带着一帮和她一样身材高挑、面目姣好、机灵、泼辣的小姐妹和几个英俊的小伙子到北边折腾去了。那一年，苏联刚刚解体，社会混乱，市场短缺的东西很多，她抓住了这个时机，河海火车站的货运站让她折腾得特别忙，一列列火车拉着河海生产的裘皮服装、丝网、鸭梨、蜜桃、苹果、牛羊肉，还有毛巾、白布、袜子、肥皂、烈酒等，在旷野上吐着白烟，嗷嗷叫着往东北跑，同时拉回了伏特加酒、大列巴面包、红肠、套娃、高筒马靴、军用望远镜。有一次，河海火车站派出所向市委报告，说从东北来了一辆列车，拉着30多辆苏制坦克，坦克手都穿着苏联装甲兵猎人皮夹克装，摘了头盔才知道是一色的女兵，问让不让卸货。报到市长那里，市长一听头就大了，还没来得及跟军分区联络，桌上的电话响了，是"大运摩托"打来的，说苏联解体后，许多军工厂和部队也四分五裂，许多老式坦克当废铁处理，她买了几十辆，是给嘉谷县的一个小铜铁厂进的货，水箱拆下来炼铜，其余的炼成螺纹钢，同时还顺便给市长捎去乌克兰的貂皮帽子和顿河的鱼子酱一箱，一会儿由开着第一辆坦克的公司财务科长送到家里去。

"大运摩托"不仅给市长送，河海的头头脑脑也按职务大小和与她关系的远近都有份。那时，河海当官家里的小孩都为有一个苏制望远镜和一套俄罗斯套娃玩具向人显摆，大人则以自己有一双高筒马靴和一件绿色粗呢军大衣为荣。

当有人看出商机的时候，"大运摩托"一个要好的姐妹从满洲里回来了，租了人民影院旁边的一排房子，按照大连秋林百货公司的式样装修了一番，取名"俄罗斯专卖行"的商店隆重开业了，大批俄罗斯吃的、用的蜂拥而至，也换来了人流如潮。紧接着，又开了"乌克兰餐厅""高加索餐馆""北冰洋渔夫小吃部"等，河海的美女不够了，又从哈尔滨、阿城等地招来了一批苏联红军、苏联专家和中国女人生的"二毛子"，使河海这座农民城市充满了异国风情，吸引了几乎周围二三百公里的客商。那时她赚了多少钱谁也不知道，有人说能买下半个河海城了，有人说她家的票子在打麻将时不是数，而是用尺子量。传闻归传闻，人们看见的是两件事：一是市里成立女企业家协会，她成了会长并当选为市政协常委，还成了省政协委员。二是她女儿的爷爷得了一种在国内治不好的怪病，她回来一趟，把人弄到莫斯科的苏联红军总医院待了1个月，又到黑海疗养基地住了3个月，回来后居然健康如初，高兴得前婆婆，正和新进门的儿媳妇闹气的老太太逢人便说，自家的这个前儿媳妇比现在这个丧门星强得多，比自己养活的这个不顶用的儿子还好。

花无百日红。上级来文件又不让政府办企业了，还要彻底清理。市长因为接受了南方一个办事处的贿赂被抓了进去，也牵涉出"大运摩托"的北方办事处，这个神通广大的女人被纪委双规，放到了一个谁也找不到、谁也联系不上的地方，一年多没了音信。她的企业和办事处自然是树倒猢狲散，早就对她的财产觊觎已久的税务、工商、当地的黑社会和地痞流氓像豺狼虎豹一样瓜分蚕食。她那些小姐妹，尤其是那些从东北来的模样漂亮、身材姣好的"二毛子"也自然成了待宰的羔羊。正赶上"生铁锅"的"柳浪闻莺"夜总会成立，许多人被他收了进去，做起了皮肉生意。

"大运摩托"在河海消失了一年多，再出现时是一个繁花似锦的夏天。她骑着一辆小木兰女式小摩托，在一个中午的骄阳下来到龙阳河畔，褪掉裙子，雪白的皮肤和火红的三点式比基尼泳衣刺得几个在桥下乘凉的老男人眼睛发涨发麻。她故意在亲水平台上做了几个扩胸动作，一跃入水，畅快地游了两小时，随后在众多依依不舍的目光中离开，进了全市最豪华的大酒店,招了几个旧时的朋友胡吃海喝到半夜,以后也没见她找组织、人事部门落实什么待遇和安排工作,而是先到一个福建开发商建在前有河水后有山峦的小区买了一套楼中楼,又到"柳浪闻莺"夜总会的楼下租了一个门市,开了一个"港货行",每日守着小店过起了看似平静、安逸的日子。

树欲静而风不止,人们对她的猜测和议论很多。有人说她这次全须全尾出来,是河海的一个能人动用了北京军方的高层关系,理由是省纪委的一个常务书记是军队的师长转业过来的;有人说她在双规期间勾搭了一个好色的处长;还有人说不管怎么出来的,反正人家有门路,在经济上没有伤筋动骨,银行里的存款多了去了,说不定这个女人什么时候还能在河海掀起一股风浪来。

还别说,真是如毛主席说的那样,群众的眼睛是雪亮的。当淫窟"柳浪闻莺"被公安部门剿灭后,那座大楼开始拍卖。楼在市中心,装修豪华,政府又缺钱,但那时河海有钱人不是很多,正经的企业老板都说那里阴气太重,名声很臭,风水也不好。这时,"大运摩托"出场了,她款款走出她的商行,到拍卖现场拍出了一张令人咋舌的支票,一下成了这座大楼的新主人。

她一接手,就找来了在全省最负盛名的装修公司,把里面的按摩床、双人冲浪浴缸、怪模怪样的做爱摇椅等拆了个精光,下面三层搬进了各式各样的餐桌餐椅,各个包间的名字也五花八门,有的叫"知青岁月""战友情深",有的叫"红军大灶""八路军伙房""军营餐馆",还有的叫"社会主义向阳屯""生产队里""四清工作团""红卫兵联络处"等。包间摆放的东西和装饰也是别具一格,有的是原木桌椅、小马扎、小凳子,有的是进门就上的土炕,烘漆小炕桌摆在中间,众人盘腿而坐,每人后边是一个谷糠装成的大枕头。包间墙上挂着漆着红五角星的大斗笠、八角红军帽、仿真的老式七九步枪和驳壳枪、三八大盖以及蓑衣、锄头等。上面八层改装成了农舍、军营、学生宿舍、西式公寓和古代宫廷卧室。不同的住宿房间,家具当然是按着房间的名字而配的。她从农村招来了一批小姑娘,"生铁锅"的下属原来招来的按摩女、三陪女等在一个晚上不见了踪影。报社一个习

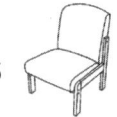

惯下了夜班遛弯的老编辑说亲眼看见"大运摩托"带来一辆挂着军牌的豪华大客车，把那些褪去了脸上五颜六色的化妆品，黄瘦、苍白一个个像吊死鬼的女人送上了车，开往金角岭西边的大山方向，同时上车的还有穿白大褂的医护人员。

开业那天，"大运摩托"带着人把"柳浪闻莺"的牌子用两把三股钢叉挑了下来，大声喊"这个牌子太脏，谁也不能用手摸"，浇上汽油，一把火烧了个精光，灰烬扔进了垃圾箱，随之一个黑底金字的长方形的雅致铜牌挂了上去，上面用不同字体写着两行字"追忆似水流年长寿宫"，海报上的宣传词也写得很别致：

朋友，来这里聚会吧！

这里，让你找到初出茅庐的感觉；

这里，让你回到纯真朴素的年代；

这里，让你回忆激情如火的年代；

这里，让你再抒壮志豪情；

这里，让你咀嚼并不如烟的往事；

这里，让你长寿延年。

还特意声明，这里的牛羊肉都是喝着矿泉水、吃着自然的青草长起来的，这里的鸡鸭都是饿了吃蚂蚱、渴了吃青草养大的，没有添加饲料，没有转基因。

人们看了海报心里很激动，但是对后面的话就不太相信了，都窃窃私语说完全是瞎吹，现在添加剂铺天盖地，农药化肥角角落落里都是，上哪里去找这些原料去，除非是到外国和原始大森林里。可3天后，两架直升机从东西两个方向飞来，落在了"长寿宫"的大楼顶上，贴着封条的标签上用外文写着日本的神户牛肉和新西兰的羊肉，同时，十几辆加长集装箱大汽车从大东北张广才岭的大山里运来了鸡鸭禽蛋和环保蔬菜。人们彻底服气了。

那个年代是还可以用公款吃喝的年代，那个年代是从各个行业、各个角落拼杀出来的佼佼者崭露头角的年代，那个年代是人们爱显摆、爱吹嘘的年代，也是经过相同人生经历的人愿意在一起"忆往昔峥嵘岁月稠"常聚会的年代。尤其是在似曾相识的地方吃完了饭、喝够了酒、话还没说完的人群不愿意散，而楼上又有有特色的房间，人们当然是一窝蜂挤上电梯，回到和当年一样摆设仿佛一起住过的宿舍，大家不禁继续感叹，继续胡吹海聊。有些聚会人群，像老战友群、老知青群、老工友群往往乐不思蜀，一住就是好几天。尽管住的是简陋的大间，却拿的是星级宾馆的钱，但有人埋单，何乐而不为呢？

这种情况下，"长寿宫"想不火都很难，红火得不仅染红了河海，连同周边半径二三百公里的城市都开着车、带着钱往这里跑。"大运摩托"自然是日进斗金，生意兴隆通四海，财源茂盛达三江，票子哗哗往手里流，引得几个银行都高价租了她大楼的底层建立了分理处。

"长寿宫"成了河海的名片，成了地标性建筑，更成了各个单位招待不同层次的上级单位来人的定点饭店，尤其是北京一个即将离休的老部长带着一帮老战友、老部下在这里吃过饭，挥毫写下了"发扬革命传统，争取更大光荣"几个毛体的金光闪闪大字后，这里竟然被共青团的一个组织命名为"爱国主义教育基地"。

"长寿宫"成了河海人流连忘返的地方。"狗行千里吃屎，狼行千里吃肉。还是这个娘们厉害，又抖起来了。"河海的老人们每天遛弯经过这里都说。看到门前常常更新的各式名车以及新添的大功率的摩托车，年轻人算计着何时也能买上一辆骑在大街上向亲朋好友们显摆一番。

今天，"大运摩托"出行的阵势、摆的谱，再次让河海人震撼了。人们都预感到了，河海，这座在国家地图上只有一个小米粒的地方又要出大事了。

〇九　无为而治是最大的治，
　　　管理的最高境界是遵循事物客观的规律

　　孙乃夫借了一辆车，出城向金剑北的王国金家墩开去。下了国道，他有些内急，看到旁边有一片小松林，顺手把车停在一旁，闪身而进。他有个毛病，小便时从不看底下，而是远眺。透过夕阳余晖下的疏枝密叶，可以看到前方有一大片向日葵，在深秋的地里，耷拉着脑袋，像是在接受某种审问或者惩罚。通过它们在微风中的互相摩擦，仿佛感到它们是有生命的，在低语着。两个农民正在收割，也可以说他们割去了向日葵的脑袋。在即将黄昏的日光中，孙乃夫仿佛看到它们的血液在流淌，看到它们在日光的悲怆中，抖落愤怒的种子，看到它们最后一次抬起头，张望着西去的落日，张望着它们的灵魂。

　　他慢慢扣上裤子上的拉链，自言自语地说："这是一场黄昏的杀戮，可惜我不是画家，不能在画布上记录下来。梵高大概看到过它们的生死。"说完，自嘲地笑了笑，干脆不走了，点燃一支烟，看着远处的向日葵和脚下的小松树沉思着想，自己就是一棵向日葵，尤其是退居二线后，随着"孙主任、孙秘书长"等各种称呼和光环的消失，自己逐渐变成了现在的向日葵，脑袋被人拿去了，只剩下了一根空杆，木木地、孤独地立在旷野中。但是最近几个月来，自己又像这片小松林了，有些生机勃勃了。原因是金剑北的挚友、谭丽萍的舅舅欧阳俊把他这根空杆移栽了，不断施肥浇水，使他在心灵上又长出了青枝绿叶。

那天下午，欧阳俊从家里出来坐着出租车去找魏正义，想到他那个法律服务所里找个军师的活干，不想对方不在，自己回去又没什么事干，就在街上瞎转悠起来。走到外贸局门口时，肚里的茶水和早晨吃的油条稀饭循环了一圈后开始找出口了。还真得感谢博士书记的亲民政策，命令各单位的厕所对街上的行人一律开放。他进了外贸局一楼的厕所，里面脏得下不去脚，根据经验，他上了局领导和办公室所在的三楼。他知道，局里的清洁工也是投机取巧的势利眼，一般领导在的楼层都打扫得特别勤，果然如此。干净倒是干净，不过这个局搞的厕所也太不讲究，男女卫生间只隔了一块纤维板，不见人影可听人声。只听那面哗啦哗啦的声音结束后，门关上又开了，一个开朗的女中音说道："姐们，在蹲坑上发什么呆啊，想网上的情哥哥呢？看你这两只熊猫眼，昨夜是不是在网上泡了一宿啊？"另一个细细的女低音嘟囔着说："别胡说了，哪像你，结婚了还在屏幕上找帅哥，小心我姐夫揍你。都愁死我了，哪像你们人事科，填几张表就完了，我们这个倒霉的办公室，天天写不完的材料。这不，省厅要的总结还没写完，局长又要讲话了，市政府来电话说三季度总结明天报。"女中音说："从网上搜搜，克隆一个不就得了。"女低音说："哪这么容易啊，网上只有格式和写作方法，哪有咱局里的事啊。也是，淘宝店里什么都有卖的，就是没有卖材料的。"两个女人又嘻哈了一些别的八卦，互相夸着、比较着对方的内裤和乳罩走了。

聪明的欧阳俊大脑里立刻冒出了一个创意，第二天广发英雄帖，把几个大局的，市委、市政府两办一辈子靠码字为生，已经退居二线的十来个故交叫到了自家小院的葡萄架下，宣布要成立一个"秘书服务公司"，要求大家加盟，理由有三：一是现在分到机关的年轻人别看都是大学中文系毕业，可人心浮躁，根本不愿写材料，也不肯下功夫去钻研，总想着在这个岗位上离领导近，好好巴结巴结，快点儿升个小官，发点儿小财；二是咱们这些老家伙一辈子净填方格了，别的屁本事没有，干别的不会也觉得掉价，大家都刚下来时间不长，对全市的政治、经济和各方面事业的发展历史和现实以及方向都还熟悉，人脉也熟悉，不愁揽不到活，发挥点儿老专长，不愁挣不到钱；三是机关铺张浪费很大，文印费、资料费开支根本

没人管，发票报销没问题。几句话一出口，这些过去在机关从来以大秘著称、以才子自居摇头晃脑下来后像被阉了的公鸡瘟头瘟脑的家伙立即雄起来了，欢呼雀跃。一个原来在市委办公厅综合处当过副处长，后来到党校做了副校长叫温来堂的家伙更是兴奋，大声说："欧阳兄的主意甚好，现在各个单位写材料的都是我们的小徒弟，哪个往市委报材料我不指点他们几招啊。"

商量完了细节，找了几间闲房，"秘书服务公司"的牌子就挂起来了，看着市委办发的电话本，精通计算机的温来堂给各单位的办公室主任和写材料人的手机群发了信息，并说明价格。甭说，欧阳俊看得真是准，还真来了不少活，挣了点儿钱。不过这帮在机关白吃白喝习惯了的人一上班就忘了自己二线干部的身份，仿佛又到了机关，大部分中午不回家，隔三岔五到附近的饭馆里吃喝。平常习惯于写材料时写字台前冬天摆着一瓶老白干，夏天放着一瓶啤酒和花生米香肠，喝一口打几个字，咀嚼着下酒菜再写一大段材料的温来堂对欧阳俊说："不行啊，老兄，咱们揽的净是小单位的小活，这帮老兄们的酒钱倒是有了，可别的发不了啊。一出来一整天，给家里蹦子不交，老婆子也不高兴啊。你得想点儿辙啊。"欧阳俊翻开代写材料登记表一看，基本全是局下属单位的小材料，市委、市政府下属大单位的很少，即使有，也是小简报、小汇报，也就是收几十块钱的买卖。

他隔着玻璃看着门前高高的白杨树上叽叽喳喳乱飞乱叫的麻雀想，"没有梧桐树，引不来金凤凰""山不在高，有仙则名。水不在深，有龙则灵"，他又想起了"文化大革命"时期"庙小妖风大，池浅王八多"的对联，嘿嘿笑了。看来自己找的这帮落魄文人分量差点儿，必须请一个大海龟过来撑门面。他把二线干部的人想了一遍，找到了孙乃夫，单独收拾了一间大办公室，按市委的布局安排好，恭恭敬敬地把孙大秘书长请过来，明确为总顾问，所有材料在写作前都要向孙秘书长汇报提纲，让他出路子，交出去之前要通过孙秘书长签字发送。

人的名，树的影。有人打水擦地，有人来请示工作，不断地签字批文，孙乃夫又找到了做秘书长的感觉。随着他那流利的行草小楷批语重新现身江湖，"秘书服务公司"声名大噪，又赶上新来的博士书记本身就是大秘出身，不愿听河海人土声土气的声调汇报，愿意凭文字说话，谁找他说什么事，他总说写个材料过来，搞得各局局长以及班子里的副职很头疼，现在有了一个在市委做大管家几十年、跟了好几任书记，并且号称"河海第一支笔"的人替他们代言，自然是大喜过望。一时间，材料、订单纷至沓来，钱也自然哗哗流进了"秘书服务公司"的财务账户。大家不仅革命小酒天天喝，月收入差不多也和工资持平了，公司上下一片欢腾。孙乃夫似乎又回到了市委的决策层，时刻掌握着河海各方面工作的进程，把握到了时代脉搏的跳动，连妻子凤英也感到青春和激情又回到了丈夫身上，所以，才有了孙乃夫今日驾车到大军寨踏秋的雅兴。

"天生我材必有用。"孙乃夫有些兴奋地把烟头扔到自己洒出的尿液里，听到"吱"的一声火遇到水熄灭的声音，仿佛有了一点儿成就感。他重新发动车上路，不自觉地哼起了新兵蛋子刚入伍时的一支曲子："欢迎的晚会上，拉起了手风琴，同志们手挽手，激动了我的心……"

将近黄昏中的金家墩，沐浴在金色的夕阳中。农家小别墅大屋顶的起脊上、绿树的枝头上都罩上了一层光晕，勤快的人家已经冒出了袅袅炊烟，使人似乎闻到了柴草烧出的饭菜香。

村子似乎扩大了许多，寨墙还是由刺槐、酸枣疙瘩针组成，护村队已经不再是老头老太太了，而是清一色穿军训作战迷彩服的壮小伙，人手一把能整理高空树枝的特大号月牙剪，安在长长的白蜡杆上，扛在肩上，既像古代武士随皇帝出行护驾的戈，又像《水浒传》里徐宁用的大破铁甲连环马阵的钩镰枪，长长的白刃上闪着寒光。

金剑北的侄子金马驹骑车迎上来说："奉叔叔之命迎接孙秘书长的到来。"看着孙乃夫的目光还放在刚刚过去五人一组的巡逻小队上，解释道，"这几年村里富了，外村的盗贼把这里当成了肥肉，就挑了一批复员军人当护村队员，因为枪支和刀具都受国家管制，所以用了这种特大号的树枝剪，一来可以作为武器，二来村里树多，护村队也担负着护林和修剪任务。"孙乃夫开玩笑地说："告诉你叔叔，以后出门别再坐汽车了，用八匹马拉一辆大车，上面竖起黄罗伞盖，让你们这些护村队员换上盔甲，也骑上高

头大马,扛着那个家伙,就是皇帝巡行出游了。"

金马驹有些窘迫地看着他说:"这不是没办法的事吗,要不您跟上边说说,给我们特批点儿真刀真枪。"这时,村西北角响起了锣鼓声和鞭炮声,金马驹有些急切地对他说,"孙秘书长,明天是旧历十月一,是给已故老人送寒衣的日子,我们姓金的要在祠堂搞家族祭拜。我叔叔说了,金家子孙谁也不能缺席,我得赶紧去。要不,你先到村里的小宾馆歇着,还是?"孙乃夫理解地点头说:"你去吧,我来这里次数多了,也不是不熟,我就随便转转吧。"

看着金马驹蹬车飞跑的样子,孙乃夫不由赞叹,狼行千里吃肉啊。金剑北就是金剑北,除了在河海城里露鼻子露脸外,老了回到家乡照旧干成了一番事业,成了一方霸主,真是快哉啊。比自己在那个鸟公司里当个鸟顾问强得不是一星半点。顺手把车靠在了大街的一侧,饶有兴致地转悠起来。

搞了一辈子政治的官员都有一个习惯,到一个地方先看地理村貌,后看墙上的标语,是不是和中央以及省市委的要求合拍。他很快看出了金剑北这个家伙不讲政治,没有像别的村庄写满了市委、县委领导提出的什么"践行科学发展观,富民强市""开拓进取,实现三年翻一番"等时髦的标语。在临街的墙上,不远处有一个四四方方镶着天蓝色挡风遮雨塑料瓦的宣传栏,白石灰抹底,几行规矩的黑体字写着类似教化民众的顺口溜。他一块一块往下看:"叫乡亲,听俺言,千万不要把脸翻,冷言一句半年仇,良言半句三春暖""一辈官司三辈仇,咱在村里要住百年,别给儿孙留孽障,和和睦睦老少欢""过日子人人需要钱,想钱咱要自己赚,坑人害人是孬种,金家墩没有不要脸"。进了胡同,各家门前也有一个类似的宣传栏,就是面积小了点儿,内容更是五花八门,有的人家门前写着"遇见事,别着急,着急不解决大问题,尤其是两家矛盾事,着急就会出恶语,有理变没理",有的写着"进门是媳妇,出门是闺女,都是这样过来的。老一辈,少一辈,没事想想这个理,和和气气过日子"。

孙乃夫越看越觉得有意思,又想,这些东西比那些冷冰冰的宣传标语多了些亲切感,但和唐诗宋词比起来又庸俗了点儿,但肯定都是金剑北的点子,是这位自学成才的金大才子江郎才尽,还是其他呢?正看第三块的时候,听到有人喊:"孙秘,你怎么有空到这儿来了啊?"回头一看,是长年穿一身中山装的市委农工部副部长去年退居二线的尹泉。可能是常年跟农民打交道的结果,他说起话来特别啰唆,按河海的土话说是个"话痨"。这家伙还是穿着老行头,上衣口袋里插着两支钢笔,手里还拿着一个小本本。孙乃夫知道老尹老家是流来县的,就问:"怎么,来串亲戚了?"

"什么串亲戚,我老家是这个县不假,可离这里还有60多里路呢。现在的亲戚之间也成了利益关系,你不在位子上了,给人办不了什么事,谁还欢迎你去!我是到这里工作了,任第四村民小组政治指导员,也就是分支部书记。这不,正在庭院搞经济调查呢。是金主任把我们请来的,去年咱们市委和市政府退居二线的那一批来了好几个呢,有档案局的老郑、人事局的何大胖子、宣传部的刘副部长,都是指导员,每人管几十户上百人,比我在农工部管的三个科室八九个人多得多。在那里我连个讲话的机会都不多,在这里每个星期给他们开一次会。住宿有平房小院,吃饭有自助餐厅,还有津贴,比工资也不少。说实在的,在河海城里,咱们这样的干部二线了就没人拿你当人了,连看门的保安也向你翻白眼。到这里,人人敬着,找到了状态。你也来吧,你的官比我们大,说不定能弄个村党委委员当呢。"

孙乃夫不置可否笑了笑,岔开话头看着第三户门前说:"你们好赖也是大学毕业,刘副部长还是有名的大秀才,你看这宣传栏写得水平也太低点儿了吧。"

"这你可错了,这叫有的放矢,因人制宜。哪家墙上写什么是根据这家的特点和性格定的,通俗易懂,群众看了对口味,照着做。"尹泉指着第三户的门墙上念道,"'酒是粮食精,男人见了都高兴,多喝了可不行。砸盆子,摔碗子,两口子甩脸子,左邻右舍看乐了,耽误了往家挣票子。'为什么这家写这个呢,就是这家的男人爱酗酒,每天回家看一遍,这毛病就改多了。还有前两户,一个是两口子都是火爆脾气,遇事爱着急,净干瞎仗;一个是婆媳不和,老婆婆总看儿媳妇不顺眼。伙计,这里边学问大了,都是金主任想出来的,他教化百姓的办法多了去了。走,我领你到街口看看，还有新鲜的呢。"尹泉说得兴致勃勃，拉着孙乃夫走到街中心一棵百年老槐树下。向阳的一面立着一块一人多高方方正正的汉白玉板材石，用隶书规规矩矩写着"功德碑"的旁边挂着一块小黑板，写着"功德栏"，树的阴面竖着一个用粗糙的黑石头凿出的黑色圆柱体，上面用惨白的字体写着"耻辱柱"。尹泉介绍说这也是前几年金剑北开了家族会、群众会和村党委会定下来的。村里谁做了好事，先记在小黑板上，到年底让大家评选，谁做的好事大，就刻在功德碑上，千秋万代保留下来，让这家子的后辈永远光荣；谁做了坏事，就刻在耻辱柱上。功德碑是洁白的大理石上刻金字，在阳光下显得特别温暖、露脸；耻辱柱是黑色的石头刻白字，在背阴里特别扎眼。

正在尹泉絮絮叨叨讲解的时候，一个40多岁穿着紧身裤、大红毛衣的女人手里拿着一张表，用农村妇女特有的大嗓门喊："尹书记，我们家的收入我算出来了！你看看，房后还有一块空地，不知道应该种什么，你给出出主意。俺妹子刚送来了几个秋丝瓜，我用它炒肉丝，熬的红小豆、黄豆、小米三掺的黏糊饭。一会儿就在俺家吃饭吧，俺家那个死鬼不在，我陪你喝两杯。"尹泉连忙对孙乃夫说："工作耽误不得，你在这村里也熟，金家祠堂就在西北角，你自己去找吧。"说完，跟着那个农妇屁颠屁颠跑了。"这家伙，责任心还挺强的，是不是和这个妇女有一腿啊？"孙乃夫自言自语开着玩笑，往祠堂方向信马由缰地走去。

位于村西北角原来是金剑北家老宅基地的金家祠堂，经过几年的整修，更加像样了。门前原来一片杂草丛生的野荒地种上了横竖看都成行的松柏树，中间一条小路绿意盎然，肃穆寂静。路面不是城市里那种用水泥磨平的光光的道，而是用农村大坑里挖出的胶泥土铺就轧平的，路旁开着星星点点的野黄菊花，路面上长着细细的小草，不仅营造出了特殊的氛围，而且形成了小气候，老远就能闻到弥漫出的松针香和青草的鲜味。

小路很窄，别说是跑汽车，就是小三轮车也进不来，只能单人行走，最多两人并行。孙乃夫贪婪地呼吸着这里的新鲜空气，漫步走出了小松林，六间蓝砖青瓦前出一步廊的大抱厦出现在面前。门前有一大块空地，也是胶泥碾就，特别平整干净，像部队训练集合的大操场，上面用白石灰画出了一个个方格，大概是进祠堂朝拜时排队的地方。飞檐斗拱的大门楼下，两棵硕大的塔松并肩而立，在秋日的阳光下散发着墨绿，分外旺盛。门前有一块长方形的太行石，上面刻着金氏家训十条，内容无非是不许违反国法、不许恃强凌弱、不许偷盗奸淫、不许不忠不孝、不许不读不耕等，都是大白话，很实在，确实易懂、易记，不像颜氏家训那么之乎者也。抱厦底下的白墙上搞了浮世绘，用连环画的形式记载着金氏家族的历史和迁徙。历史和轩辕黄帝连起来了，名人有清朝的金圣叹等人，往后就是金氏族人哪支、哪股、哪家生前的善行，做的善事，主要内容是如何行仁义、有操守、扶危济困的故事。

金剑北迎了出来，看着孙乃夫看得出神的样子，说这样做是让大家不忘祖宗，而且培养道德情操，恢复过去淳朴的乡风。文化才是生命，效率来自道德。

两人说着话，松林外又传来小汽车的鸣笛声，一会儿，走进来两个年龄正在风华、衣着规矩但不失光鲜的女人，孙乃夫一看，是县委新上任的统战部长和妇联主席。这位部长是从市委统战部下来任职的处长，也是河海政界中屈指可数的美女之一。因为自己二线了，不愿和现任的干部多说话，瞅着金剑北有些见色忘友的样子，孙乃夫便跨上高高的台阶，往里面走去。

类似北京王府的银安殿，一所高大又不失雄伟的建筑里，雕龙画凤的前廊里摆放着一溜金家已故前辈们一尺见方的照片，有的大概是那时落后或家贫，生前没有拍上照片，是根据画像翻拍的。偌大的院子里站满了金氏家族的老老少少，没有农村老百姓聚在一起的吵吵闹闹、叽叽喳喳，而是秩序井然，人人表情肃穆。金剑北的本家兄弟金剑凡指挥人们按辈分给祖宗们上香，献纸糊的寒衣、骡马车轿，旁边还有一个偌大的箱子，让人往里放各自从家里拿来的棉衣、毛衣毛裤、被子等，这是给条件不好的活人准备的。

在河海市委办的时候，一次喝醉了酒两人闲聊，孙乃夫听金剑北说过他家的辈分。金家墩建村的历史并不长，来这里也就十来辈，活着的上五

辈没有了，在世的是现在的下五辈，字的排位是"天、地、剑、气、豪"。金剑北说按这几个字来说，他的祖先应该是有点儿文化或者是爱好，也可能是会点儿武术的人。在村里，他算中流辈，比他高两辈的男性大部分都故去了，剩下的都是孤寡老婆子。

金剑凡颇有堂兄之风，指挥得有板有眼，让人们按辈分分成几队前后站好，人人手里拿着香和贡品，还有要捐献的衣物，他首先喊道："请'天'字辈的给祖宗上香。"一个孤零零地站在最前排的将近80岁的老太太颤颤巍巍上前，放下小包袱，左手拿香，右手拿着纸糊的前清时代的长袍马褂，哆哆嗦嗦往前跪拜，两个比较年轻的中年妇女忙上前扶她，被她使劲推开说："不能扶我，敬祖宗是大事，也是自己的事，出的是自己的心，得实心实意。我这一辈的就剩下我这个老梆子了，也给祖宗烧不了几年香了。老辈的人不容易，为咱这个寨子吃了多少苦啊，如今他们到那边去了，咱活着的人也不能让他们冻着、饿着，更不能让他们没钱花。咱们村这几年让小北子倒腾得越来越好，比那一辈人过得都好，也是托祖宗的福啊。小北子还把周围几个村姓金的也照顾过来了，这也是老祖宗想办的事啊。今天我得好好把这件事给老祖宗们念叨念叨。我听老辈的人说，原来咱们都是一个门里出来的，都是从山西老槐树下迁过来的，都是亲人啊。他们刚过来，日子过得不好，这不，我也做了一床新里新面新棉花的被子，交到这儿，看谁家过冬被子少。小凡子，你可要给他们啊。"她絮絮叨叨地说着，把香凑到预先准备好的蜡烛上点着，向上举了三举，虔诚地磕了三个头，才两脚倒退，坐在了小辈们给她准备好的一把椅子上。

孙乃夫发现，这个金剑凡主持得很有分寸，尊敬、幽默、风趣，嬉笑怒骂皆有，活脱脱一个金剑北的克隆版。他对"天"字辈的老奶奶很尊重，礼貌有加，对"地"字辈岁数大的也很看重，但对辈分只比他大一辈、年龄小的就有点儿走样了，不时听他喊道："你这个小叔叔，怎么走道腿一拉一拉的，是不是叫俺小婶子昨天晚上折腾得下不来炕了？岁数不小了，得悠着点儿啊。""还有你，小婶子，你也别太贪了啊，那个事又不能当饭吃，咱这一大家子人还指望着他过日子呢。"往往招来两口子的一顿臭骂。

对平辈的哥哥嫂子他就更没正形了，对着一个50来岁的中年妇女说："你看你做的这个棉袄，皱皱巴巴的，像个老头的蛋包。做的时候没让俺哥给你撑着点儿啊，拿出去给咱老金家丢人啊。""还有你这个老娘们，也是老嫂子了，咋还把30年以前的老棉裤往外拿啊，我这几年亲眼看着俺那侄媳妇给你买了好几件羽绒服，留着在家里下小的啊。"闹着玩就把人批评了，使许多还没轮到上香的人都赶紧解开带来的包袱看自己的作品和要捐献的物件，有的还悄悄让孩子拿回去换。

金剑北安排人送统战部长和妇联主任去了村里的宾馆，是最后一个进来捐献的。他进来后，也没理孙乃夫，拿出一把香恭恭敬敬点上，往上举了三举，行了三拜九叩的大礼，把三大整箱簇新的羊绒衫、羊绒裤、棉鞋、羽绒服足有60多件摆在了祖宗的相片前，引起了在场的啧啧赞叹声。

待人群逐渐散去，金剑北和孙乃夫漫步往村委会走，边走边聊，说："这几年我很少出门，全力经营这个村子，按你们官方的说法也就是做大做强。和外边联系，就地取材搞了几家企业，农业生产也分成了粮、树、经济作物、养殖几个专业队，势头很好，唯一的感觉就是地越来越不够用，另外看着周围几个村庄不死不活没多少发展的残象，心里也过意不去。再说，'不患寡而患不均'是国人的通病，你富了，他们眼馋，总是来算计你。村里守住了，地里的庄稼和厂里的产品你不可能不丢。逮住了，处理得轻了没震慑力；处理重了，都是乡里乡亲的也不好，何况许多人都姓金，百年以前是一家。我就想到了兼并，条件一是那个村必须是姓金的比较多，二是姓金的掌着权，三是和我们村里姓金的亲戚多。利用宗族的根系搞联合，联合后统一规划使用土地，他们的青壮劳力来企业上班，老人和金家墩一样享受补贴和退休待遇。"说到这里，他有些嘲讽地笑了一声继续道，"老人家曾经说过，'政治路线确定以后，干部就是决定的因素'，其实，在农村，老人们以及传承下来的血脉文化才是决定成败的关键。前两年，我们按照民间的老礼，套上了三匹红马拉着的大马车，我赶着，装上老白干和下酒的凉菜，拉着村里的老辈和老人小孩愿意吃的、好用的东西，足足串了一个月的亲戚，说家世，回忆族史，追忆家族里历史上出现的能人、善人，展望凑到一起

过日子的好处,陆续兼并了四五个村,村里增加了3000多人,土地也多了不少,下一步准备统一规划盖标准居民楼,腾出更多的土地来搞大棚菜生产,现在的产量根本不够两个脱水菜厂吃的。今天凑着寒食节让人们搞一些捐献,主要目的是合村先合心,一来照顾一下刚兼并过来村的那些贫困户;二来培养大家的爱心,持之以恒;三是这些年生活好了,追求时髦了,家里的旧衣物也太多了。减少浪费,也是资源和废物的重新利用。说句咱们那个时代的时髦话是,不要忘记世界上还有三分之二的人还生活在水深火热之中啊。"

听到这里,孙乃夫想起了在职时总结过东部城固县建立连村党支部的经验,觉得金剑北干的这些事很靠谱,效果更突出,就说写个材料报上去,准火。金剑北听后仰天"哈哈哈"大笑,指着孙乃夫的秃脑袋说:"你小子真是写党八股写出瘾来了,别书生气了!你知道现在农村的整合力量是谁吗,谁能说了算吗?我告诉你,有三种力量,一是家族,二是经济,三是宗教。要是有四的话,才是党的组织力量。你别瞪眼,你们,当然也包括我,过去总结的那些典型基本都是掺了假的。你说,过去人们为什么开始跟着共产党闹革命、打土豪、分田地,后来有吃有穿,党还在农村说了算?一是那些干部都是打天下打出来的,人们服气,人家打下的天下嘛,就该人家坐。我姑姑婆家村里的老支书是个抗日军人,只要别人不听话,他就把裤腿挽起来,指着上面的枪伤说,'我这是叫狗咬的啊',就能把社员们镇住。二是那些干部身上按毛主席说的,还保持着革命战争时期的那么一股劲、一种拼命精神。三是到了'四清''文革'时代了,那时是靠政治高压,靠分配权的绝对统一,你不服,先给你戴上一顶'四类分子'的帽子,上台批斗,戴上纸糊的高帽子四乡八村地游街,丑摆、作践你,让你在亲朋好友面前抬不起头来,儿子说不上媳妇,闺女找不上好婆家。再不行让你挣低工分,扣你的口粮,党的力量就表现在这方面。可现在你凭什么让群众跟着你走啊?成分没有了,'四类分子'绝迹了,土地到了户,农业税也免了,出去干什么也不要介绍信了,他不犯法你管不着他,你不能给他们好处,他们凭什么听你的啊?所以,这就要靠本事把他们组织起来。但是,农民是那么好组织的吗？他们自私、固执、多疑。现在老百姓是三不听啊，一是不听中央那些理论的说教，社会主义核心价值观学者们提炼总结得好啊，但是太概念，太书面语言了，又那么长，别说老百姓，别说基层干部，就是你们这些机关秀才也背诵不出来；二是不听当官的开会说教，今天在台上夸夸其谈穷白话的，说不定明天就坐了牢房喝稀饭吃窝头就咸菜去了；三是不听模范人物的，今天是典型，明天让人撩起了屁股帘子，露出的是一堆龌龊，谁还信啊。对老百姓，只能拿出祖宗留下的好东西来说事了。敬天法祖是中国农民几千年的传统了，你看见我们的祖训十条了吗？看见金家的善人谱了吗？看见街上那些宣传栏和每家每户门前的座右铭了吗？你小子长学问了吧，告诉你，这里处处体现了社会主义的核心价值观。我们建的祠堂也是按以前的样子盖的，每月几位有名望的长老都要议事，各个家庭里的、邻里之间闹别扭的事都说、都管，连男女不贞的事只要有人反映也要管一管，当然不是像过去那样，女的骑木驴、男的装木笼下井沉河，而是把孔孟之道变成老祖宗的语言教育他们。一会儿你看看我们村委会门口挂的社会治理先进单位的牌子。好几年了，现在也是将近5000人口的大村了，一个上访的也没有。乡亲们有什么大事小情，老辈人从中说和说和就解开了，再加上我让刘副部长他们编的那些有针对性的标语和宣传栏，平时人们瞥上一眼也能起到大作用。我一直在想，在农耕文化背景下，首先不是法律而是秩序，是老祖宗、老爹老娘和家族里传下来的老规矩。还是这个管事啊，一个家族、一个村庄、一方水土传下来的规矩，人们还是惧怕的，尤其是我们合村以来，一个人的所作所为都在乡亲们的眼皮子底下，谁也不敢越界啊，这就是农村文化道德的力量。照我说，无论搞现代化也好，搞城镇化也好，不能让常年生活在一起的农民随便分开。如果按照咱们博士书记的要求，农民都搬到城里去住，这些农民就变成了没有职业的流民，进一步就成了乱民。从目前的经济情况看，农村不适宜搞什么城市化，群众也不适宜进高楼居住，配套设施跟不上，生产工具往哪儿放？进去了很可能是扛着铁锨上楼，担着粪便下来。"金剑北憧憬地说，"其实，我心目中的农村，用文学语言来说，是晨曦中村里传来孩子们琅琅的读书声，黄昏中小夫妻劳作一天结伴回家，

是头顶灿烂的星光或者是在皎洁的月光下一大家子人围坐在一个大桌旁吃饭，是爷爷奶奶给孙子孙女讲过去的故事的意境。"

孙乃夫再次被金剑北的所作所为、所思所想所言折服了，想起在市委办公厅主任岗位上整天为协调那些上访的烂事焦头烂额，一味地唬、吓、抓、骗或是拿钱买平安，真是头痛医头脚痛医脚，按下葫芦起了瓢，忙得一塌糊涂，对社会乱象也没起到一点儿治理作用，虚度了大好光阴，真还不如和金剑北一样做些实在事的好。不过，这里的经验是写材料可遇而不可求的素材，真该向上反映一下，让那些整天坐在上面一会儿讲引进西方社会管理模式，一会儿讲德治，一会儿讲法治，一会儿又讲综合治理的家伙明白一点儿。但又一想自己都二线了，下来后小伙计们敬而远之，也没有哪一个常委给自己打过一次电话、谈过一次心，像一条忠实的老狗被一脚踢出了门，放逐到荒郊野外没人问，更没人管了，自己再操那个心纯属自作多情啊。

第二章：破局

十　上级要结果下级走过程，
　　过程重要结果更重要

太阳已经落下去了，金家墩村委会门前已是彩灯闪烁。还是那座四层楼，不同的是，过去高高的红砖围墙变成了铁艺栅栏，老榆木黑漆大门也换成了现代化的不锈钢电动门，地下是排列整齐的一盆盆黄菊花，上面挂着留种的丝瓜、老黄瓜和老豆角，间或还有一片片绿叶下开着的不再坐果的小花，在灯光的照耀下别有一番景致。

金马驹迎上来说："把统战部高敏部长安排在'荷花餐厅'了，凉菜已经布好，就等着你来开席了。她们说最近中央统战部要来人，要你配合一下作作秀。"他看了一眼孙乃夫说，"孙秘是不是也去？人多热闹些。"金剑北理解地看了孙乃夫一眼说："不用了，让她们再等一小会儿。"说着，拉着孙乃夫穿过大楼旁边的一条小夹道，进了一个非常地道的农家小院。竹篱笆墙上长满了牵牛花，南半部是菜畦，中间有一口鱼塘，西边墙底下还有鸡舍。一个利落的农家大嫂手里端着半瓢金黄的小米从青砖到顶、白灰勾缝的正房瓦屋里走出来说："剑北哥，今晚吃什么，我给你做去。"金剑北说："我不在这儿吃，给这位客人炒几个青菜，用今天下的鸡蛋蒸一碗鸡蛋羹，用新棒子面熬粥，整点儿黄豆窝头，酒弄瓶五粮液，爱喝不喝。这家伙是二线干部，不愿和还在位的人在一起。还有，今晚就把他安排在西厢房住吧。"说着，拿过她手中的瓢，抓了一把米，向空地上撒去。

首先闻到新粮香味的是高高梧桐树上的喜鹊，一下飞下来好几只，在地上啄米吃，随即而来的是一群叽叽喳喳的麻雀，开始争食，这时，一只身高体壮的大红公鸡迈着毛毛腿带着十来只母鸡出场了。它雄赳赳地跑在前面，先对着喜鹊和麻雀一阵大叫，随后不客气地炸开翅膀，抖搂着脖子上的毛，用长喙展开了攻击。一时间，鸡叫声、鸟慌乱的哀鸣声充斥了小院，扬起了小小的灰尘。几个回合下来，来自天空的侵略者被赶上了大树，母鸡们开始旁若无人地吃米，大公鸡扬起高高的红冠子，高傲地绕着自己的妻妾们行走，还不时冲着天空鸣叫几声，像一个合格的巡逻兵。

金剑北开怀大笑，拍着孙乃夫的肩膀说："看见了吗，老夫子，这就叫弱肉强食，这就叫手中没有一把米，叫鸡鸡不来，这就叫责任心。哈哈，你先去吃饭吧，我陪那两个娘们儿吃完后，咱哥俩好好聊聊，按文人的说法叫秉烛夜谈吧。我想，你来找我，绝对不是为了散心，也不是专门来看我，河海一定是发生了什么事，我已经收到了一条信息。"孙乃夫先是莫名其妙地看着他，然后点了点头。

金剑北安排的饭确实吃着舒服，粥香，菜爽口，筋道的黄豆面窝头里面还加了大红枣，又甜又香，是来自田野朴素的香，进入胃里以后很自然，很绵软。尽管是这样，他还是没有经受住那瓶晶莹剔透的五粮液的诱惑，自斟自饮了好几杯。孙乃夫微醺着进了西厢房。靠窗是早年间农村常见的大炕，炕洞里闪着若明若暗的无烟炭火，在深秋的天气里显得特别温暖，满屋热腾腾的。炕上铺着用黄道婆时代的织布机织出的大厚棉被、粗布床单，炕中间放着一张红漆小炕桌，印着毛泽东为供销社题词"发展经济，保障供给"的一把提壶率领着4个小茶碗静静地卧在一个搪瓷盘里。农村大嫂提来一壶滚烫的开水，沏上了顶级铁观音，说："领导，你慢慢用吧，这里是剑北哥累了休息的地方。那年挖村北的流花湖，大冬天的，他踩着冰凌碴子挖泥，落下了老寒腿。"说完，轻轻地放下门帘，扭着富有弹性的腰肢走了。

大凡结了婚和老婆长时间在一起的男人，都愿意出差几天，期望在出差期间碰到有点儿姿色的女人，特别是酒足饭饱之后，心里就有些热。孙乃夫拉过一床棉被，又垫上一个柔软的大枕头，斜倚在上面，感到非常舒服，从窗户里目送着那个年龄还不算太老的农村大嫂出了小院的门。孙乃

夫喝了一口铁观音，清香满津，柔和满胃，随手翻开了炕头散放着的几本书，其中有《孙子兵法》《李广列传》《二战实录》《战争与和平》《古德里安将军战争回忆录》《沙漠之狐——隆美尔》，还有武侠小说《七剑下天山》《小李飞刀》，也有现代的军事小说《冷枪手》《特种兵》等。孙乃夫毕竟是军人出身，上的是解放军政治学院，是少校转业，心想金主任想得真周到，还有自己爱看的书，便一边喝茶一边读书，一阵倦意袭来，睡梦中看见了当兵前刚结婚的邻居家媳妇围着紫丁香小花围裙在做饭。

　　直到三星正南，金剑北才回来，满嘴酒气一把把孙乃夫拉起来说："我看你小子睡得笑模笑样的，准是梦到小情人了吧，是女战友啊，还是女同学啊？前年你不是开同学会去了吗？同学会，同学会，叙叙旧情上床睡啊。找小姐太贵，找情人太累，找同学最实惠。"看到孙打着哈欠连连摆手又说，"要不就是你们秘书处那几朵金花。"孙乃夫彻底醒过来了，说："你以为我像你啊，和那个女部长泡半宿。我说，一个县统战部长，无职无权的，有什么可接待的，还作什么秀？"

　　金剑北重新沏好茶，斜倚在小炕桌的对面说："这你就不懂了。不管什么部门，省以上都有钱，省以下都是穷光蛋。为了显示自己联系群众，出政绩，都要在下边找、树典型，只要当了典型，都会给点儿钱，而且数目还不少。在我村委会的办公室里有六个大立柜，两个是用来装上级各部门发的先进牌子的，有组织部、纪检委、宣传部、农工部、统战部、工会、妇联、青年团、武装部这些权威正规部门的，也有政府各个局的，民政、劳动、交通、农林牧副渔，还有社会各个协会、学会的，可以这样说，党政有多少部门，社会上有多少团体，我这里就有多少块先进牌子，而且还有四大柜子用铝合金和玻璃镶起来的规章制度，每天都有专人擦拭，谁来了挂谁的，而且都是省和中央的，别的不要，因为他们没钱。你可能要问，我这里何以都先进呢？原因很简单，就是我们村里比较富裕，他们要的外在形式上的东西我们有钱弄；他们要的胡扯淡的内容啊，制度啊，我招来的那些二线干部，咱们的老伙计能写、能编。我们村这几年外出的劳力都回来了，他们要的由青壮劳力组成的各种组织我们能成立，他们出的剧本我们能演，能给他们装门面。来了之后好吃好喝再给些绿色土特产,他们能不给钱吗?再说,现在的人往往事还没干就往上报,在媒体上吹,他们要不给钱,我一瞪眼不干了,他们的脸往哪儿搁啊?那些钱是国库里的钱,给谁不是给啊,你就是不要,他们也是坐好车、吃好饭给浪费了。我算了一笔账,搞形式用的、招待他们的钱也就占要来的钱的十分之一。投入一,收入是九,我给这个事起了个名字,叫'典型、荣誉产业化经营'。"

孙乃夫笑骂了一句,有些不解地说:"在女部长那儿收入了多少啊?"

金剑北说:"村里早年有一个随着蒋介石去台湾的老兵前几年回来了,在我们的大棚塑料薄膜厂投了一点儿钱,我利用此事套了统战部门一笔扶持台胞企业的发展基金。不多,就百十来万。"他说得有些轻描淡写。

孙乃夫说:"依老主任的聪明,不会只套这点儿钱吧,恐怕连人也套到手了吧?我观察到了,那个部长见了你以后打情骂俏的时候脸可是不太自然啊,必有隐情。我可告诉你,那个高敏部长正在闹离婚呢,你可别陷进去,温柔乡里虽然香艳,可那是沼泽地啊,尤其是冬天,刚进去时确实感觉挺暖和的,不小心就淹到胸脯以上喘不过气来了。"

金剑北哈哈大笑,说:"看来我们的老夫子也曾经有过艳遇啊。食色,性也,孔夫子是同意的,在这方面我得教你一招,也叫和女人保持关系的'吉祥三宝'。"

"愿闻其详。"孙乃夫起身给金剑北换上热茶,给他点了一支烟。

金剑北恢复了痞子作风说:"看在你对老领导恭敬的分上,我就传给你吧,叫'三不一可'政策或者叫策略。我不是色中恶鬼,也绝不像小青年一样,见了女人的身体就两眼发红,像豹子一样不管不顾往上扑,全然不顾旁边猎人挖好的陷阱。本人是事前和对方讲好的,不强迫,不拒绝,不承诺,可帮忙。再加上我的本事,她们都很服气。"

"哈哈哈,哈哈哈。"两人几乎同时拊掌大笑。深夜的男人谈起女人来都是放荡的。不管有无其实,但男人们历来爱通过吹牛来抬高自己的能力。

孙乃夫想,这个高敏在市委统战部民意测验中得票不是很靠前,这次能到这个富县来担任常委,大概是金剑北帮忙的结果。官场真是深不可测啊,

连身在其中的人都不知道谁在指挥谁。他想起大军寨的事心里莫名其妙地烦躁起来,于是,收敛了刚才的放荡,向金剑北说了那里发生的事。说到那个怪女人和那片300亩地的种植园时,他看到金剑北的眉毛和双腿同时动了一下,凭在军事学院学到的战地救护知识他知道,那是心在抽搐。

当东方微明、晨曦初现的时候,金剑北听完了孙乃夫的叙述,立即跳下炕,在屋里急速踱着步子说:"老夫子,事情绝不是你说得那么简单,千万不要相信搞什么化妆品基地的鬼话。'生铁锅'不是好东西,当年他办'柳浪闻莺'的时候,毁了不少良家妇女,还有我们村的两个呢,刚才给你做饭的那个就是其中之一。我到市里找农业局要钱时,在路边的垃圾场发现了她,她是因为得了病被赶出来的,她喊我大哥的时候,我想了半天才认出来是以前邻居家的一个当家妹子。你说,她一个大闺女家家的,带着一身脏病,怎么回家啊,回去后怎么找婆家啊。我把她拉到了天津,托一个朋友给她治好了病,又找了一份临时工的工作,半年后她才回家。我一看到她心里就有火,一直想腾出空来整治一下郭铁生这个败类。再说,'大运摩托'也不是善茬,大军寨一定是要发生什么变化,那块大荒地里一定有什么名堂,才引来这么多狂蜂浪蝶。你赶紧回去,通过你的秘书服务公司,通过魏正义他们了解情况,特别注意市委高层领导最近私下里讲了什么话,包括最近会见了北京和省里客人的谈话纪要,有了信儿抓紧给我电话。还有,告诉魏正义,想法保护一下那个你说的在扫帚岗承包地的怪女人。"停了一下说,"对了,我好几年没回河海了,干部调动频繁,熟人也少了,那里的政治形势咋样啊,新来的书记如何?"

孙乃夫说:"我看这个博士书记是来镀金的,个人操守没什么问题,知识也很丰富,就是和咱们这里不贴边啊。一开会就讲西方的民主政治理论,云里雾里的。据说,此公桥牌打得蛮好,看到河海人热衷于搓麻将垒长城,就对宣传部长和体育局长说要因势利导,把人们从低俗的麻将桌上引导到高雅的桥牌上来,还说要建立'桥牌之城',将来举行什么世界桥牌大赛,以牌为媒,招商引资。他是追求新奇、政事荒废啊。还说什么腐败是社会主义初级阶段的必然产物,随着民众觉悟的提高、民主制度的建立、物质的极大丰富会慢慢消失的。前几天我碰见刘建峰副市长,他也有同感,无可奈何地说,不在位子上了,干着急啊。"

孙乃夫走后,一夜没睡的金剑北感到头痛欲裂,躺在炕上盖上大被子,翻来覆去折腾了半天也睡不着。利索的农村大嫂悄然而入,端来一碗小米粥和两个花卷、一盘小咸菜,微笑着看他吃了,把他放在炕头的手机调成了静音,拉上窗帘,放下门帘,小心翼翼地关上门。

金剑北做了一个长长的梦。童年的梦是幻想的,青少年的梦是带着翅膀的,中年人的梦是实打实的,而老年人的梦是最复杂的,是经历了长久酸甜苦辣岁月的沉淀,是希望和失望、无奈窘局和欢快场景的碎片交替出现,是受到外力强力刺激后在脑海中形成的一片晴朗的天。引起金剑北梦境的是一种特殊的往事,有根有梢、有情有景、有凹有凸地清晰展现在面前。

20世纪70年代初期,一个春深如海的桃花天里,河海市东风机械厂两排红砖房中间的厂区大道上,初春刚刚升起的太阳把妩媚的目光投放在刚刚钻出嫩芽的柳枝上,引得它们在微风中起舞献媚。一支特殊的队伍逶迤出现在大道中间,一色的新工装,一色的还带着农村土味的很年轻的男女,每人手中拿着一个脸盆,向开水房走去。这是上个月才从农村招来的一批学徒工。那个年代暖水瓶是奢侈品,不管是铁壳的还是竹子壳的,都价格不菲,相当于一个学徒工一个月工资的四分之一,另外,市场供应短缺,没有后门根本买不到。早晨起来梳洗时,这支队伍成了常见的风景。

把新工作服当作礼宾装,常年穿着姐姐和母亲在老式织布机上织出的黑粗布的金剑北也在这支队伍中。他昨天晚上上的夜班,又看了半夜书,起来得比较晚,端着半盆热水往回走的时候,已经快8点了。在厂外住的职工的自行车的洪流开始往里涌,厂里唯一的一辆东风汽车发动了,那个见了女人就色眯眯的司机摇下车窗,神气地按着喇叭往外疾驰,路人纷纷躲避。金剑北靠边的时候,忽然听到前面一个女声哎哟一声,眼见一个中等个头,留着齐耳短发,圆圆的脸上有一双秀气大眼睛的姑娘的自行车一歪,撞到了路旁的一棵柳树上,人也摔到了地上。车把歪了,前车圈瘪了,她

赶忙爬起来,没有像其他姑娘一样先掸衣服上的泥土,而是把车子扶起来,两眼的泪花簌簌往下掉,嘴里喃喃地说:"这怎么办啊,晚上还要接妹妹呢,还得花钱修,妈妈哪有钱啊。"

　　看着司机得意地把车开出厂门,金剑北放下脸盆,接过那辆半新不旧的自行车,两腿夹住前轮,扭正了把,扛起来走进车间。卸下前轮,夹在了钳工台上,他找来两根铁棍,比画了一下,交叉放在一个支点上,那双在农村当过铁匠的双臂一用力,把瘪圈撑圆了,拧直了辐条,拿过旁边的一块油布擦干净,安装好。自始至终,姑娘一直跟着、看着他,目光是欣赏与喜悦的,当接过完好如初的自行车时,她没有像初出茅庐的小姑娘那样脸红害羞扭捏,而是朗声说道:"小师傅,谢谢你啊。"金剑北沉稳地说:"我不是师傅,是和你一块进厂的。那天在欢迎新学员进厂的会上,你唱的'北京的金山上光芒照四方'真好听。"说完,大踏步走了。他知道,她是城里人,据说还是干部子女,和他这个村里来的土鳖小子根本不是一条河里的鱼,不可能游到一块去。

　　后来,他还是忍不住打听了一下这个叫齐曼的姑娘的家世背景。她是河海在全国最有名气的中学毕业的,"文化大革命"时上初中二年级,冰雪聪明、能歌善舞,还极有组织能力。父母是河海60年代初建专员公署时从省城调过来的干部。那时虽说人们有着强烈的到艰苦的地方去工作的思想,表现出坚决服从组织安排的意愿,其实也存了一点儿私心,更愿意到新开辟的地方去,无论大小,总算是开山立柜的鼻祖,能提拔得快一点儿。她父亲原来在省直一个部门当科长,会写点儿材料,被分到了党的核心机关——地委办公室,很快当上了副主任。她妈妈原来是靠近省城一个县的妇联干部,沾了丈夫的光,在机关直属党委当上了科长。"文化大革命"前,齐曼一家住在地委家属院里,4个孩子6口人住两间半平房,也算是有头有脸的人家,尽管孩子多,但因为有点儿小权力,平时送土特产的也不少,所以吃得饱穿得暖。父母忙于工作,她上面有一个哥哥但很贪玩,她作为头大的女儿,自然成了家里的三把手,里里外外料理得井井有条,像小鸡妈妈一样照顾着弟弟妹妹。左邻右舍看在眼里、记在心里,她成了许多大人和男孩子青睐的对象。"文化大革命"来了，她父亲成了某个书记的黑线人物，这个写了半辈子材料的男人抓着自己的花白头发日夜煎熬，怎么也想不明白，自己按照党的政策和领导的意图辛辛苦苦一个标点一支烟熬夜写的材料怎么就成了黑材料，自己怎么就成了黑线人物，加上造反派的侮辱批斗和士可杀不可辱的文人气节，晚上，在办公室的暖气管道上拴了一根白天造反派捆绑他的麻绳，结束了生命。她妈妈被押到了干校劳动改造，齐曼也被学校从经过一场武斗险些被打散的一派红卫兵组织中开除出来，白天到旅馆当临时工，傍晚领着几个弟妹靠捡废品、剩菜艰难度日，后来下了3年乡，才和金剑北一块招工进了东风机械厂。

此后，金剑北时时注意齐曼，后来到了厂里的科室以后，又特意看了她的档案，知道比他大几岁，但这并不妨碍他对齐曼的关注。

有一天，炎炎烈日下，宽阔的篮球场上，满脸横肉的厂民兵营长石永杰给青工们训话："我叫石永杰，三代贫农，当过兵，和在场的大多数人一样，苦大仇深。我们要听毛主席的话，工业学大庆，发扬'干打垒'的精神，用自己的双手建起新的厂房。"他指着不远处的一座土窑说，"今天上午的任务就是把老师傅们烧的红砖搬到前面的空地上加平整地基。我宣布一下分工，女学员去平整地基，男学员和可教育好的子女到砖窑出砖，下午搞军事训练。"他看了一下名单，发现在"政治面貌"一栏里填着"中共正式党员"的人员时，心里动了一下，随口说道，"出窑这个组由金剑北临时负责，我也参加。"

齐曼默默地从女工队伍里走出来，拿起了背砖的绳子和木板。刚刚停了火的砖窑热浪滚滚，炙烤得让人窒息。大个子民兵营长一马当先，放下木板，大手一次掐起5块砖，放了四摞，两头套上绳子，往双肩上一挂，大步流星往外边走边说："看见了吗，就像我这样干。"20块红砖，足有100多斤重，对男孩子来说，勉强可以背动，但对于女孩子来说，就很吃力了，再加上砖窑里的热度，很多男青工打起了赤膊，有的只穿了一条裤衩，汗水却像蚯蚓似的流满了全身。齐曼的灰色衬衫前胸后背很快湿透了，头发打起了缕。她每背起一摞砖都咬一次牙，脸蛋憋得通红，嘴唇似乎要咬出血来。

尤其是麻绳勒着湿透的衣衫，使她的乳房特别突出，里面的内衣清晰可见，许多不怀好意的男青工用狼一样的眼睛盯着看。她低着头，一声不吭，但金剑北看到，单独对着角落装砖的时候，齐曼大滴的泪水随着汗水滴在地上。

"太不是东西了！"进厂前在农村生产队当过干部的金剑北骂道，"可教育的子女也是人，在村里烧窑都不让女人靠近，怎么能让姑娘干男人都干着费劲儿的活呢？"看着作了几次秀就没了影的民兵营长，他借着上厕所来到砖窑旁边脱砖坯的大晒场上，看到有几辆拉土用的架子车和手推车，找了一根麻绳串起来，拉到砖窑前，大声说："同志们，毛主席教导我们，要鼓足干劲，多快好省地建设社会主义。咱们青年人，要善于搞技术革新。来，小拉车三人一辆，手推车两人搭伙。"几乎累昏了头的众青工自然欢呼雀跃。金剑北很自然地把手推车靠近齐曼说："咱们一组吧。"装砖的时候，他不让她动手，说扶好车把；往外推砖的时候，说你不会驾辕，在旁边扶着就可以了。快中午的时候，民兵营长回来看到这个情况，发火训斥说："让你们参加劳动，主要是改造思想练红心，怎么用上车了？"金剑北说："营长，我们是农村来的，从10多岁就参加农业学大寨，锄草耪地了。苦点儿我们不怕，我想的是如何加快速度把咱们的厂房盖起来，造出机械支援农业生产啊。"

石永杰看着这个和自己一样根正苗红而且像见过一点儿世面伶牙俐齿又是青工中唯一党员的家伙，没说话，但心里嫉恨上他了。

金剑北不怕因齐曼得罪人，有些小细节现在回想起来，心里还是微微生起波澜。

一次，民兵训练场上，在营长粗暴的口令中，大家在做匍匐前进，过铁丝网时，刺啦一声，金剑北的裤裆裂开了一道口子，紧随其后的齐曼赶紧闭上了眼睛又忍不住睁开了，她看到这个家伙从上衣兜里拿出了一条医用胶布，麻利地贴上了。在下一个训练科目走正步的时候，他的腿再也不敢踢到位了，惹得民兵营长直骂街。训练休息的间隙，她向他招招手，来到一丛紫穗槐后，从绿色小挎包里拿出了针线包，飞针走线给他缝好了裤子。

一次，夕阳下，民兵营长正在独自训练金剑北走正步，金剑北突然蹲在了地上,营长说看你个熊样,扬长而去。齐曼赶来,从兜里拿出上海的舅舅半年前给的一块巧克力,塞到了已经虚脱的金剑北嘴里。

一次,临下班时,车间主任宣布第二天有来自欧洲的社会主义国际友人来厂参观,要求早上8点全体到大门口列队迎接,男的一律穿蓝裤子、白衬衣、白球鞋,还说书记说这是在国际上展示中国工人阶级形象的大事,是政治任务。金剑北回到宿舍急得团团转,一双球鞋四五块,自己一个月才挣20元。挣钱时想到家里爹娘的苦楚,他给自己定了一个生活标准:每天花3毛钱。早晨2分钱一个的馒头吃两个,1分钱的稀饭吃一碗,再加上1分钱的老咸菜;中午3个馒头一碗菜汤,花1毛多钱;晚上和早晨一样,这样每月省出10元钱给家里,自己只留下1元零花。根本没有零用钱,拿什么去买球鞋啊?况且就穿那么一会儿。月光下,他在厂区外边的围墙下蔫头蔫脑的时候,齐曼骑着自行车翩然而至,把一双哥哥曾经穿过的半旧回力球鞋给了他,还细心地拿了两支粉笔头,金剑北感激得几乎掉泪,回到宿舍,用力让粉笔头和鞋面摩擦起来。

后来与齐曼之间发生的一件事,让金剑北终生难忘,也让他至今琢磨不透这个女人。

"夜来南风起,小麦覆陇黄"的季节,东风机械厂组织工人到联系点大军寨支农。麦浪滚滚的田野上,手持镰刀的金剑北和齐曼并肩割麦,齐曼动作娴熟,一边割,一边和大军寨的社员们拉呱,满脸的阳光,当大队支部书记"老牤牛"一脸涎笑着向她打招呼时,她的脸阴沉下来,看到剑北有些奇怪的目光,她笑着告诉他,这里是她下乡插队锻炼的地方,"当时,有好多人呢。"说完,拿出了一张几个姑娘在一丛红荆花前的合影。看模样和打扮,有几个应该是从大城市来的。

那天,柳荫下,一边是金黄的麦田,一边是青青的夏播禾苗,田间的机耕路上,几个公社女社员挑担提篮,送来了鸡蛋烙饼和解暑解渴的绿豆汤。民兵营长石永杰和"老牤牛"开着粗俗的玩笑:"我说,你这个骚牛犊子,连个肉星也不见啊,把你这老牛腿砍下一条来算了。"

"老牤牛"嘴里喷出一口辛辣的烟说:"这年头不过年、不过节的哪

有肉吃啊，养的那几头猪交国家征购还不够呢。大鬼洼里倒有不少野物，兔子、黄鼠狼、大蟒蛇有的是，可谁敢去打啊？前几年有个东北人想去那养鹿，结果弄了二十几头进去，不到一个月，不知道被什么野兽吃了一半多，别的都变野鹿了。晚上睡觉时两条3米多的大长虫爬进了他的帐篷，偷吃他养的小鸡崽，吓得那小子掀开帐篷的后门脚不沾地地跑了，再也没敢回来。别看你当过兵，拿着这破枪穷摆弄，你敢去啊？说不定让哪个狐狸精变的俊俏小娘们儿把你引到破坟丘里出不来了。在烂草堆里瞎折腾，你还以为进了金銮殿呢。"

　　石永杰哗啦一声把手里的半自动步枪推弹上膛，又拍了拍腰里的手枪说："你老小子别胡说八道了，老子在朝鲜战场上连美国鬼子都不怕，还怕几只狐狸、几条蟒蛇？下午我就去看看，叫你知道什么是当过兵的人！"

　　两人正在斗嘴，忽然远处有人喊道："马惊了，快躲开啊！"只见一匹脖子上的马鬃立起来的黑马拉着辆装了半车小麦的胶轮车滚滚奔来，随后，拉着车歪歪斜斜地冲向禾苗地，后面，一个戴草帽的农民拿着鞭子跌跌撞撞地跑着，前面，几个小孩蹦蹦跳跳欢快地逮着蚂蚱，对即将到来的灾难浑然不知。

　　众人正在惊慌的时候，在路旁喝汤的齐曼一下扔掉了大瓷碗，上去抓住了马笼头，打起了千斤坠，那匹黑马对这个穿着小碎花褂的女工很是讨厌，马不停蹄，仰脖急甩，几次差点儿把她甩到车轮底下。千钧一发之际，金剑北顺手拿起了一小截不知何人何时扔在树底下拴狗的铁链子，一个虎跳冲了上去，准确地勒住了马的上牙唇，单膀叫力，马唇上出了血，疼得它嗷嗷直叫，速度慢了下来。金剑北另一只手把齐曼拦腰一抱，轻舒猿臂，送到了路边的草丛里。尽管这样，她的一只脚还是被车轮轧了过去。

　　惊马拦住了，几个小孩得救了，大家竖着大拇指直夸金剑北好样的。齐曼的脚脖子肿了，走路一瘸一拐的，"老忙牛"赶紧找来了村里的赤脚医生和一个会接骨的农民，忙着给她上药按摩，齐曼说："没事，为了人民的利益，为了人民公社的秧苗不受损失，为了祖国的花朵，这是我应该做的。解放军同志轻伤不下火线，我要和大家一起抢收麦子，我的脚虽然受伤了，手还在。"一番豪言壮语伴着清脆的女声在田野间震荡着。

石永杰站起来摆起了姿态说:"贫下中农同志们、工友们,大家看到了吗?这就是中国在毛主席领导下的工人阶级,这就是我们的共产党员,这就是我们可教育好的子女!今天他们两个人勇拦惊马的胜利,就是毛泽东思想的伟大胜利,我们要向他们学习,他们是现代的欧阳海。现在我宣布,金剑北同志为这次支农小分队的副队长,齐曼同志记功一次,从下午开始,不再参加割麦,到麦场看麦子、养伤。齐曼写一份发言材料,回厂后在活学活用毛主席著作积极分子代表大会上演讲。"

中午,绿树在微风中轻摇,蝉声阵阵,金剑北嫌屋里闷热睡不着,悄悄走出了小分队住的院子。村里静悄悄的,几缕炊烟从农户的房顶上袅袅升起,轻描淡写地在天空中游荡,街上偶尔跑过几条小狗和几只小鸡。他穿过一条不长的胡同,来到打麦场上,一片摊开的小麦在阳光的照射下铺了一地金黄,场边上,齐曼正端坐在小场屋前的一棵小槐树下,时而用警惕的目光巡视着,时而低头看一段摊在膝盖上的《毛泽东选集》,时而托腮思考,好像是在准备发言稿。

他没过去说话,看到一个麦秸垛后边有一棵老柳树,走了过去,拔了几棵地边上因缺水缺肥缺阳光还未完全成熟的麦穗,扯下两片青麦叶,用两个手指熟练地一绕,捆在了一起,抓过一把干麦秸,拿出一根火柴,在一块小石头上蹭了蹭,刺啦一声点着了火,轻轻炙烤。一会儿,新粮的香味就冒了出来,他用两只大手一搓,吹走草灰,捏着麦粒惬意地咀嚼着,一阵凉风吹过,他心里大叫"痛快"。

"你,你偷吃公社的小麦!"齐曼站在他面前气急败坏地喊道。

金剑北奇怪地看着她说:"几只青麦穗,至于吗?哪个村里割麦子时不烧几个麦穗吃啊,你真是大惊小怪。"

"什么,我大惊小怪?每一棵麦穗都是农民兄弟一个汗珠摔八瓣种出来的,都是劳动成果,都是集体的财产,都可以支援世界上还在受苦的劳动人民。"

"得,得,你少给我说这个。我七八岁就开始种麦子了,你别无限上

103

纲上线，我说不过你，惹不起躲得起，我走。"金剑北说着起身扬长而去。

齐曼在后边追着他说："你这是偷盗！我要揭发你，让你做检讨！"

金剑北根本没拿她说的话当回事，下午把最后一个麦捆装上车，最后一个收工回到小院子里，却看见大家都用异样的目光看着他。和他关系不错的一个工友冲他向北墙上努了努嘴，他顺着提示看过去，靠近窗户的地方竟然贴着一张小字报，题目是《金剑北偷盗社员的劳动成果》，显然是齐曼写的。他怒气冲天刚要去女工宿舍找她算账，大门被咋咋呼呼地推开了，"老忙牛"赶着一辆小驴车喊道："好事啊，同志们，石营长给咱们打牙祭了啊。"车随声到，上面有几只野兔、野鸡，两只野羊，居然还有一头鹿，后面，石永杰扛着枪神气、得意地笑着。"老忙牛"继续吹嘘着："石营长枪法那个准啊，简直是神了。过去我们农村打猎用土枪，一打一大片，还不一定打得着，他用的可是子弹啊，出去一条线，而且是双枪并用，近处用手枪，远的使步枪。这头鹿刚一露头，200多步远啊，石营长单手持步枪，一下打了个对眼穿，一点儿血都没流，不仅留下了整张的好皮子，那血也是好东西啊。一会儿宰的时候，放出来做个血豆腐，那可是下酒的好菜啊。"

石永杰的脸上乐开了花，刚要吹嘘几句，齐曼走到他跟前低声汇报。由于她的嗓音特别清脆，本来离得就近的"老忙牛"也听到了，凑到墙根底下看了一眼那张小字报说："呵呵，烧几个麦穗那不算什么，村里的社员都这么干，收秋的时候还烧棒子、红薯呢，不往家偷就行了。"齐曼争辩说："那不行，一颗一粒都是公社的财产。"表情特别严肃。一时，全院静场，大家都呆呆地看着石永杰。

也许是当天石永杰的心情特别好，也许这件事不算个事，也许是"老忙牛"的话起了作用，但看到齐曼认真的表情又不得不说几句，他转了转大眼珠子说："齐曼同志值得表扬，"又回头看着金剑北说，"我说，你这个党员同志，叫我说你什么好呢，刚提拔表扬了你，你又犯了错误。这样吧，我宣布，撤销你副队长的职务，一会儿大家吃肉的时候，你只能喝汤，最多吃两块血豆腐，还有，今晚罚你去看场，丢一粒小麦给予严重处理。"

吃饭的时候，金剑北端着分到的一碗肉汤和"老忙牛"特意给他盛得满满的血豆腐与齐曼擦肩而过的时候说:"你知道吗,我刚救了你的命,你太没良心了。"齐曼朗声回答:"那是两回事,你对我是阶级友爱,我对你是保护集体财产的友情,这都是我们应该做的。"说得金剑北哭笑不得、哑口无言。

仲夏夜的晴空,凉风习习,湛蓝的天幕上镶嵌着宝石般的星星,醉人的麦香弥漫着乡村的土地。勃发的野草丛里,密密的矮树棵底下,发出小动物们求偶的柔和叫声,举着绿云的大树上、鸟巢里,不时传来双飞双栖鸟儿们的呢喃细语。吃了一碗鹿血豆腐三个新麦馒头的金剑北垂头丧气、无可奈何地来到打麦场上,一脚踢翻了上午齐曼坐的小板凳,抱过一堆麦秸,斜躺在上面看着天空发呆。突然,一股热流从丹田涌起,很快下行,下面那个东西像一根铁棒一样粗壮滚烫。农村出来的男孩子,虽然没有多少性学知识,但也知道那是怎么回事,也有自己解决的方法。他坐不住了,抓起水桶,到旁边的井里打了一桶凉水,脱掉裤子,哗的一下浇到了上面,但那里只是抖动了一下,依然锐气不减。他随即撩开大步,围着麦场跑了起来,四圈过后,满身大汗淋漓,那个家伙还是直挺挺的,他又取出一根火柴掏耳朵,效果还是不大。没法了,只得一柱朝天躺在麦草上,痛苦地煎熬着。

齐曼悄然出现了,他赶忙翻身坐起,蹲在地上掩盖着自己的不雅,愤声说道:"你来干什么?"齐曼的脸上挂着怜悯说:"我下乡的时候当过赤脚医生,知道你是怎么回事,鹿血是促进男性荷尔蒙狂暴增高的东西,不放出来你会憋出病来的。来,我来帮你。"

还没等金剑北缓过神来,她就抓住了他,自己褪掉了裤子,摆了一个弯腰推车的姿势,边引导他进入边说:"只能用这个地方,别的地方不准摸。你放心,我不是处女了,也知道避孕知识,来吧。"她说话的语气没有一点儿柔情蜜意,反而体现出一种大义凛然的献身精神。

金剑北一进去就如岩浆般喷射了,但不软反而更硬,他无师自通地大幅度动作着,不仅感到身心通泰,还产生了一种报复的快感,闷声说道:"你这也是阶级友爱吗?"齐曼嗯嗯地说:"是的,你救了我一命,我也救了你一命,互不相欠了。"

等金剑北两次喷射过后,齐曼说:"行了,你没事了,好好看场吧。如果你不负责任丢了社员们的劳动成果,我还是要揭发你的。"说完,整理好衣裤,急急地向村里跑去。

他愣愣地看着她的背影,心里像打翻了五味瓶,百思不得其解地狠狠骂道:"真是个怪女人啊。"说完,拿着手电筒围着场院巡视了一圈。他想起小时候爷爷教训本家一个侄子说的话:"你那个小鸡子插到人家里面去了,你就得娶人家做媳妇,男子汉要能担当事。"想到此,他琢磨着,自己虽然是农村来的一个穷小子,但好赖也是贫农子弟、共产党员,她家里虽然成分不好,但好赖也是城里人。真能娶这么个媳妇也不错。可是他发现他一点儿也不了解齐曼。

第二天,明亮的厂部办公室里,新来的耿书记听完石永杰、金剑北和齐曼关于支农的工作汇报,眯缝着眼,边听边不断点头,说:"工农联盟是我们党的执政基础,对这次英雄事件一定要大力宣传,齐曼同志的讲演稿我要亲自看看。"随着示意石、金两人出去,眼睛睁开了,一双滴溜溜转的眼珠子扫了稿子两眼说,"不错,不错。"随即说,"小曼,我来之后才知道你在这儿,你妈妈快出来了吧?看,都长成大姑娘了啊。"一双手搭在了她的肩上,她没有闪开,貌似天真的大眼睛看着这个和妈妈原来在一个单位的宣传干事,这个靠造反、揭发批斗书记上来的人,用甜蜜的声音说:"耿叔叔,你可要多照顾我啊。""那是当然,那是当然。"那双手在她的肩膀上往前、往下走了一寸多,回头看见站在窗前小树下等她的金剑北,不情愿地放下了。

自那以后,在黄昏的余晖里,金剑北看到过好几次齐曼在厂部前的水管上洗着男人的裤衩和袜子,旁边的晾衣绳上有几件已经晒干了的上衣和男裤,她收好放到了书记的宿舍里。

齐曼的报告会在刚刚建好的宽阔的大车间里举行。水银灯下,全厂工人每人一个小马扎,坐得整整齐齐。齐曼一身蓝工装,胸前戴着一个毛主席去安源的大像章,乌黑的齐肩短发刚洗过,英姿飒爽,快步走上主席台,先是对着巨幅的毛主席挂像深深鞠了一躬,又向厂领导致敬后,开始声情并茂地讲演，不时说起在拦惊马和做其他好事时想起了毛主席的教导，毛主席语录在耳边响起，雷锋、欧阳海的英雄事迹在眼前浮现等词句。在耿书记的示意下，石永杰不断用他的破锣嗓子领着大家喊"毛泽东思想万岁""向齐曼同志学习"的口号。

金剑北在下边无精打采地听着，看到齐曼上台的时候右脚有些颠，心想一定是那次被马车轧而乡下的正骨医生没接好的缘故。"平时慢走看不出来，快了就显出来了，年轻时看不出来，老了就要拐了。"他心里很是烦恼。

会议结束时，精于宣传的耿书记对厂文艺宣传队队长吴阿杜说："你们要用文艺的形式把这次支农的事迹排成文艺作品，鼓舞大家的斗志，突出在毛泽东思想教育下工人阶级的崇高觉悟，不要只突出个人，以齐曼的事迹为主。我看就叫《支农新曲》吧，齐曼可以做个女主角。"石永杰在旁边说："咱们的文艺宣传队可是清一色的无产阶级革命派的后代啊。"耿书记说："加上一个可教育好的子女不是更能说明咱们的宣传威力，说明毛泽东思想的伟大吗？就这么定了。"

领导的话很快执行下去。《支农新曲》小歌剧排练场上，吴阿杜边操琴边当导演，开场是谭丽萍带着几个姑娘的幕后女声小合唱："麦浪滚滚闪金光，田野一片亮汪汪，丰收的喜讯到处传，社员心里喜洋洋，喜洋洋……"在丰收的锣鼓和悠扬乐曲的伴奏下，饰演工人支农队队长的齐曼上场，碎花小褂蓝工装裤，头戴草帽，斜挎印有"为人民服务"的军绿挎包，左手拿镰刀，右手一本毛主席语录，唱道："一路走来一路唱，看不尽田野的好风光，贫下中农学大寨，千般累万滴汗种出了万顷新粮香。工农联盟是基础，我们有义务帮他们颗粒归仓。"随即，扮演农村生产队队长的金剑北上场："今天早晨喜鹊叫喳喳，就知道有亲人来到俺们家。工人老大哥下乡来，贫下中农笑哈哈。"随之是两人的对白，圆场，边舞边唱，赞颂领袖，赞颂党，欣赏五彩缤纷的仲夏美景。齐曼演得认真、投入，金剑北则在两人拉手、对视的过程中脉脉含情，悄悄地递过去一颗水果糖。

如果没有后来出现的"康公子"，也许金剑北和齐曼会结成夫妻也不一定。

随着耿书记一起调来的"康公子"是一个瘦高的男青年。在电机绕线车间里，齐曼和他对手缠线，康公子心不在焉地干着活，扭头对旁边一个显然也是城里干部子弟的青工唾沫星子乱飞地神侃着："你老爹是17级吧？1945年的八路军，勉强是中级干部，顶多是少校。新中国成立后定军衔时毛主席就说过，红军不下校，八路军不上将，那是凭资格的。我爸爸是1938年的八路军，而且是贺龙120师独立旅的，跟29军学过大刀术。在冀东老盐河战役中，和小鬼子拼过刺刀。4个鬼子围住他，4把刺刀一齐较劲，4个鬼子喊着口号往我爸的脖子里突刺，我爸使出了贴地滚龙刀法，一矮身，他们刺了空，他一招就地旋风刀，砍断了鬼子8条腿。就那一仗，一战成名啊，被提成了突击连连长，后来授衔时两杠三星，上校，相当于地方的14级干部，高干啊。老爷子一直干到军分区的参谋长，这次毛主席搞解放军支左，才到地革委政治部当组织劳动组组长。"旁边的男工没听完走了，他很扫兴，回头对齐曼说："你知道组织劳动组是干什么的吗？告诉你，就是过去地方上的组织部和劳动局，管着提拔调动干部和工人的招工就业，这个耿书记就是我老爸说了话调来的，要不，他一个小干事，哪能到这样一个大厂来当书记，都相当于18级干部了。我爸想叫我当兵，我最怕早起跑操才跟着耿书记来这个厂。我干烦了就换个单位，反正他一句话的事。"

齐曼的脸上堆满了笑容，说："你这老革命的后代知道得真多啊，以后我要向你学习。"康公子大言不惭地说："你是厂里的模范啊，咱们互帮互学吧。一帮一，一对红嘛。"说着，老练地抓住了齐曼的手，她并没有躲开。

此后，晚霞中，康公子和齐曼经常并肩骑自行车下班。他的锰钢大凤凰明光锃亮，转铃打得山响，看到停在路边厂里的东风卡车说："哪天我开着这辆车拉你转一圈。"齐曼说："你会啊，有钥匙吗？"康公子哈哈一笑说："我从小就摆弄我爸的苏联嘎斯69吉普车，当然，也没少挨揍。"

眼看两人越走越近，金剑北决定表白了。

那晚星光闪闪，金剑北把工厂空地上种的蔬菜装了满满一帆布袋敲响了齐曼的家门，齐曼的妹妹十六七岁的齐婉跑了出来，银铃般地说："哥，又给我们送菜来了啊。"掉头喊,"姐,这兜菜足够我们吃两天的,省出的钱明天给我买两根冰棍啊。我们学校啊,不是支农就是开批判会,没意思极了,还不如去上班呢。我们班有两个同学去电子元件厂了。金大哥,听我姐说,你现在是工段长了,让我去你那上班吧。我不怕苦,干啥都行,只要能给家里挣钱,我还能吃冰糕。"齐曼走出来制止了她,朝金剑北努了努嘴,两人向外走去。

  绒花树下,金剑北把一封叠成燕子形的信递给齐曼颤声说:"咱们之间的关系能比同志更进一步吗?"齐曼不置可否地点了头,又摇了摇头,低声说:"我也不知道,让我想想吧。"说得金剑北一脸幸福地憧憬着离去。

  齐曼回到家里,妹妹齐婉正对着哥哥齐国抱怨:"就你一个大男子汉,小伙房都快倒了,你也不想想办法。你看张林家盖得又宽绰又结实。"齐国说:"哪里有砖啊?咱家又没钱买。""怎么没有?城东老城墙底下有的是。破四旧拆下来的,好多人在那儿捡呢。"齐国抓了抓乱七八糟的头发说:"那么远,怎么往回拉啊?"齐曼说:"你们别吵了。明天是星期日,都去捡砖头。车的事我来想办法。"

  砖是康公子拉回来的。康公子载着齐曼姐妹三人和一车砖得意地按着喇叭,在众人的艳羡中飞驰,齐曼向他甜笑着递上了一小瓶橘子汁,他拍着东风大汽车的方向盘说:"小菜一碟,放心,那个耿干事不会找我事的。我老爸是高干,他的小命我家捏得住。"

  小伙房是金剑北砌起来的。电工吴阿杜拉起了100瓦的大灯泡,金剑北领着一伙工友和泥、砌砖,干得热火朝天,齐婉蹦蹦跳跳地给大家送水递烟。在屋里做饭的齐曼隔着窗户看着金剑北熟练地码完砖,抓起一根檩条,熊腰一扭,粗壮的胳膊上举,稳稳当当地搁在了山墙上,心里喜悦地动了一下,但一想到当晚的烟茶和准备的夜宵花掉了将近半个月的工资,脸上又布满了薄薄的愁云。

  后来,齐曼宣布和康公子结婚了。星儿闪闪、月光皎洁、惠风和畅的夜晚,那边,大礼堂里,耿书记亲自主持婚礼,喜浪潮涌;这边,吴阿杜的宿舍里,愁云惨惨。金剑北脸憋得通红,用钢牙咬下一块半生不熟的猪蹄上的一块肉,

109

扬起脖子，灌了一口号称闷倒驴的烈性老白干，两眼通红，泪花在大眼眶里闪动着，胸膛一起一伏像拉风箱。善解人意的老大哥吴阿杜爱怜地看着他说："兄弟，我知道你心里难受，难受到什么程度我不知道，但不能憋着，得宣泄出来。来，哥哥给你拉首曲子，也算陪着你哭，哭完了咱们再细说。"说着，拿起一把小提琴，弓子一抖，"小白菜呀，地里黄呀……"凄苦、悲凉的曲调立刻弥漫开来。

男儿有泪不轻弹，只因未到伤心处。随着悲凉乐曲的浸润，这个小时候被同学、村里支部书记儿子打破了鼻子也不哭的坚强汉子想起了童年家贫所受的苦难。八九岁的孩子喝完了从生产队食堂里打回的一碗照得见人的稀饭汤和一个小孩拳头大的红薯，夜晚饿得满村乱跑到处找吃的，偷偷钻到牲口槽底下，从驴嘴里抢了一把红高粱，在饲养员的追打中吞到肚子里；想起了因交不起学费，在县一中年级里学习拔尖的他，忍痛退学，在如血的残阳里，一步一回头地看着美丽的校园走在满是浮土回乡的黄土路上；想起了那年和同村一个小伙伴征兵体检回来，只因对方有一个远方亲戚在公社当秘书穿上了新军装，被全村人敲锣打鼓欢送到村口，而自己扛着犁耙，赶着一头老牛走在荒草蔓延的田间小路上的情景；想起了进厂后因没有背景，先被分到又脏又累的翻砂车间，而后又调到整天烟熏火燎，抡大锤、出大汗的锻工工段，女工见了都躲着走的岁月；想起了为齐曼所做的一切……泪水立刻无声地流出了眼眶，像一条冤屈的溪流细细地在脸上爬行。

吴阿杜凝重地观察着他，放下小提琴，操起了二胡，拉起了一支更加凄凉、悲苦的曲子《断肠天涯》，如泣如诉，那弓弦里奏出的不再是乐曲，仿佛天地间的一切生灵都在压着嗓音抽泣。

"哇，我苦——啊——"金剑北像失去了幼崽的野狼一样号叫了一声，撕心裂肺地哭了出来，满腹的冤屈、悲愤潮卷浪涌，泪水、鼻涕如夏季肆虐的黄河之水奔腾而来。

吴阿杜红着眼圈，滴着两行清泪继续拉着，手在发抖。

门外，兴冲冲地拿着齐曼特意暗地送给金剑北的一大把大白兔奶糖的谭丽萍惊呆了，俏丽的脸上也挂上了泪花。

室内，金剑北渐渐平静下来，吴阿杜拧了一把热毛巾给他擦了脸，长叹了一口气说："兄弟，大丈夫何患无妻，天涯何处无芳草啊。"

"吴哥，不是啊，我们已经那个了啊。"金剑北脸红费劲地说。

"哦？"吴阿杜意外地应了一声，用探询的目光看着他。

金剑北心一横，对比他大五六岁已经结过婚的老大哥细细地讲了整件事情的经过和细节。吴阿杜低声问道："她是处女吗？"金剑北摇了摇头。吴阿杜思考了半天，转到他背后，两手扶着他的双肩说："这个女人是有点儿怪。扭曲的心灵，复杂的综合体，太不可思议了。我想，她一定受过什么伤害，这种伤害是刻骨铭心的。不，也许是真爱过，那种爱也一定是刻上了永不磨灭的烙印。她也许认为，那种爱一生只有一次就够了，永远记在心灵深处，以后不再有，也不再接受其他，剩下的一副空壳和皮囊，用来面对严酷的生活、命运给她带来的不可推卸的责任。"

两人久久地沉默。门外，谭丽萍惊恐而害羞地悄悄走了，把糖放在了窗台上。

不相信命运相信奋斗。这是那晚在老大哥宿舍里金剑北立下的誓言。但在那个年代里，个人的奋斗总是不如权势的眷顾来得快。齐曼很快就调走了，到木材公司当了会计，康公子也在这儿干烦了，调到了商业局，去管老百姓不容易买到的自行车、缝纫机等紧缺的东西了。不久，齐曼的妹妹齐婉来上班了，没到车间，直接进了厂办当了人人都羡慕的打字员。

金剑北也奋斗到了科室，一个偶然的机会到干校培训，认识了原来河海地委的农工部长徐波，"文化大革命"结束，徐波担任了市委书记，把金剑北调到身边当了大秘。一次跟随书记到木材公司调研，在门口欢迎的队伍里，他看到了即将进入中年的齐曼，还是齐耳短发，似乎留得更密更多了些，有意遮盖着脸上的伤痕。队伍解散的时候，他注意到她的腿已经明显的跛了，走路有点儿显得地不平了。在和当年东风机械厂文艺宣传队工友的定期聚会上，他无意间说了几句看见齐曼的话，在魏正义和小钢炮李俊拼酒闹得正欢的空当，谭丽萍凑在他耳边告诉他，齐曼结婚后过得一点儿也不好。结婚的当天晚上，康公子发现她不是处女，就把她痛打了一次，

111

婆婆也常常用"不正经""婊子"数落她。康公子常驻南方跑业务、做生意，常年不回家，据说在那边养了个二房，齐曼自己拉扯着一个闺女过活。金剑北的心里酸酸地动了一下。

再后来，企业改制，木材经营放开，凡是个体户能干的买卖，国有企业都垮了，齐曼自然也就下了岗。随着当军分区参谋长的公公退休回到家乡长江边上，康公子和她离了婚，给她留下了两间平房和一个半大女儿。金剑北在报社当副总编的时候，东风机械厂写厂史，请他当副主编，具体管几个章节，其中文艺宣传队因当时在省里拿过大奖，被单独列为一章。老队友在一起"忆往昔峥嵘岁月稠"的时候，谈起了齐曼，魏正义阴郁着脸，说她下岗后开过馄饨馆，卖过菜，在宾馆打扫过卫生，收入总赶不上物价的日益高涨，后来回到曾经插过队的大军寨种地去了，承包扫帚岗时和"老牤牛"的儿子"二牤牛"一同找他做过公证。围绕着人间、命运、机遇、捉弄、无奈，各自唏嘘了一番，使大家在聚会结束时心情都沉重起来。

十一　谋事、办事首先要确定方向，
　　　　在战略上藐视对手在战术上重视对手

金剑北一觉醒来，发现太阳照到了东墙上，给几个挂在篱笆上留着明年做种的葫芦镶上了金边。他一看手机，好几个未接电话，都是孙乃夫的，急忙回拨过去。

孙乃夫在电话里条理清晰地告诉他，事情全部弄清楚了：一是原来在办公厅管接待，专门给水三清书记舔腚沟，谁也不认，后来被柳枫当秘书长时调到行政处的马小二不知通过什么手段回到了秘书处，成了博士书记的跟班，是"生铁锅"安在领导身边的内线，据说每月领着他的特殊津贴。二是最近国家交通运输部一个管规划的司长来过河海，据说是博士书记的大学同窗，透露国家要修一条贯穿南北双线六车道的高速公路，经过河海，经过大军寨的大鬼洼，扫帚岗那里可能还要建设一个服务区。他在市委的机要保密室里看到了司长留下的草图，估计这个消息是马小二透露给"生铁锅"的。至于"大运摩托"，也许知道这件事，也可能是凭着女商人的精明与直觉。三是那天的招标会被"大运摩托"搅黄了，目前双方还在僵持着。四是承包扫帚岗的那个怪女人叫齐曼，吴阿杜、魏正义、谭丽萍知道她不少情况。"据说和你也很熟。"最后他说，"金主任，你快来一趟吧，一块商量个主意。"临放下电话还没忘记调侃说，"老主任，你真是有女人缘啊，简直是中老年妇女的偶像。我发现，河海有点儿名气、有点儿特点的女人都和你藕断丝连的。"

金剑北没听完他后边的胡扯就挂了电话，开出一辆像大坦克的英国路虎揽胜，一轰油门，接过那位俏丽的农家大嫂从车窗外递给他的装着治疗高血压、心脏病、前列腺肥大等各种药品的皮箱，挂上挡向河海疾驰而去。

接风宴由原河海东风机械厂改制后现为生产军工产品的3389厂财大气粗的大老板吴阿杜做东，设在谭丽萍"峨眉大酒店"总统套房的餐厅里。包着厚厚海绵的隔音门，纯白色的羊绒地毯，米黄色的意大利沙发，富丽堂皇的大吊灯下，闪着乌黑黝光的转盘餐桌周围摆着几把带扶手的软椅，几盘精致的凉菜已经摆好。旁边的吧台上，20年的茅台，30年的五粮液，以及来自浪漫国度的拉菲红酒骄傲地列阵站立在那里，争先显示着自己的尊贵。

还是那几位老工友，只是增加了孙乃夫和欧阳俊。这些人里面，最了解金剑北的是吴阿杜和谭丽萍，吴因为比金大几岁，有时还要做出老大哥矜持的样子，很多事不便深说；谭丽萍就不同了，小妹妹级的，从年轻时就在他面前撒娇惯了，什么都敢说。她知道，金剑北离开工厂后，尽管做过市委一把手的大秘、办公室副主任、报社总编辑等那么多令人炫目的职业，尽管在那种场合也装得人五人六的，但那是逢场作戏或者是为了生存和发展的需要。他心里最珍惜的是在工厂的那段时光，最亲的是在文艺宣传队的那帮工友，只要到了这帮人里，就好像威风八面的大将军脱掉了盔甲、朝堂上中规中矩的大臣卸去了官服，回到了一丝不挂在原始森林里爬树摘野桃，蹲在地上拿石头砸松子吃的自由世界，一身轻松，随心所欲，放荡不羁。她也知道，今天这几个人是来商量大事的。这个经营了几年大酒店的女掌门，这几年也悟到、增长了许多商业智慧：在决策大事之前，先放松一下更有利于方案的正确和完善。

她特意在《红色经典》光碟里选了几首当年文艺宣传队里唱过的歌曲，《革命人永远是年轻》《毛主席派人来》《十送红军》《逛新城》《雪山上升起红太阳》《洗衣歌》等，大家刚进餐厅，歌声就响起来了。果然，金剑北一进门就被熟悉激扬的旋律吸引了，往大沙发上一躺，四仰八叉地把一双脚搭在了昂贵的沙发扶手上说："听这歌真过瘾，和回到了几十年前一样啊。欧阳先生还没来吧,等他会儿,老者为尊嘛。先听会儿歌。"随着两手轻轻敲着旁边的茶色玻璃茶几打起了节拍,眼也没闲着,看着这几年因生活富足保养得好,今天故意穿了纯白色紧身牛仔裤,让臀部显得饱满、让两腿显得颀长的谭丽萍,说:"想当年咱们跳藏族舞的小姑娘才十八九啊,上了台简直是风摆杨柳,迷倒了咱们厂多少小伙子啊,尤其是你和你那位追求者表演逛新城的时候,一个天真俏丽,一个憨厚朴实,一点儿也不比西藏军区歌舞团的那两个演员差。李俊那小子别看个子小,还真有文艺天赋。"

"怎么,金哥,咱俩来一段啊?"谭丽萍毫无顾忌地拽住他的手。

"不行,我就是能唱个胡传魁的'老子的队伍才开张,总共才有十几个人七八条枪'。再说,我来的时候,看见李俊就在大堂里,我可不敢横刀夺爱啊。"金剑北的痞子话顺嘴溜了出来,比在大会上讲话利索多了,引得吴阿杜、魏正义哈哈大笑起来。

谭丽萍娇嗔地说:"德行。来,看我们原配的吧。"手一招,李俊闪了进来。金剑北笑道:"哈,冒险者来了啊。"从进厂就和金剑北在一个宿舍里住了3年的李俊一点儿也不怵他,说:"金老大,你小子当了这么大官还是没正行啊。别忘了,在翻砂车间的时候,你不好好干活,净偷着看书,废品率占第一,要说跳舞你还真不行。来,给你露一手。"说着,向谭丽萍示意了一下,两人和着《雪山上升起红太阳》的旋律跳了一段藏族双人舞,有板有眼。一片掌声鼓励,气氛立刻热烈起来。在放到《洗衣歌》的时候,孙乃夫也按捺不住了,随着谭丽萍"是谁帮咱们修公路呢?是谁帮咱们收青稞呢?"甜美的歌声,拿起旁边一个茶盘,两个脚尖和两个脚后跟轮流对齐着跳跃向前,表演了解放军小战士到河边洗衣服的独舞。毕竟岁数大了,在最后一个翻身下腰找被藏族姑娘悄悄拿走的脸盆时摔在地毯上,引得大家哈哈笑了半天。

闹够了,人人感到浑身通泰,欧阳俊也到了,正式开席。金剑北有个毛病,就是不管什么场合,上了桌不管别人怎样,先夹一口凉菜吃,为此,没少挨领导和同僚的批评和挖苦。他说知道这是毛病,就是忍不住,是从小挨饿落下的习惯,见了吃的先抢第一口。他先吃了一口小葱拌豆腐,说

了声"有味",又吃了一口麻酱豆角说"好",随即夹起了一筷子蒜汁浇根的菜梗,嚼了半天说:"这才是真正无污染的环保菜,比我那大棚里种出来的质量还好,不光是纯农家肥种出来的,而且周围的地块里也没有使用过化肥、农药,散发着真正的泥土自然乡野的气息。谭老板,你从哪里弄来的这好东西?"谭丽萍笑意盈盈地道:"你猜猜看。"看着大家直摇头,说有一次中午快吃饭的时候,饭店门口来了一个开着小四轮拖拉机的中年汉子,车上坐着一个十七八岁的小姑娘,拉着用红荆筐装着、蒲草包着的鲜嫩的蔬菜,用乡村老年间织出的老粗布口袋装着白面、玉米面、小米等杂粮。二人找到厨房的采买,报出了比河海市场价高两倍的价格。采买一听像被蝎子蜇了一样跳起来,大声喊道:"你说多少钱?你坑爹啊你。"那个汉子不慌不忙地说:"你错了,我们这是救爹,救你的一群爹一群娘啊。"采买大怒:"你个臭土鳖还敢骂人,你爹今天教训你。"说着抡起了拳头,那汉子还是不慌不忙,一把抓住他的胳膊,轻轻一拧,采买立刻龇牙咧嘴,他继续说:"顾客是上帝,是你们的衣食父母,你们整天给你们的爹娘们吃毒菜、毒粮食,心里愧不愧啊?我们这个可是最无污染的好东西,你没看见我们的包装都不用含有甲醛的纸箱子和塑料袋吗?"小姑娘也伶牙俐齿地在一旁帮腔,三人吵了起来,正赶上谭丽萍陪市农业局的几个人上楼就餐,马上制止了他们。客人中有一位是省农业厅植物保护总站的高级工程师,仔细看了看拖拉机上的粮菜,闻了闻,从挎包里拿出了一套刚从国外进口的仪器测了测,高兴地大喊:"这可真是好东西啊,有害物质残留量几乎是零,今天就吃这个了。你们不要这车粮菜,我全包了!"聪明的谭丽萍当场拍板,以后这个人送的东西全部高价收购,开一个绿色环保餐厅,并挂上省植保站的牌子。事后,她把小姑娘叫到办公室,小姑娘告诉她,他们来自大军寨的大鬼洼扫寻岗,这菜、这粮都是妈妈领着人种出来的,她妈妈叫齐曼。

"你们知道吗,金哥,看到小姑娘那双长满老茧的手,我都差点儿哭出来。"谭丽萍的眼圈有些红了,大家一时沉默起来。

这伙人里面,只有孙乃夫不太知道内情,说:"你说的是那个承包扫帚岗的怪女人吧,她马上就要富起来了。"随即把要修高速公路的消息以及占地红线叙述了一番。

金剑北喝了一杯酒说:"恐怕没这么简单,我这次来就是和大家合计合计,怎么保住齐曼的利益,如何让'生铁锅'这个坏种和那个女奸商'大运摩托'的发财梦落空,给和咱们当年一起当工人现在落难的弟兄们找个发财的道,还河海人民一个公道。自从东方书记和嫣然市长走了之后,来的这几拨人不是瞎忽悠,就是镀金,要不就是不吭声地捞钱,世道太黑暗了啊。"

欧阳俊说:"金主任说得对,这几年哪个有点儿实权的县处级干部手里不捞个几百万啊,真是像民间说的,挨个抓有冤枉的,隔一个抓有漏网的。"

魏正义说:"有道理。前几天,省检察院来巡视,一个医院的院长栽了。听说光家里藏的现金就300多万,全在被子里缝着呢。存款实名制,也把他们制住了。"

吴阿杜说:"剑北说得对。咱们厂是老牌国企,老工人多,政策卡得紧,前几年厂子又穷,交的养老保险金少,老师傅们难着呢。要不这样吧,不就是竞标买地吗,咱们厂也参与,买下齐曼承包的那块地,盖上些房子,让老师傅们做点儿小买卖什么的。"

孙乃夫说:"不可。中央有文件,不允许国企参加房地产开发。"

"那怎么办呢,这也不行,那也不可,齐曼姐咋办啊,难道就看着她让'生铁锅'和'大运摩托'宰割啊。亏你们还是大男人,连个弱女子都帮不成。"谭丽萍有些着急了。

金剑北招呼大家喝了一大杯酒,毫无顾忌地拍了拍坐在他身旁的谭丽萍肥硕的臀部说:"少安毋躁,面包会有的,自由也会到来的。《三国演义》开篇第一句是什么?'话说天下大势'嘛。现在的天下大势是什么?中央讲执政为民,老百姓盼着利益合理分配,群众一致要求反腐败。但是,那些贪官和奸商的钱会老老实实地拿出来给穷苦百姓吗?白日做梦!要借势、造势,非常之时要行非常之道,兵行诡道才能不战而屈人之兵,才能取得出人意料的胜利。你说呢,老夫子,孙少校?"看到大家听得太入神,

气氛有些沉闷，金剑北便又不失时机地诙谐了一句。"

"快说吧。"谭丽萍用筷子敲了一下他的大脑门。

"谋事、办事首先要确定方向，方向对了就不会出大事。这次行动的目的一是把地征过来，二是斩断商人永远不择手段追求利益的黑手，三是把贪官的钱不动声色地挖出来。还是那句话，还社会一个公道。古人云，穷则独善其身，达则兼济天下。在座的几位也算是达人了啊。"随之一二三说出了计划。

大家听着，很是振奋。魏正义说："好主意，这下我新成立的私人侦探公司可以大显身手了。河海屁大的地儿，我出生在这里，亲戚、熟人、朋友差不多占这里人口的一半，谁家怎么回事，瞒不住的。"欧阳俊说："到时候，民间的宣传归我，活报剧、小快板编几十个，准让那些闲得蛋疼、×疼，整天在街头敲鼓、扭秧歌的老头老太太搞得家喻户晓，人人明白。"他看了一下外甥女，自觉爆了粗口说漏了嘴，赶紧吃菜喝酒掩饰。吴阿杜拍着胸脯说："钱没问题，我这里先准备上几千万。"只有孙乃夫说："这么一整，这事可就闹大了，谁来收场呢？没有上级机关的强大介入是不好办的，我们都二线了，无职无权的。"

金剑北拿过酒瓶子，招呼服务员拿几个大酒杯，一一倒满，豪气万丈地说："车到山前必有路，自古成大事者不能算无遗策，更不能前怕狼后怕虎，先干起来再说。明天我去找'大运摩托'，后天和丽萍去看齐曼。来，弟兄们，连干三大杯，谁不喝，男的他媳妇靠人，女的自己性冷淡，老公在家性无能，在外边养小三。"他霍地一下站起来，一脚踏在椅子上，斜披夹克衫，一头依旧浓密的露出白根的金发在灯下闪着黄光，既像临阵出战的大将军，又像梁山泊大碗喝酒、大块吃肉的好汉，还像街头烧烤摊上斗酒吹牛的痞子混混，但眼神里流露出来的是果敢和坚毅。

"放屁！"谭丽萍暗暗在他的大腿根狠狠地拧了一把，也端起杯子加入了战团。一时间，富贵、典雅的餐厅里杯盘狼藉，东倒西歪。

散席后，金剑北在谭丽萍的搀扶下头重脚轻地进了里面的卧室，一挨松软的大枕头就迷糊起来。谭丽萍让服务员送来了醒酒汤，一勺一勺地喂完，又帮他换上睡衣,坐在床头揪着他的耳朵低声说:"我警告你,明天去见那个'六不过'的'大运摩托',不许旧情复燃,要不,今晚我把你掏空了。"金剑北连忙说:"别,别,你那个不着调的诗人老公说不定在监控室里正看着呢。""他敢?自从你一来我就把这里的摄像头关了。"

一阵酒意上撞,金剑北迷迷糊糊地睡着了。

孙乃夫的毛病是喝了酒兴奋,回家后在老婆凤英身上撒了个欢,还是睡不着,进了书房,想着在金家墩的见闻和思考,不知不觉地犯了机关文人的毛病,打开电脑,写了一篇《社会主义新农村建设的模板》,一点鼠标,发到了中新社参编部。

河海人都说外号"大运摩托"的马红霞是"六不过"女人:停车从来没放正过,坐着从来没端庄过,躺着从来没伸直过,做生意从来没吃亏过,交朋友从来没小气过,在床上从来没满足过。总之,她从生下来就没安生过。

金剑北驾驶着路虎一进大门,看到巍峨的"追忆似水流年长寿宫"宽阔大堂前的台阶下歪斜地停着一辆德国原装进口的白色宝马720,两个前轮霸气地扭曲着,就知道"大运摩托"在她的办公室里。金剑北一脚刹车,堵住了宝马的屁股,就好像一只大黑公鸡压住了一只小母鸡。他把烟蒂摁在不锈钢的座椅框上,跳下驾驶座昂然而入,没理大厅里两个穿着软缎旗袍、脸上挂着职业性的微笑、脆声喊着"你好,先生"迎宾小姐的燕语,阔步上了电梯直奔19楼。

电梯门刚一打开,两个高大帅气的阿玛尼西装立刻堵住了他的去路,厉声问道:"找谁,有预约吗?"金剑北从他们中间一步跨过去,豪声说道:"我是金秘书,找'大运摩托'。怎么,要见这个老娘们儿还要提前递牌子啊。她武则天啊,还是西太后啊,又不是八大胡同的头牌,哪里来的这么多臭规矩。"说着,点燃了一支大中华,毫无顾忌把烟灰弹在了点缀着红花绿叶的地毯上。

人的名,树的影。在官场上,跟过大领导的人最早的扬名立万还是依靠领导的名字和在领导身边的特殊职务,以后再当什么官就无所谓了,因为你无论当局长,还是当县长,同类的职务有好多,而在偌大的官员群体里,

领导身边的秘书只有一个。这两个河海长大的孩子当然知道金剑北的大名，同时马红霞也向他们叮嘱过，凡是直呼她外号的人都不得阻挡，都是她惹不起的人，还指过他们的鼻子说，"连老娘都惹不起，你们算哪根葱啊"。想起女主人的话，又看到金剑北蛮横的样子，两人态度立刻谦恭起来，连忙朝两扇紧闭的雕着游龙戏凤高大的棕色橡木门指了指。

金剑北扬手把尚未抽尽的烟准确扔进了一棵繁茂旺盛的发财树的座盆里，大踏步走过去，一脚踢开了门，嘴里喊着："我操，大白天把门关得这么紧。"

足有200平方米的办公室里阳光充足，中间是一张乒乓球案子大的写字台，周围是一圈布艺沙发，四周做工考究的书柜里摆着精装但从未打开过的关于政治、经济、哲学、文学方面的世界名著。马红霞大概是刚洗过澡，穿着一件鹅黄色的天鹅绒睡衣，染成杂色的长发披散着，正半躺半坐地在一个美人靠上往脚上涂着鲜红的指甲油，看到金剑北进来，惊呼道："我的天，金哥，你怎么来了啊？你个缺德玩意儿，好几年不见了啊，我当你被你们村里的庄稼娘们儿和柴火妞迷得乐不思蜀了呢。"说着，赶紧站起来向他扑过来，全不顾睡衣的带子松松垮垮掉下来，胸前露出的一大片白和一对硕大的乳房形成的深壕沟。

"别，"金剑北闪开了，向她那带浴室的卧房走去，顺便拍了拍她那肥肥的屁股说，"我得先看看里面是不是藏着小白脸和什么野男人。""我是自由身，找谁谁管得着啊。"看着他的背影，"大运摩托"毫不在乎地说。

看着金剑北小便出来，"大运摩托"扔过去一盒九五之尊精南京说："你是狗啊，到哪儿都要尿一泡。""哈哈，我这狗不如你这狗啊，我只闻到女人味儿，你是不仅能闻到男人的味道，还能敏锐地闻到钱的味道。说，看上大鬼洼什么了，不会是那几头大叫驴吧。"

"放你的狗臭屁。""大运摩托"痛快地和他爆着粗口，"凭你老妹子这身材、这钱财，还用到穷乡僻壤找野男人？在这河海城里，一招手能来一个连。"说着，也不在乎金剑北在场，迅速换上了一套天蓝色紧身衣，把高大丰满的身体衬托得有型有款的。

"大运摩托"继续荒腔走板地说着，和他坐在一个沙发上，肉乎乎的身体散发的热量烤得金剑北有些燥热。

金剑北借倒水离开她抓紧收兵说："老妹子，快说说，你跟大军寨的'二牤牛''大叫驴'争什么去了？""大运摩托"轻蔑地撇了撇嘴："就那两个土鳖货，他们也配！我知道他们背后是'生铁锅'那个坏种在操纵，我也不相信种什么七色花、建立外国化妆品基地的屁话，那都是吃柳条、尿笊篱——胡编哩，里面肯定有名堂。再就是，凡是'生铁锅'那个坏种要干的事，我就去掺和，给他搅黄了。我恨他。"

金剑北的心放下了一半，以逸待劳继续调侃："你俩什么时候结上梁子了啊？怎么，他强奸过你啊？"

"比强奸还缺德、还难受呢。""大运摩托"的身体不由自主地抖动了一下，刚才还天不怕地不怕的孙二娘模样一下变成了受气受难的小媳妇，眼神里充满了恐惧，甚至闪动着泪花。她咬牙切齿地说："金哥，我刚进去的时候在省纪委的重案室，也就是你到北京找老将军的那几天。他们把我关押到省城西边的一个培训中心，正好'生铁锅'那个坏种在那里参加各市监察局长培训，自告奋勇参与对我的审讯，开始熬鹰、大灯泡子烤，我都挺过来了，直到审我的时候上了电刑……这个王八蛋眯着一对狼眼嘿嘿乐，一晚上折腾好几次，吓得我一见他们腿就发抖，夹不住尿。不怕你笑话，出来之后，我用了好几个月的尿不湿，不知道的还以为我天天来例假呢。"说完，接过金剑北递过来的纸巾擦干泪水，团成一团，狠狠地扔到了纸篓里，恨恨地说，"我就是变成鬼也不放过这个孬种，私孩子。"她甩出了河海土著骂人最狠的脏话。

"好，老妹子，人哥一定给你报仇，咱们联手一起搞倒他。"金剑北不失时机地趁势引导。

"行，金哥，只要把这个坏种搞倒了，你叫我怎么着，我就怎么着。"马红霞一脚蹬在了大班椅上，掐起了腰，身体的曲线表现得更加毕露。

"哈，我可没那意思啊。"金剑北先来了一句痞子话，随即把大鬼洼可能征地修路的背景和自己的计划告诉了她。

"好！妙！""大运摩托"听完后兴奋得啪啪地先拍桌子后拍屁股，"金秘书就是金秘书，不愧是狗头军师出身，这一下准叫那个王八蛋赔了夫人又折兵，×里扎了刺，生疼还说不出来。不过，这里面的利润可大了，你得给我留点儿。我也明白地告诉你，我不是往自己腰包里装，有大用处，干什么现在保密。"看金剑北爽快地答应了，她竖起大拇指叫道，"痛快！"随后一屁股坐在大班椅上，两条粗壮的大腿搭在桌子上，翘起涂满红指甲油的脚趾按响了电铃，对迅即进来的一个奶油小生也是她的面首说："通知伙房，上油焖大虾、清蒸鲍鱼、葱爆海参、炖乌龟人参虫草汤，外加一瓶30年的茅台和原浆五粮液。我要和金哥好好喝一场。"

"那今天中午我得和你在一个床上，这么多大补的东西，省得憋出病来。你敢吗？"金剑北继续胡说八道。

"谁不敢谁是孙子！""大运摩托"全然不顾有人在场，大大咧咧地嚷着。

十二　不了解事情的前因后果如同盲人摸象，走近才能走进

要不是和谭丽萍一起去扫帚岗，金剑北差点儿被两条凶恶的藏獒撕着吃了。

扫帚岗是一片西高东低的小丘岭地，因原来长满了高大、粗壮的野铁扫帚苗而得名，基本上呈正方形。齐曼承包后，用总爱野蛮生长总是毫无规则伸出七股八叉还带刺的洋槐树将扫帚岗围了起来，树底下密密麻麻的酸枣棵子、善于登高攀爬的毒蒺藜秧子组合成了一道令人望而生畏的绿色屏障。大门朝东，两棵钻天杨像忠实的哨兵笔直地站立在两旁，两树之间，用易于弯曲的曲柳木拉起了一道拱形门，上面是一行气宇轩昂、随意挥洒天地间的鲜红大字，"喜看稻菽千重浪，遍地英雄下夕烟"，是标准的毛诗、毛体，下面是用最耐风吹日晒的老榆木股叉钉在一起的巨大的栅栏。

虽说是十月小阳春，但昨日从西伯利亚来的一股寒流使天变得有些阴沉，太阳光也对大地冷淡了许多。金剑北拉着谭丽萍，看到大门开着，毫不犹豫地操纵着大路虎顺着一条青砖铺就的很宽的路开了进去。路南，是平展展的麦田，刚刚出土的麦苗秀气青青；路北，是一大块刚收完秋庄稼的土地，几个汉子正在用大铡刀把放倒的玉米、高粱、谷子以及红薯的秸秆寸断，几个包着花头巾的妇女手里扬着收麦场上用的木锨，将秸秆均匀地撒在裸露的黄土地上；远处，几头壮实的犍牛在清脆的鞭声中拉着木犁呼呼地把泥土翻开，把粉碎的秸秆连同杂草深深地埋到地下。

"好一副农耕社会的秋耕图啊。"金剑北赞叹着,轻转方向盘,向北一拐,停在了一排青灰抹顶的房前,迫不及待地跳下车,还没站稳,两条黑色的大藏獒立即扑了过来,一下子把他扑倒在地,四只粗壮的爪子结结实实地摁在了他的肩膀和腰上,两张血盆大口同时冲着他的脖颈和脸张开,大红舌头喷出腥臊的口气,四只贪婪冰冷的恶狗眼虎视眈眈还对望了一眼,似乎是商量着怎么吃,或者是先吃这个开了这么大铁壳子来的家伙身上哪块肉。金剑北吓得魂飞魄散,两眼一闭躺在地上一动也不敢动,心里暗道"我命休矣",他也知道,藏獒是不吃死人的。

谭丽萍花容失色,一边慌慌张张下车一边用尖厉的声音喊着:"老四!老四!"随着喊声,平日开着小拖拉机往她的饭店里送菜的中年汉子从屋里走出来,喊了一声"大黑,二黑",轻轻呼哨一声,大藏獒立即放开金剑北,乖乖地蹲在门前的一棵大枣树下,四只眼睛牢牢盯着金剑北,结实的前腿抓着地面,保持着随时起跳的姿势。

谭丽萍赶紧把金剑北拉起来,忙不迭地拍打着他身上的土说:"老四,你是死人啊!这么凶的狗也不拴起来,咬死了人咋办啊?"

叫老四的男人赶紧赔礼道歉,说:"这两条狗平时没这么凶的,来了人也就是大声叫唤威胁一下,没有主人的命令是不敢扑人的。大概是车上的汽油味刺激了它们。曼姐规定的,凡是烧气、柴油的东西一律不准进种植园,说会污染植物生长的环境,连我那个小四轮平时都是放在大门外,往城里送东西都是先用毛驴车倒到大门外装车。来,屋里坐吧,我刚熬了一罐野生的罗布麻茶,治高血压灵着呢。"

"齐曼呢?"刚刚受了一场惊吓的金剑北很快恢复了男子汉的气概,坐在一张大方桌旁用原木制成的太师椅上,喝了一口略带苦涩却有一股野外清香的茶沉声问道。

"上坟去了。"老四指了指西边几排平房后一片长满次生林的小丘陵包说。

上坟?金剑北奇怪地看着老四想,不会是她把父母的遗骨也迁到这儿了吧?按理不会,按北方的习惯,有权迁坟的是儿子,闺女是不可以的。再说,今天也不是上坟的日子，寒食节过了好几天了啊。金剑北随口说道："走，领我们去看看。"

"那可不行，多少年了，那个地方曼姐只一个人去，这是死命令。要不，我带你们去别的地儿转转吧，反正你们城里人对野地感兴趣。"

"也行。"金剑北临出门时用手敲了敲平房的墙说，"这么个小屋，怎么这么厚的墙啊？足有半米多。"

老四说："你看着厚啊，告诉你吧，这外立面是超薄钢筋水泥构件，里面充填的是压缩过的茅草，真正的冬暖夏凉。"

金剑北佩服地"嗯"了一声说："有创意啊。"出了门，见两只藏獒也站了起来，看样子要跟主人走，心有余悸地说，"这两个家伙怪吓人的，你把它们拴起来吧。"谭丽萍说："金哥可是齐曼姐最要好的朋友，也最怕狗。快点儿。"老四听话地把它们赶进了铁笼子里。

越过一片长着新鲜蔬菜的大棚，一股夹杂着牛、驴、马和人的汗酸的味道从一排半敞开的平房里传出来，老四领着他们逐一参观。金剑北立刻被这里的情景感动了，谭丽萍更是大呼小叫地喊着新奇。

从北往南数，宽大的平房里安着几盘连许多农村都不多见的石磨、石头碾子。这边，石磨的磨眼上面堆放着玉米、黄豆、高粱、小麦，戴着眼罩的小毛驴欢快地在磨道里转着圈，随着磨盘的转动，粮食颗粒臼臼而下，磨缝里不紧不慢吐出了各种粉状，新粮的清香更加浓郁。旁边的空地上，是用木圈张成的马尾罗和柳木板做成的长方形的箱子，几个妇女在罗床上轻轻晃动，细细的各种面粉落下来，而后装进老粗布口袋。那边，几头老牛反刍着不紧不慢地拉着碾子，碾盘上的谷子脱掉了红色的外壳，金黄的小米脱颖而出。第二间屋子更大，热气腾腾，能站四五个人的灶台上放着十多层笼屉，盛满了新鲜的红高粱，劈柴在灶膛里熊熊燃烧，漏斗里流出了醉人的新酒。旁边是一套用老枣木杠子和花纹细密不易起木屑的杜木板子组合成的榨油设备，在大油锤和木轧板的挤压下，干燥的用牙一咬嘎嘣脆的花生米和芝麻粒流出了喷香的花生油、香油。再往南是豆腐坊、醋坊、酱油坊。谭丽萍看得满脸兴奋："这才是真正的绿色食品啊，没用电、没

用油的机器,一点儿铁器都没沾,全是用土里长出的东西加工土地里生产出来的庄稼啊!不行,我那环保餐厅还得涨价。"

金剑北没理她,继续转过去往房后走。那里是在一片开阔地上建起的对门相望的两个特别宽敞的大棚子,底下是四梁八柱,上面是顶上盖着的微黄秋草,一看就是今年新换上的,南面是牲口棚,北面是羊圈,羊圈后面是猪舍,中间的空地上,几个妇女有说有笑,手里不停编织着红荆筐和蒲草包。再往西南,就是被那片茂密的次生林笼罩着的小丘陵了,也是整个种植园的制高点。通往高处的小路上,两棵小树之间有一个竹编的篱笆门半开着,看到金剑北盯着那里,老四说:"那里便是齐曼姐设定的禁区,谁也不能进去。"金剑北没理他,对谭丽萍说:"还记得咱们搞民兵训练时攻占山头的演习吗?来,前方100米,冲锋!"没等说完,拉着谭丽萍的手飞快向上奔。老四嘴里喊着:"站住,站住!"急忙招呼过去从不离身的大黑、二黑,可惜金剑北早早耍了个计谋,战无不胜的藏獒被锁进铁笼子里了,急得老四直跺脚却无可奈何。

两人穿过篱笆门,前面是一条羊肠小路,次生林茂密的枝叶把这里遮盖得没有一点儿阳光,只能在树枝偶尔的摇动中才能看见天空的一点儿白光,小路两旁没有枯枝败叶,连小草也收拾得极其干净。很静,只有飒飒的风声和几声低沉的鸟叫,给人以阴森的感觉。谭丽萍紧紧抓住金剑北的胳膊说:"这里怎么这么静啊,我有点儿怕。"金剑北没说话,攥着她继续往前走。转过四棵从外地移栽过来的高大香樟树,小路到了尽头,赫然出现了一块一人多高的汉白玉巨石,像屏风一样竖立在地上,上面用规矩的黑色隶书写着"八一八纵队烈士园"。转过去眼前豁然开朗,秋阳灿烂,足有一个篮球场大的空地上,大大小小分布着十几个用当地红胶泥土培起的坟头,墓碑前后是半人高的苍郁松柏,空地上开满了黄艳艳的秋菊,在周围高大树木的衬托下,整个墓园肃穆、宁静而明亮,恍若隔世。

每个墓碑前都烧了黄表纸,点着香,袅袅的烟线在微风中上升、交叉,聚合、离散,若即若离,好像互相在交流着什么、寻找着什么。在最大的一块墓碑前,一个头发花白但梳得非常整齐的中年妇女坐在跟前祷告着,惹眼的是上身穿着一件20世纪70年代洗得发白的女兵绿军装上衣，胸前别着一个毛主席像章，胳膊上还戴着一个红袖章。

谭丽萍惊呆了，轻轻喊了一声"曼姐"，就要向前奔，金剑北拦住了她，心里像被什么沉重的东西狠狠砸了一下，随即沉静、洁净起来。他松开谭丽萍的手，慢慢走过去，走到齐曼背后，垂首站立，认真读着墓碑上的字："八一八红卫兵纵队司令曲要武（曲文星）之墓。你最亲密的战友，永远爱你的未亡人，妻子齐曼立"。再看周围坟头墓碑上，也写着"卫东""向东""继红"等深深刻上了那个时代烙印的名字，落款全是"无产阶级革命战友齐曼"。

谭丽萍走上前，悄悄地依偎在齐曼旁边，轻轻摘掉了落在她头上的几根细小的松毛和紫穗槐花瓣。

齐曼抬头打量着他俩，随后在谭丽萍的搀扶下站起来，跛着脚活动了一下酸麻的身体，面对着金剑北。岁月虽然在她的脸上刻上了粗细不等密密麻麻的皱纹，但她的眼睛依然是目光炯炯，透着坚毅。她半赞赏半嘲讽地说："你到底来了，到底你的骨子里还是工友情深，我就知道老四那点儿智商斗不过你金大秘书。"

"齐曼！"金剑北低沉喊了一声，脸上露着微笑。

"你在笑我，是吗？"齐曼似乎还没从刚才激情如火的回忆氛围中走出来，还像当年的女红卫兵、女知青、女青工、女学习毛著积极分子，一开口声音朗朗、咄咄逼人："你是在笑我还停留在那个被历史证明疯狂虚假的年代吧。告诉你，不管什么年代，人都有真爱，女人的真爱只有一次，哪怕是瞬息即逝的玫瑰也胜过万古永恒的山岭，女人花只为心爱的男人开一次，再以后，就是那个不管是美丽还是丑陋的皮囊还存在多久，都是为了应对无奈现实，同时还有命运赋予你的责任。丽萍妹妹，男人不懂女人的爱，政客更不知道百姓的爱。你年龄小，不知道那个年代的事，姐姐给你讲讲这个墓园的故事吧。"

齐曼把谭丽萍拉到了墓碑的旁边，声音低沉，带着思念，带着悲伤，带着向往讲了起来，字字句句清晰地传到了金剑北的耳边。

"那是一个被一种思想搞得一代人疯狂而又纯真的年代，也是青年人

127

最敢于担当、勇于负责的年代,人人豪情满怀、意气风发。那年我17岁,上初中三年级,也算是情窦初开吧。曲文星高三,'要武'这个名字是他看到毛主席接见宋彬彬并给她改为宋要武后自己改的。十六七岁少女的爱情也许是没有理由的,我也不知道是怎么爱上他的。也许是那次在夏令营篝火晚会上他用低沉的声音唱《三套车》,也许是他为大家合唱《莫斯科郊外的晚上》拉着手风琴伴奏的潇洒风度,也许是在篮球场上他那三步上篮漂亮勇猛的动作,也许是他在全校的语文课上朗诵被老师推荐为范文的《青春,让我们飞翔吧》那带有磁性的男中音。我印象最深的是毛主席接见红卫兵后,他在学校带头成立了'八一八造反纵队',在大操场上那神采飞扬的演讲。看到他咬破手指,用鲜血把我们的誓词写在战旗上的坚毅,我心中的火被点燃了,我加入了他的组织,成了总部服务组的秘书。我崇拜他,要时刻和他一起战斗。在我们中学教学楼顶层的小阁楼上,在广阔的革命天地里,晚上,我们望着北斗星畅谈革命理想,印刷传单,编排节目;白天,我们迎着朝阳,贴大字报,散发传单,在街头和对立派辩论,扛着红旗,到工厂、农村发动'文化大革命',心中充满了豪情壮志。我每天都沉醉在和革命伴侣在一起的柔情和幸福之中,我爱他爱得发狂了。患难见真情啊。我们这个组织大部分是由革命干部子弟组成的,随着我们的父母不断被打倒,我们的人越来越少了,而我们的对立面东方红兵团日益壮大,并且有了武器,大有把我们围歼消灭之势。为了把更多的革命战友拉到我们的革命队伍里来,也为了打破敌人的阴谋,有一天晚上他在纵队部写革命宣言,起草战斗方案,整整一天一夜没下楼,熬得两眼通红,白纸写了一张又一张,纸团扔了一个又一个,像一头暴怒的狮子,在屋子里转来转去,又像一只吃了辣椒的猴子,急得抓耳挠腮,精神几乎到了崩溃的边缘。我在一旁干着急,就想如何让他安静下来,忽然想起小时候我妈妈的一个闺密、一个女子师范的毕业生。她是山西一个军分区司令的爱人,和丈夫在晋西北打游击过来的。这个阿姨有一次来我们家,和妈妈在伙房里包饺子,我在窗户底下洗菜,我听到妈妈说,'你那老头子是个工作狂、打仗狂,一有任务就发狂,你是怎么让他安静下来的?'那个阿姨说,'这就需要我们女人来帮助他了，用女人的温柔抚慰他们，引导他们用原始的本能把紧张的情绪释放出来。心态平静了，就能想出许多战胜困难的办法来。那次在独狼山，我们被鬼子的一个中队和好几百伪军包围了，山上还有抗大的学员。晚上，通讯员过来告诉我，团长为突围计划骂遍了团部所有的人，急得直踹石头，也不吃饭，让我过去劝劝。那个时候，我在卫生队，虽然在一个团，常年行军打仗，也是很少在一起的。我去了之后，嘻嘻，两次啊，他就安静下来了，终于想出了一个好的作战方案，胜利突围出来了'。想到这儿，我轻轻上前抱住了他，用女人的方式抚慰他。他确实被我姑娘的身体惊呆了，忘记了一切，第一次接吻让他平静下来，他吻遍了我的全身，特别是对我那对圣洁的乳房流连忘返。我始终认为，乳房是女人最圣洁的东西，只能给予自己真正爱的男人，当然连同自己的第一次。两者相比，我更看重乳房，别的有了真爱的第一次后也就是排泄和生育的工具而已。所以，在他之后的男人，我绝不让他们碰我的乳房。"说着，她瞥了金剑北一眼，似乎在唤起他的某种回忆。金剑北有些羞愧地破天荒地红了一下脸。

齐曼继续说："他用原始的本能释放了紧张的情绪之后，果然安静下来了，思维敏捷的他制订出了一个战斗方案，和附近的一个部队院校联系成立了联合纵队，利用这个名头，到别的学校和企业联络了一批军队干部子弟加入我们的组织。当然，我们也得到了武器，因为对方已经在当地一个军工厂的支持下武装起来了。事实证明我们那次决策是绝对正确的。不久，武斗就开始了，要不是那几十杆枪，我们绝对在那个小楼上坚持不了一个多月，保卫我们的红色司令部和红色旗帜。唉，可是军队院校毕竟是教练枪弹，比不上军工厂还有轻机枪、重机枪、手榴弹等。那年秋天，我们实在坚持不住了，通过学习毛主席著作《星星之火，可以燎原》实行转移，走农村包围城市的道路。曲文星带着我们十几个最坚定的革命派杀出重围，来到了这个大鬼洼，占据了扫帚岗这个制高点，想建立游击根据地。谁知东方红那帮人坐着汽车追了过来，把我们包围了。机枪、步枪的子弹像刮风一样，把周围的小树都打断了。我们殊死抵抗，为了真理当然不怕牺牲，我们高喊着'下定决心，不怕牺牲，排除万难，去争取胜利'的毛主席语

录向他们射击，可惜，我们的武器太少了，对方两挺机枪交叉打出了一个连发，我们的战友倒下了好几个。当一个鬼鬼祟祟的枪口向我瞄准的时候，眼尖的曲文星一把把我摁在了地上，自己挡了上去，我得救了，他却扑倒在地，能连发的半自动步枪的两颗子弹打在他的胸口上，他倔强地站起来，单手拿着枪向那个偷袭的家伙开火，又倒下去。我不顾一切地把他抱在怀里，用手绢徒劳无功地堵着他胸口汩汩地往外冒的鲜血，他平常坚毅的神色不见了，脸上挂着痛苦而无奈的苦笑说，'曼，我们被骗了，一切都是假的。那里，苦楝树下有一个洞，能逃出去，你带着他们走吧。留得青山在，不怕没柴烧，去追求真理吧'。他死在了我的怀里。在对方一阵一阵的呐喊声中，我牢记着他的话，最后看了一眼在冰冷的星光下几具逐渐冷却的年轻的还是孩子的尸体，带着幸存的几个战友，钻进了他侦察地形时发现的那个土洞，逃出了这个死亡地带。从那一刻起，我的心就死了，也是从那一刻起，我就下了决心，一定要给他们修个墓园，不管他们是怎么死的，也不管民间和历史怎么评价他们，他们毕竟是充满激情与热血的年轻的死于非命的生命，他们是我的真爱。他，也就是曲要武，曲文星，是我一生的最爱，我永远的爱人。"

英勇悲伤的故事讲完了，谭丽萍早哭得一塌糊涂了。齐曼站起来，脸上又恢复了坚毅的神色，用手帕给她擦干了眼泪说："妹妹，真理，爱情，人的一生只能追求一次，其余的都是假的。"回头又对金剑北说，"金大秘书，金老大，你能体会到吗？我知道你有几个对你好你也对她们不错的女人，但是，你真正爱过一个女人吗？你得到过一个女人的真爱吗？你品尝过不掺杂一点儿世俗的纯真爱情的蜜汁吗？"

"但是，你后来并没有完全追求真，尽管今天有些返璞归真。"虽然金剑北也被她叙述的故事打动得心潮逐浪高，也产生了美的距离、内心的认知和感动，但还是没有忘记刚才她对他的轻蔑和自己来此的使命。

"你说得很对，我承认我做了许多假，包括那次在这里支农拦惊马，包括我给耿书记洗内衣，也包括我嫁给康公子，但那是为了完成命运、家庭、社会强加于我的责任，我必须完成。我不拦惊马，就成不了学毛著积极分子，就没法接触姓耿的,我妹妹就没法上班;不嫁给康公子,我就没法改变在车间干活的命运,也没法让我的小弟弟去当兵,也没法让我哥哥调到省林业部门,也对不起我那屈死爸爸的在天之灵,对不起在干校受苦受难的妈妈。还有,我要不凭借和这里的土豪'二牤牛'作假的特殊关系,就不能承包这块土地,就不能在这里修建战友的墓园,就没有这批木材公司职工下岗后四处飘零的新生,这就叫真,是真的仁爱,你懂吗?"

金剑北近十几年来第一次低下了他那满头金发的高傲头颅,走近她,说:"曼姐,我佩服你追求的永恒,在你这里,我确实看到了万古永恒的山岭并不胜过瞬息即逝的玫瑰。但是,大爱应该无疆啊。你这里也就安排了几十个人吧,可是,我们的老厂子里还有上百老师傅挣扎在贫困线上,我们有责任啊。"随之对她说出了自己的计划,并保证一定要保住这个墓园,求她在"大运摩托"竞拍到手以后,一定要以较低的价位放弃承包权,并保证在此期间,会派魏正义的队伍支援她。

齐曼思考了一会儿,郑重地点了头。

太阳就要落山了,天上燃起了火烧云。在谭丽萍眼里,那火烧云是变幻莫测的图画;在金剑北眼里,那是事业初步成功后放出的礼炮映出的焰火;在齐曼眼里,那是无数面猎猎的战旗和那个时代无数热血青年胳膊上的红袖章。

三人从墓园的坡顶走了下来,看到老四正牵着两条藏獒站在齐曼画的警戒线上等着他们。看到老四有些内疚和气呼呼的神色,齐曼说:"我不怪你,这个家伙不是一般人能挡得住的,他比我们的藏獒聪明得多。去,到咱们的作坊里搞点儿原料,今晚我要招待他们。"她说这话的时候,两条大狗对着金剑北低吼了一声,似乎明白了是这个家伙耍了手腕,让主人把自己关进笼子里了。

往回走的路上,齐曼不无骄傲而又尖刻地说:"什么叫绿色无污染的食品?你以为在你那一亩三分地里不用化肥农药就可以了?不对,周围必须有一个500米到1000米的保护圈,才能保证其他人使用化肥农药时不会随风飘散过来。改革开放是让人们富起来了,但是,良心也丢了。我可以这样说,

追逐金钱的活动从来没有像今天这样来势汹汹，对金钱意义的张扬从来没有像今天这样达到了藐视道德、法律的地步，造假、贩假成了获取金钱最快的途径之一。上次我到北京见了一个大新闻单位的记者，是专门搞市场报道的，研究中国市场变化好几年了，他这样形容社会怪状：'除了亲生母亲不假外，其余的都可以打上一个大大的问号。'就食品而言，炸油条的掺洗衣粉，做蛋糕的加化肥，用井水冒充4000米雪线上的矿泉水，用病鸡做成名牌烧鸡，用瘟猪肉制成高档香肠，用还未长成就病死的养殖对虾和基围虾做成一级海米，这些已经见怪不怪，而用福尔马林发海参、泡虾仁，用氨水发豆芽，更是司空见惯。我在这里插队的时候，放过羊，那山羊连驴、牛啃过的草都不吃，那时候，我就认为羊肉最干净了。自从用瘦肉精喂羊的案例曝光后，我相信那些推崇羊肉壮阳爱吃涮羊肉的人也不敢吃了。有时候我想，人真是一群复杂矛盾无法预料的群体吗？真是一伙既能行善又能作恶充满无限潜力的两脚动物吗？绝对不是，都是金钱和利益闹的。金钱就像你们铁匠炉前的鼓风机，加速吹散了人们赖以生存的食品的原汁原味，所以，我在这里创造了一片净土，让人吃上了真正的健康食品，我是在追求真，这才是真正的真善美。"

金剑北感到和她的距离又拉长了一截，却不觉多了几分敬重，但他又有些不甘心，迅速把这几年的零星思维整理了一下，慷慨而深刻地说道："你这只是从食品角度说的，其他不是如此吗？可以说，没有羞涩感这是文雅的说法，用老百姓的大白话说就是不要脸。什么是不要脸？就是女人不害羞男人不知耻，什么坏事、丑事都干得出来。你没看见，大大小小的贪官们，在报纸上，在电视里，指天道地，铮铮誓言，骗人骗自己，没有一丝羞怯之色；不法商人以次充好，以假乱真，坑蒙拐骗，全无羞怯的踪影。妓女、嫖客、骗子，大展身手，各行其道，哪里还知道字典里有'羞'字，良心上有'愧'字。现在满大街的女人美丽好找，羞涩难觅啊！美丽可以用刀拉出来，羞涩可是用心灵滋润出来的啊。满世界的男人都大言不惭，豪情满怀，也是羞涩全无啊。男人的豪情可以用一百种方式伪装出来，但羞愧可是血液里的感情，很稀少，很珍贵，很容易流失，也很难再生。连幼儿园的羞涩也荡然无存了，

5岁的小朋友就会传字条说'我爱你'。小学生的羞涩成了老实可欺的象征；中学里，大学里，羞涩成了不自信的性格，连有些母亲也会对女儿说，羞涩值几个钱，开门见山，能捞快捞啊。父亲会对儿子说，目的才是最重要的，不必为手段卑鄙而感到羞愧。没看见电视征婚吗，打的是非诚勿扰的招牌，可里面有'诚'字吗？眼热是生意，心跳才是爱情。你看那些男的、女的，都没有一丝羞涩，没有一点儿含蓄，在千万双取乐的眼睛窥视下，那叫爱情吗？连一见钟情都算不上，只看见嘴巴在嚅动，而心在沉睡，简直就是感情、身体与物质的交易。很可惜啊。彪悍、狰狞、粗暴、显摆、贪得无厌，都成了男人进取豪爽的表现；撒欢、卖弄、矫作、盘算、巧取豪夺，都成了女人的时代性格。个性张扬的年代成了个性疯狂的年代，个性自由的年代成了个性裸露的年代。不管在什么年代，人的思想与感情都需要穿上一件合体的衣服，羞涩，应该是一件洁白的灵魂衬衣。我常常在无奈与叹息中想到，羞涩，很像一个人心的帘子。一颗有帘子的心，必定是一颗遮风挡雨的冬暖夏凉的心；一颗没有帘子的心，苍蝇、蚊子、毒虫都能够自由地钻进飞出。一个女人，如果在爱情面前带有几分羞涩，那是一幅情感世界最美、最甜的图画，她懂得自重，懂得自爱，她有内涵，她知道内心的情感应该像山泉一样汩汩地流淌，而不能像水龙头那样拧开就有水。在生活里常怀着羞愧的男人，想必也坏不到哪里去。他有自知之明，他懂得进取，更懂得放弃，他不会贪婪；他知道什么东西该要，什么东西不该要，他只要属于他自己的那一份。羞涩，不是软弱无能的表现，而是真诚与忠贞的袒露。以柔克刚，对人生来讲，是难得的力量，尤其是对一个女人。正如我们看见的：阳光虽然灿烂，但总是会过于绚烂，过于强烈；月亮柔媚清纯，羞怯无言，永远被称颂、被喜爱、被珍惜！周恩来总理视察陕北回到北京说：'老区人民还在受苦，我的工作没有做好，我羞愧难言，我愧对老区的人民。'还有这样对人民常怀羞愧之心的领导吗？连一个村长也没这样的勇气。伟大的艺术家孙道临对每一句台词都要精益求精，他说：'我如果马马虎虎、滥竽充数，就会羞愧于农民给我的每一粒米，羞愧于工人给我的每一寸布。'还有这样常念羞愧之情的艺术家吗？连一个跑龙套的也没有这样的想法。

老祖宗说,'知耻者近乎勇,知羞者近乎智'。可惜,现在是知耻者近乎傻、知羞者近乎蠢。我们的生活,我们的感情,都很像一条慢慢倒退的、混浊的河流;我们的精神,我们的道德,在岔道上走得太远太远了,以至忘记自己是从哪儿出发的。过去,即便是最伟大的、最杰出的领袖,也都需要一块薄薄的遮羞布。今天,我们太喜欢赤身裸体了,太喜欢皇帝的新衣了。是金钱的风暴太猛烈了吗?刮走了我们脸上所有的表情,吹倒了我们心里所有的篱笆,就连一小块薄薄的遮羞布也不给我们留下啊。我们内心那块羞涩的帘子在哪里啊?羞涩与愧意绝对不是装模作样的假正经。假正经是我们生活中不得不用的面具,而羞涩与愧意却是生长在我们的骨子里和血液里的。我敢说,知羞知愧的人,必定是一个知恩图报的人;无羞无愧的人,常常是个狼心狗肺的人。找回羞涩,找回脸皮!祈祷老天,让这不要脸的年代快点儿过去吧!"金剑北一口气说完,像长长出了一口怨气,一屁股坐在草地上,遥望着天上新出来的几颗明亮的星星。

谭丽萍说:"金哥,你说得真好、真深刻。几十年了,第一次听你这样说话。和我们在一起的时候,你不是跟我们讲黄色笑话,就是瞎胡闹,要不就和他们拼酒骂大街。"

金剑北幽幽地说:"只有思想才能理解思想,思想碰到思想才会擦出火花,遇到沙漠,它就溜得无影无踪了。要是遇到目前还是你丈夫的米诗人,我可以和他侃几句俄罗斯文学,说说普希金,讲讲《静静的顿河》;要是碰到追求过你的差点儿成为你前夫的冒险者李俊,也就只有粗鲁的骂街了。曲高和寡,还是下里巴人多啊。"

齐曼对谭丽萍说:"小妹,你是不太了解啊。久在官场上混的人,都是多面人,有多重的性格,历练出了好几套语言系统,你金哥是比他们还要多两套的。不过,他从本质上是个好人。男人嘛,就那德行。"说完,走上前,双手紧紧握住了金剑北的两只手,悄悄地说,"起来吧,地下凉。"一把把他拉了起来。

齐曼的家坐落在背靠一片苹果园的高坡上,三间蓝砖平房,一个篱笆小院,素雅、整洁,处处透着中年女人的勤快、利索和简约。一条平整的青砖甬道,东边的几棵果树下码放着烧柴,西边是几畦墨绿的秋菜。堂屋是一个长条会议桌和几把椅子,大概是齐曼开会办公的地方。里屋是一套简易的木质沙发,老粗布面底下肯定絮的是白生生的棉花,扶手没有上漆,打磨得很亮,是本地产的白褐色的杜木,细腻的木纹清晰可见。

齐曼倒上茶水说:"今天我们过一回集体户生活,弄几个简单的菜,包饺子吧。""好,"金剑北首先响应,拿起挂在墙上的一把镰刀说,"我去院子里割韭菜。"谁知一出门就啊的一声叫了起来,慌张地往后退了几步,一屁股坐在地上,拿着镰刀挥舞着。谭丽萍看了一眼哈哈笑弯了腰,只见两条藏獒不言不声地进了屋,每条狗的嘴里都叼着一个红荆树杈,树杈上挂着两只小篮子,里面是新酿的酒、花生油、香油和醋。狗背上驮着用一根柳木棍连起来的两个紫穗槐小筐子,里面装着豆腐、猪肉、羊肉和韭菜、茴香、西红柿、茄子等青菜,散发着原始的新鲜香味。

齐曼把东西卸下来,拍了拍大黑、二黑的头,看着它们转身走了说:"行了,不速之客走了,你也该起来了。"金剑北爬起来说:"把这样凶猛的动物训练成搬运工,真不简单。""其实,也不用训练,狗通人性,甚至比人还好,只要你对它们好,让它们干什么都行。"齐曼笑着说道。

堂屋靠南墙的一角是锅灶,齐曼拉动风箱,灶膛里的硬劈柴柴火立即熊熊燃烧起来。谭丽萍切菜,金剑北掌勺,一会儿就炒好了几个菜。开始包饺子,齐曼对金剑北说:"你一天让我们的藏獒惊吓了两次,去屋里歇会儿吧,我们姐俩也说说体己话。"

他也不是能好好坐着的主,一进屋就斜倚在了齐曼的床上,随意翻着摆在窗台上的书。除了几本农业科技书籍外,就是成套的三毛、琼瑶的作品,他对这些没有兴趣,就丢在一边仰面躺着。他想着今天的经历和齐曼的一生,忽然觉得枕头底下有些硌得慌,翻出来一看是一本硬壳影集,封面是伟大领袖毛泽东闪着金光的头像,上面有齐曼写的"岁月留痕"几个字,遂津津有味地翻看起来。照片很多,分得也很精细,有她戴着小白兔帽子裹在小毯子里的百日照,有她梳着小冲天辫在幼儿园的稚嫩照,有她戴着红领巾胳膊上三道杠的小学生宣誓照,有她穿一身绿军装,拿着语录

本，肩背印着"为人民服务"的绿挎包在天安门广场的留影，有她戴着红袖章和一群女学生表演"拿起笔做刀枪，集中火力打黑帮"节目的舞台照，还有几个知青戴着草帽拿着镰刀在金黄色麦田里的合影照。金剑北的目光在知青合影这张照片前停住了，有一种似曾相识的感觉。他猛然想起来了，这张照片在东风机械厂时帮着齐曼家盖伙房时看见过，于是更加仔细地端详起来，其中的一个女知青紧挨着齐曼，个子高挑，虽然穿的衣服样式差不多，但眉眼里却透出一种大城市来的姑娘的洋气和优雅。"就是她，"金剑北自言自语坚定地说，"没错，是柳依娜，柳枫的新婚妻子。"金剑北一骨碌从床上蹦了起来，悄悄地拉开通往堂屋的门，看齐曼出去抱柴火了，一把把谭丽萍连拉带拽弄了进来。谭丽萍满脸通红，挥舞着两只手说："你想干吗呀，我手上还有面呢。""别瞎想，你看这张合影，这个人是不是柳秘的新婚夫人柳依娜？""对，真是啊，金哥，你的眼可真毒啊。哎呀，怎么这么巧啊。"谭丽萍大呼小叫起来，金剑北赶紧捂住了她的嘴说："等吃完饭再说啊。"

这顿酒喝得很尽兴，饭吃得很痛快。由于在墓地和路上的心灵沟通，金剑北看到谭丽萍到外面收拾碗筷了，直接向齐曼问起了柳依娜的事。齐曼没说话，转身打开箱子，拿出了一本小影集，从中抽出了一张照片递给他。照片是两个姑娘的合影，是齐曼和柳依娜。报社总编辑出身的金剑北立刻看出这张照片是在室内昏黄的灯光下拍的，而且是用最原始的海鸥120相机放在一个固定的地方，用自拍功能照下来的。人的下半身不太清楚，两个姑娘在一张床铺上依偎着，青春的脸上没有了光泽，一个挂着泪花，另一个也满脸泪痕。

齐曼站在屋子中央，既没看他惊异的目光，也没搭理刚进来的谭丽萍，对着窗外满天的星斗缓缓说道："我们是知青下乡插队的插友，都在大军寨。我来自河海，她来自北京，她的父母一个是科学研究院的工程师，一个是协和医院的医生。刚进村的时候，人们以为我们是一对姐妹花，个头差不多，也都是有些圆的瓜子脸，一样的双眼皮，同样梳着两条小辫子，但是口音与那双手不一样。依娜是标准的北京普通话，我是咱们河海的土味普通话；我手指粗短，她十指细长，柔若无骨，天生是一双弹钢琴的手。我们俩住一个屋，好得好像一个人。她是教授的女儿，从小娇生惯养的，农村的各种活一点儿也不会，力气也小。我呢，在家里是头大的女儿，家务活像生炉子、捡煤渣等自然干得多，在学校是劳动委员，干活也不少，再加上初中毕业后，因为爸爸冤死，妈妈进了干校劳动改造，我为了补贴家用，到旅馆当过服务员，到郊区帮农场种过菜，所以，和依娜在一起时，担水、拾柴的事我全包了。在地里干活时，我们总是紧挨着，锄地我帮她一个垄，割麦子我帮她两个垄。但她也帮了我。你们知道吗，她从北京带来一把小提琴，晚上经常拉曲子给我们听，还带来了许多我从没见过的书，不仅有古今中外的世界名著，还有当时苏联刚出版的《你到底要什么》《莫斯科不相信眼泪》，波德莱尔的《恶之花》，泰戈尔的恒河诗集，歌德的《少年维特之烦恼》，世界名人传记等。晚上我们在煤油灯下读书，她给我讲这些书的出版背景，使我这个在咱们小城里长大的初中生打开了眼界，思考了很多问题，关于人生、社会、责任、婚姻、家庭，办事的手段与目的、结果和过程。最后我认为，小孩为什么生下来发出的第一声是啼哭，说明人生是苦难的，既然来到这个世界上，就要首先受苦受难承担你命运中给予你的责任。古人说'修身、齐家、治国、平天下'，那是对大人物说的，对于平民百姓，对于那个时代、那样处境的我，首先是要承担我对家庭的责任——这只是我从柳依娜书里得到的精神上的食粮，以后发生的一件事，我给自己加上了还要承担依娜的苦难这个责任。我妈妈原来是比较胖的，到干校一年明显消瘦了，吃饭总吐，到医院检查后才知道是胃里长了瘤子，当地医院做不了手术，需要到北京治疗，可是那个造反派出身的干校校长就是不给开证明。我从干校回来后一直哭，依娜问清了情况后，一个晚上跑到干校，把我妈妈接出来，直接奔火车站去了北京，找到了她在协和医院做大夫的妈妈。那个年代，没有地方革命委员会的证明，谁也不敢给一个在干校改造的走资派做手术。依娜正好有一个姑妈在北京大兴，典型的三代贫农，还是妇联主任，就从那里开了一个证明，顶着她姑妈的名字做了手术。整整一个月，我们就住在依娜家里。当时，依娜的父母虽然被定位为反动学术权威，但工资并没停发，大多数医药费都是她家给出的。从那时起，我就下定了决心，一定要报答在我最无助、最困难时救了我妈妈一命的一家人。当时知识青年到农村，说是广阔天地，大有作为，实际上都是待宰的羔羊。离开农村，被招工，被推荐去上大学，掌握命运的支部书记的权力很大。有一年，也就是我们下乡的第三年吧，北京的一个音乐学院来招生，看中了依娜的音乐天赋，依娜的父母来了一趟，给公社革委会主任送了重礼，也打点了支部书记'老牤牛'，他也满应满许地说晚上给依娜开介绍信。那天晚上不到天黑她就去找'老牤牛'，我在宿舍包了饺子等着她，祝贺她走向新生。谁知她一会儿就回来了，趴在我肩膀上哭得上气不接下气，断断续续地说，那个可恶的'老牤牛'竟然要求她陪他睡觉才肯开介绍信。我劝她吃了几个饺子，咬了咬牙说：'依娜，不要哭，这是咱一辈子的大事。你在家好好待着，我今晚一定给你把介绍信要出来。'趁着黄昏的余光，我在大队部门口堵住了正要回家吃饭的'老牤牛'，告诉他说依娜已经答应了，但有条件，一是等到晚上11点以后来大队部，二是不能开灯，三是不能乱动，只做那事。那个老淫棍满嘴喷着臭气，呵呵奸笑着答应了。我在村口的大槐树下坐了好半天，等天色完全暗了下来，乌云遮住了几点星光，我悄悄地回到了宿舍，拿了依娜刚刚洗过还没完全干的她常穿的衣服换上，带上一只手电筒和一个橡皮包裹着的卡丝钳子来到大队部，先掐断了大队部里刚刚安上的电灯线，推开虚掩的门，'老牤牛'迫不及待扑了上来，我用钳子狠狠敲了一下他的狗爪子，尽量模仿着依娜的声音说：'别乱动！'哪儿也没让他摸，只是从后边做了一次。完事后，我用带去的一块白布把他那脏东西擦了一把，猛然打开手电说：'你的证据都在这块布上，不给依娜开介绍信我就去告你强奸知识青年！'他的狼狈样我就不说了，乖乖地开了介绍信。回到宿舍后，我把过程对她说了，我们俩抱头痛哭了一场，在她的坚持下，我们在深夜拍下了这张照片。依娜去读了大学，后来几年里，她来过好几封信，我都没回。我读过莫泊桑的《羊脂球》，怕她瞧不起我。这么多年了，我们再也没有联系过，但我无怨无悔。"

齐曼的故事讲完了，三人谁也不说话，也觉得无话可说，一切语言在此时都是多余的,只有窗外萧瑟的秋风在响。谭丽萍一把抱过齐曼双泪长流,金剑北把脑袋深深地埋在了两腿之间。

好半天,金剑北抬起头,站好,向齐曼深深鞠了一躬,低声说:"曼姐,我佩服你。从这个丑恶的故事里,我们看到了人性光辉里的真善美。从今天起,这个故事就封存了,也可以叫失踪了,谁也不许再说、再提,这都是那个特殊的时代造的孽。为了让历史的悲剧不再重演,所以,我们更需要你。"随即说了柳依娜和柳枫结婚的情况以及这个事件挑起后如何收尾的计划。

齐曼毅然决然地点了点头,看了看表,披上一件外衣,拿起一把香往外走,看到他俩疑惑的目光,解释说,这里的风俗是清明和送寒衣的日子里烧香不能断火,从日落到日出,她要去给她的战友们去续香。多少年了,她一直是这样做的。"今天我们陪你。"金剑北和谭丽萍几乎是异口同声地说。临出门的时候,看着原野里逐渐增强的寒气,金剑北悄悄拿了一床被子夹在了腋下。

秋夜的墓园更加冷清、肃穆,还带点儿阴森。下弦月升起来了,惨白的月光照着这无人的坟场,寒风摇动着周围的树枝,黑影幢幢,树林里似乎有无数的小鬼小妖在奔走跳跃,谭丽萍不由自主抓住了金剑北的手。走在前面的齐曼大踏步走到曲文星的墓碑前,点上了一束最粗的香。金剑北甩开谭丽萍的手,默默地从齐曼手里拿过几把香,和谭丽萍一起在其他墓碑前点燃,随后和齐曼并排坐在了一个土包前。看到两个女人瑟瑟发抖的样子,他把拿来的被子轻轻地披到她们身上,到树林里转了一圈,拾来了一堆枯树枝、发黄的茅草和干透的树叶,拿出打火机,点燃了篝火,又开双腿,遥望着远方的几点寒星说:"文星兄,虽然我们没有见过面,但她对你的挚爱感动了我,在这送寒衣的日子里,我献给你一首诗吧。"

涉水而过,
是我们的花样年华,
红尘之外,

我们回头看，
微笑点头，也流泪，
然后天越来越蓝。

我是平淡，
你是遥远，
曾经我们放虎归山，
那些神奇的夜晚，
那些绝色的躺姿，
我们可以在虎啸一侧，
燃烧我们的青春，
和奢侈的爱情。

只留一座山堆些云朵，
只倚一棵松送别，
只看一条纯粹的河，
看光阴似箭，
看渐渐苍老而纯净的心，
枯树、小溪、春草与蓬蓬生长的小丛林。

接着，他用富有磁性的低沉的男低音哼出了一首歌："冰雪覆盖着伏尔加河，冰河上跑着三套车，有人在唱着忧郁的歌，唱歌的是那赶车的人。小伙子你为什么这么忧愁，为什么低着你的头……"声音苍凉、悲苦，随着墓园里打旋的秋风传到了每一个墓碑前，主旋律却牢牢地留在了曲文星的墓前。

在他的歌声的感召下，在跳动的黄色火苗的映照下，齐曼那张饱经沧桑的脸上出现了凄凉的、深入尘封的岁月里向往的神色，泪水从依旧明亮的大眼睛里浸润出来，聚合，缓缓移动，两行晶莹的泪珠挂在了腮上，在这寒夜的火光前像两颗金黄的珍珠。半晌,她向金剑北投来了一笑,其实,那笑比哭还难看,但还是让他很欣慰。

聪明的谭丽萍立刻会意了,也站起来在脑子里搜索了一会儿,轻轻走到一棵树下,用低婉悠长、期盼的嗓音唱起来:"送君送到大树下,心里几多知心话。出生入死闹革命,枪林弹雨把敌杀。"她刚唱完,金剑北便用浑厚低沉的男低音接上了:"送君送到江水边,知心话儿说不完。风里浪里你行船,我持梭镖望君还。"隔着那堆篝火,两人做了一个缓缓的分别招手的动作。齐曼很神往地看着他们,脸上露出了久违的微笑。

看到齐曼的情绪转好,金剑北又给篝火添了一把干柴,把一直在曲文星墓前坐着的齐曼拉了起来,起了个头,三人共同唱起来:"抬头望见北斗星,心中想念毛泽东,想念毛泽东。黑夜里想你有方向,迷路时想你心里明,迷路时想你心里明……"

东方鱼肚白,跳出胭脂红,太阳蹦出了地平线,霞光万丈,秋日的艳阳驱走了黑暗,重新照耀着大地。金剑北做了两个扩胸的动作说:"有人说太阳每天都是新的,其实,新的不是太阳,而是生活在太阳底下的人们。"

当天下午,金剑北在路虎的后备厢里装满了用紫穗槐筐和蒲草包着的齐曼种植园里的产品,拉着她进了省城,直奔柳枫的家。两个女人见了面先是惊愕地张大了嘴巴,随后喊着"我的天",而后喜极而悲、涕泪交合,紧紧拥抱着进了卧室之后,金剑北向柳枫汇报了河海目前的政治和经济态势,说出了自己的计划。得到柳枫的基本首肯后,把齐曼留在了他家里,开车奔向北京,先后见了柳枫在省城电机厂的挚友、现任中纪委巡视员的杭维萍和在中新社任参编部主任的李一道。

〇十三　破解地方经济发展的融资困难，聪明的做法是将传说变成生产力

自从那次拍卖大鬼洼和扫帚岗土地被"大运摩托"搅黄以后，河湾镇的土地所所长冯春海每次回家，老爹冯三怀都要问他土地拍卖出去没有，还自言自语地说："快卖出去吧！快卖出去吧！"好像那块土地是压在他身上的一个大负担一样。冯春海说："真是皇帝不急太监急。你没见那天'大运摩托'和'二牤牛''大叫驴'那帮人那个厉害哦，真打起来我可是一点儿办法没有，最好是别拍卖了，荒着，让那些植物和小动物自由生长。万物生长竟自由，多好啊。"

可惜他诗意的想象还没过一个昼夜，隔天一上班就被大嘴叉子的镇党委书记刘永祥刘大忽悠叫去了，让他赶紧准备材料，说一会儿市委的博士书记要来调研。冯春海说："书记来了也得看咱的新企业和农业园区啊，那个大鬼洼有什么看头。"刘永祥说："你小子是不当家不知柴米贵啊。我从镇长干到书记，光欠外债就好几百万了，明年换届，我要想走，怎么也得还一部分啊。我也是脑袋里缺根弦，守着金饭碗要饭吃，上次'二牤牛'他们分散承包大鬼洼的地，跟我说了，我没在意，拍卖的时候，我才惊醒了。看了咱们镇的历史资料，还访问了前任几个老书记，才知道这个大鬼洼历史上是公社的农场，和大军寨一点儿关系也没有，要直接收回来，那几个大军寨的滚刀肉肯定不干，何况还有市里的'生铁锅'掺和，事情就复杂了。解决复杂事情最简单的办法是上面有人说话，一锤定音，压倒一切，尤其是这个大博士是从北京来的,谁也不知道底细,谁也不敢惹。大领导这次来,我们得讨个圣旨。你把这块地的历史资料整理好,我让大领导当场指示,抓紧并且想法把地卖个高价,也给咱们镇里的干部搞点儿福利,起码可以在市里集资建房买地。"冯春海一听这个乐了,报告还没写,就赶紧给在市医院工作的女朋友报告了喜讯。

没多久,一辆考斯特面包车缓缓开来,博士书记在众多官员的簇拥下下了车,穿着丹麦爱步的软底皮鞋、考究的藏蓝色西裤、雪白的衬衣、电视上中央领导爱穿的黑色夹克,分头一丝不苟,一副茶色玳瑁眼镜,文质彬彬。他摘下眼镜看了一眼远处大鬼洼方向的树林和烟岚说:"秋日的原野很苍茫啊。"一句话让准备汇报的有名的刘大忽悠没了词,连忙说"是是",但又觉得文不对题,倒是文学青年冯春海对了一句:"秋的苍茫里蕴藏着春的勃勃生机。""咦?"博士书记意外地看了他一眼,似乎刚才自己的那句话也没有让刘大忽悠回答,继续说,"看来这个大鬼洼里是隐藏着什么宝藏了,走,咱们去看看。"刘大忽悠一听真是瞌睡送来了枕头,高兴得跟着书记上了车。

领导视察的车是有规矩的,司机后边的双排座椅前有一个小小的写字台,是首长座,通常只坐一个人。副驾驶上坐的是秘书,后边有一个小单人座,是给上车汇报工作的人设的,没扶手,也比较矮。这样设计既显出了和领导的差距,又和领导离得比较近,有利于领导听得清楚。镇党委书记刘大忽悠当然是懂得这些规矩的,偌大的屁股只占了小座位的三分之一,前倾着身体,弓着虾米腰向博士书记介绍说:"这个地方原来是黄河故道,被河水泡了好几百年,土质肥沃得很,后来黄河改道露了出来。20世纪50年代美国人韩丁在这里和公社联合办过农场,因为总发水,后来就散了,一直是我们镇管辖。以前叫'红星人民公社'的林场树也没长大,林场也一直半死不活的,大家一直都觉得是块废物地。去年在市委开会,我听了您的《解放思想,开拓创新,开创河海经济和社会发展的新局面》的报告,特别记住了您的一句话,说所谓废品是放错了地方的资源,一根草绳,放在大街上就是废品,捆到菜上,就是蔬菜的价钱,绑在大闸蟹上,就是湖

143

鲜珍品的价格，我特受启发。最近我们引进了一个国外的天然化妆品公司，准备在这儿搞原料基地，把土地分块承包或者是租赁给农民，实行公司加农户的方式开发利用，把大鬼洼变成大金洼，就像当年军垦战士一样，把北大荒变成北大仓。"随后把当地七色花的故事云山雾罩地讲了一番，并让冯春海把整理出来的土地归属权的材料给了书记一份，强调说这是镇里的集体财产，与周围的村庄没有任何瓜葛。

博士书记饶有兴致地听完后说："哦，一个美丽的民间传说啊。看来，是你们要把这个传说变成生产力啊。野生的草，原始，生态，自然。走，我们下去看看。"

一行人走在秋草铺地绵软的田间小路上，博士书记在中间，镇党委书记、县长一左一右陪同，不停地介绍着本地近来取得的成绩和贯彻市委的工作部署在各个方面的探索与成果。跟在后面的秘书长、局长们则像放了假来此郊游一样，有的东张西望地欣赏着大鬼洼荒凉的秋景，有的互相开着玩笑，有的谈论着和这次调研视察毫不相干的话题。尽管这样，他们长期在官场上训练出来的眼睛和耳朵的第六感觉还是非常灵敏的，时刻捕捉着博士书记的动作、语言和眼神，随时准备回答书记临时提出的有关自己业务领域里的问题。号称"万户侯"在镇里威风八面的刘永祥这时既像草原上左蹦右跳的大袋鼠，不断跑到路的两边土坡上采集几束花、几棵枯萎的草根，献给博士书记讲解着，又像一只勤快的京巴狗，不断地指挥着镇里的其他干部把矿泉水和饮料送到每一个随行大员的手里。他去过市委大楼，清楚宰相门前七品官，知道自己虽然管着好几万人，可充其量也就是个正科级，而市里在办公室接电话、搞收发、送文件的都差不多是正科，而且向上升的空间比自己大得多。

也许是秋野的辽阔，也许是清新的空气，也许是别的原因，博士书记的心情特别好。他嗅了嗅那些花，看了看那些草说："其实这些都是大自然赋予自然生长的生命，也是维系生态长期平衡的生物链，在国外一般是不轻易动的。那年我到美国做访问学者，坐一辆福特面包车，从拉斯维加斯到华盛顿，1000多公里的高速公路两旁，都是原始的自然生态景观，有的山包上还立着不少牌子，标明这里是石油矿藏，那里是铜矿、煤矿等，就是不开采。我们这里不行啊，众多人在等着吃饭和提高生活水平啊。老人家曾经说中国是'地大物博，人口众多'，那是封建帝王的眼界，实际上是地小物少，人口多，素质差。我博士毕业的那年，随同一个林业考察团到塞北，带队的环保和林业部门的官员一路给当地的干部讲植树、种草，保持生态的重要性，底下的人虽然唯唯诺诺，可心里不服气。到达坝上的一个村庄时，一个副县长指着山南坡上一所孤零零的草房和几棵大杨树说，'各位领导，保护环境是很重要，但也得先吃饭啊。你们看见这户人家和这几棵树了吗，他们家穷得揭不开锅了，你们说，是让他们把这几棵树砍掉换粮食吃呢，还是保住这几棵树让他们全家饿死呢？'这就是中国目前遇到的两难选择的问题，民生第一啊，所以，我同意你们开发。思想解放一点儿，步子迈大一点儿，不要搞短期承包，在明晰产权的基础上，要拍卖。有恒产者才能有恒心。眼界要放宽一些，不要只盯着附近的几个村庄，要放宽进入条件，对个人，对集体，对工商企业和社会各界开放，公开竞价拍卖，就像永祥书记说的那样，把大鬼洼变成大金洼。"

博士书记随走随说，语速很快，步伐也很快，弄得报社电视台的记者很紧张，紧跟着书记记录、拍摄。一行人很快走过了上次冯春海拍卖土地弄的小广场，来到了齐曼的种植园前，博士书记停住脚步问道："咦，这里不是已经开发了吗？"刘永祥赶紧跑到博士书记跟前，把种植园的情况和历史介绍了一番，说这里生产的所有粮菜都是高级环保的，并建议各位领导在此吃饭，享受纯天然的风味，随即拿起手机给齐曼打电话。还没等他拨号，齐曼就领着她的两条大藏獒和一群人站在了他们面前，个个穿着从军队买来的迷彩作战服，手里提着一支白蜡杆。一个地方的一把手都是当地电视台的明星，书记不认识她，可她认识书记。齐曼大大方方地说道："欢迎各位领导来视察种植园。秋凉雾重，各位领导也很忙，我提议大家先到我们的会议室看一下种植园的录像片。"博士书记首先赞赏。他早就厌烦了在会议上河海的土著干部拖着长声，用含混不清的语调念着里面不乏吹牛和虚假的汇报材料的情景，也曾想过让大家用录像汇报，不过还没提出来，

不想今日在这里实现了。他很高兴。

在齐曼的引导下，一行人进了完全用原始木材做的长条桌和连排椅的简陋会议室，他当仁不让坐在了中间，享受着送上来的第一杯柳叶茶。

一架老式放映机徐徐转动，伴随着20世纪60年代的老电影《我们村的年轻人》中的插曲"樱桃好吃树难栽，不下苦功花不开。幸福不会从天降，社会主义等不来"甜美的声音，银幕上出现了蓝天、白云、金色的阳光、葱郁的树林、绿色的原野、迷人的鸟鸣，种植园的大地上各种作坊里热火朝天的劳动场面，牛、羊、猪、鸡觅食嬉戏的憨厚活泼的动作。画外音适时地响了起来，是一个明亮的略带河海土味普通话的女声："这里是黄河故道一片肥沃的土地，这里是周围10公里内没有任何农药化肥污染的种植园，这里是采用最原始的生产方法生产着质量最佳、品位最高绿色食品的地方，让享受到它的人远离疾病，远离死亡，健康长寿，去追求健康人生的天堂……"

博士书记颔首，缓缓击节。

对种植园早就熟悉，一直观察着领导脸色的镇党委书记刘大忽悠无心看银幕，弓着腰，踮着脚尖来到博士书记一侧，伸出大嘴巴子轻轻地说："这里的产品是绝对无污染的绿色食品，回头到北京时给您家里送点儿，要是尝着好吃，家里的吃喝我们包了。"

突然，银幕抖动了一下，解说的女声变得悲愤起来："就是这片可爱的天堂般的土地，这两天遭到了暴徒的破坏和蹂躏。"随之，画面上出现了混乱的镜头，"二忙牛"和"大叫驴"领着一伙人用锄头、铁锨、大铡刀砍开了绿色围墙，在青青的麦田里胡挖乱掘，把平展展的麦田搞得千疮百孔；两人带头扯掉了蔬菜大棚的塑料布，众人对着未成熟的西红柿、茄子、韭菜、黄瓜一顿乱砸，有的农民把半成熟的瓜菜偷偷装进兜里。种植园的员工在齐曼和老四的带领下人手一支白蜡杆和"二忙牛"等人对峙、厮打，两条大藏獒吼声震天，凶猛地冲向入侵者。大黑一下咬住了一条当地的大黄狗，粗壮的脖子一甩，鲜血淋漓，大黄狗还没有断气，它随即又迅猛地扑倒了一个拿大铡刀的壮汉，小黑一口咬住了"大叫驴"的大腿，其余的人狼狈逃窜……

放映机停了，齐曼朗声说道"汇报完毕"，然后叉着腰，雄赳赳气昂昂地站在来视察的领导面前。

"简直是胡闹！"文质彬彬的博士书记发火了，站起来摘下眼镜对着刘大忽悠说，"这些农民是哪村的？"

"大军寨的。"

"属于你的辖区吗？"

"是。"

"这块土地和大军寨有关系吗？"

"没有。"刘大忽悠虽然紧张，但这句话说得斩钉截铁。

"这位女同志承包了多少年？"

"20年。"

"好，在西方私人财产是神圣不可侵犯的。我宣布三条规定：一、立即追查严惩这伙破坏生产的人。二、整个大鬼洼向全社会招标拍卖，同时考虑承包者优先。三、不能零打碎敲，不能改变土地用途，要形成规模效益。"说完，带头出门，登上考斯特面包车绝尘而去。

留在原地的刘大忽悠摸了摸大嘴巴子，也没跟齐曼打招呼，慢悠悠出了种植园的大门，竟然哼起了乡村野调："高高的树林密密的墙啊，哥哥我就在里边藏啊，扒开树枝我往外看啊，一个妹子小辫长啊，哥哥我看得心里慌啊。"弄得跟在他后边的冯春海莫名其妙，不知道这个受了市委书记批评的镇里的头头为什么这么兴奋。

其实，他哪里知道镇党委书记的算盘。刘永祥最高兴的是今日博士书记的表态。撇开了大鬼洼和大军寨的产权官司，自己可以独立操作拍卖，到时候镇里有了钱，自己也会富起来了，艰难的仕途也会变成通途。在这个社会里，只要有了钱，还有办不成的事吗？有钱能使鬼推磨。

其实，他也不知道博士书记的算盘。没有很高智商的人戴不上博士帽，戴上博士帽的人没有很高的情商也当不上权倾一方的市委书记，顶多是在哪个大学里混个教授，或者是在哪个研究所或中心里当个幕僚写写奏折而

147

已。在这个讲政绩的年代,光靠耍嘴皮子是不行的,必须有看得见的东西,在河海,首先是改变城市的面貌。河海的财政收入是全省的老末,还不如发达地区的一个强县,政府最缺的是钱。博士书记也不相信建什么外国化妆品基地的鬼话。高速公路的建设已列入了规划,他还通过一个在国家化工部当司长的大学同窗,联系了一个大型石化加工企业借着高速公路的迅捷来河海投资,初步规划占地3000多亩。现在把大鬼洼卖出去是农业用地,到时企业来投资征地,就成了工业用地和商业用地,价格就会提高几倍或十倍,不光现在买地的人能赚钱,按国家规定的40%的土地转让费归地方政府,就有好几个亿。那时他就可以把金角湖的水引入河海市区了,实现每条大路旁渠水淙淙,小区里溪水潺潺、绿树成林、芳草萋萋,他在河海期间就实现了城在湖中、湖在城中、人在绿中,把一个粗糙的城市变成秀美的江南水乡。同时,他还有一个小打算,就是抽出一部分钱,让他在意大利留学时认识的一个建筑师来设计,在风景秀丽的金角湖畔建设一个完全是哥特式风格的欧洲版时尚高档别墅小区,让那些在京城的、能够在他将来仕途上有所帮助的人假日期间来此休闲、聚会。

十四 老大难，老大难，
老大一抓就不难

一石激起千层浪。

不管在什么地方，也不管是什么事，只要一把手一重视，平时官僚主义严重、办事拖拖拉拉的机构，都会像兔子一样跑得快，落实的速度惊人。这也是机关秀才们经常总结的经验：老大难，老大难，老大一抓就不难。

博士书记视察大鬼洼的消息在河海电视台和《河海日报》显著位置播发出来的第二天，市政府允许河湾镇招标拍卖大鬼洼土地的文件就发了下来。冯春海他爹，老冯校长看到这个消息后，破例喝了三两小酒，拿起一块白丝绒巾，把沾满了灰尘的京胡擦得干干净净，重新烫上了松香，在自家的阳台上自拉自唱起来："我正在城楼观山景，忽听得城外乱纷纷，旌旗招展空翻影，原来是司马发来的兵……"胡琴拉得有声有色，那段西皮二黄唱得有板有眼，把心里放下了一块大石头的欣慰表现得淋漓尽致，在屋里擦地的冯夫人直骂他神经病。

最高兴的是河湾镇的人。按镇里干部们的说法，党委书记刘大忽悠就像长出了鸡巴的太监一样兴奋得满面红光，像发情的猫狗一样到处乱跑乱叫，成立了由镇长、副书记、纪委书记等人参加的招标小组，亲任组长，要求土地管理所所长冯春海马上做招标书，底价是 5000 元一亩往上竞价。其实，在机关内部，不管这个临时性的小组有多少人，级别多么高，说话算数的永远是组长，干具体活的也就是一两个人。小冯所长被上次的招标场面吓坏了，向刘忽悠提出了一个新的建议：一是卖标书，8页的纸每份卖100元；二是把3000多亩地划成几十块，实行网上招标，每天定时公布招标结果，让人们第二天继续竞价，把小户、散户都淘汰了之后，最后再进行公开拍卖。一听说能来钱，刘大忽悠的眼睛立刻亮了起来："对，对，光这些标书就够咱们吃喝几天了，好主意。"他一拍大脑袋又说，"还有，最后参加购买的人要交保证金，一家300万元，咱们存起来，先吃利息再说。你抓紧弄个方案，我去找博士书记批一下，拿到尚方宝剑，省得那些咱惹不起的人来找麻烦。"小冯所长担心地说："上次领导拂袖而去，他能批吗？"刘忽悠大嘴叉子一张说："那你就别管了，山人自有妙计。告诉你吧，小伙子，人哪，别怕他官多大，就怕他没爱好。人怎么会没有爱好呢？最怕的是你不知道他的爱好。"

前几年，他还是副书记的时候，抓计划生育，一次到一个祖上是清朝举人的家里去抄家罚款，在部下抬桌子牵羊的时候，他在一个旧藤条箱里发现了一本装帧古朴的线装书，就顺便装在了自己的兜里。回家一看，竟是一本宋版的《易经》。他知道这是宝贝，一直放着想作为向上升迁的敲门砖，谁知他的前任上司不是工农兵学员的大学生，就是在职取得的硕士、博士，对书比对人民币的兴趣小得多，平时除了喝酒打牌跑关系，别的基本不干，就是看书也是看《厚黑学》《办公室战术》《成功学》等，对古书连翻的兴趣都没有，所以一直没派上用场。这次博士书记来视察，他跟书记秘书搭上了关系，几次酒一喝，几个红包一甩，知道博士书记是个真正的书虫，心里有了些把握。

在河海这座农民城市、熟人社会里，小道消息永远比官方文件公布得准确，传播的速度要快。在刘大忽悠见到博士书记的第二天，一条消息开始在民间迅捷传了开来：河湾镇的刘永祥攀上了市里的一把手，在他做的大鬼洼土地拍卖方案上签了字，他在书记那儿说什么是什么。正当有点儿政治头脑的人疑惑时，第二天，媒体上全文登载了那个拍卖方案，还加了编者按，说此方案得到了市委主要负责同志的赞赏，特别是在利用现代科技手段上有了新举措，希望各地、各部门积极效仿云云。明眼人一看就知道，报道中虽然没有直接说博士书记,但那个主要负责同志是非他莫属的。

河海人虽然爱议论官场上的事,但更看重眼前的利益,对挣钱的事有着无与伦比的热情。在官场上的人还在猜测那个能忽悠破天的刘永祥是怎么靠上这个平时油盐不进的博士书记的,琢磨采取什么办法向这个平时名不见经传的镇委书记取经时,许多人已经把眼睛盯在了大鬼洼这块土地上。围绕着这块多年的荒地,河海城内外狼烟四起、遍地烽火。

"雄伟的井冈山"张巧秀看完《河海日报》上登出的拍卖大鬼洼的土地广告后,吃完早饭,连碗都顾不上洗,拿出常年挂在裤腰带上的钥匙,打开床头的五斗橱,掏出自己出嫁时老娘陪送的一个老年间装金银珠宝的黄铜盒子,趴在床上,撅着肥大的屁股,耷拉着两只像倒空了粮食口袋的大乳房,数着存折,计算着金额,摇着白花花的脑袋回头对坐在写字台前摆弄计算机的马教员说:"咱们存款5万多,剩下零头看病,到大鬼洼买10亩地,种七色花,一年一亩地能收入三四千,干上三五年,再加上咱俩的工资,就能凑十来万了,就能给咱孙子在北京买房交首付了。"瘦小的马教员打开河湾镇土地拍卖竞拍的网页说:"你别做梦了,5000元只是起拍价格,还不知道被人拱到多少钱呢。你看看,扫帚岗那个地块这不是被人抬到7000了吗,你再看,四号地块,也就是'二牤牛'答应给你的那块地,也有人出价6000了。"

"雄伟的井冈山"戴上老花镜,凑到跟前看了看说:"还真是啊,真是没穷人混的日子了啊。不行,我得找市委那个眼镜书记去,对我们这些老干部得有些照顾政策。"说完,蹬上鞋,摇晃着一头花白头发,骑上一辆破旧的女式坤车,直奔市委大楼。

她在职时那个3层结构的砖混小楼早已不在了,取而代之的是一座代表21世纪的21层的钢结构大楼,高大的玻璃幕墙闪闪发光,看着让人眼晕。原来四周全是小门市部的围墙被拆掉了,换上了铁艺雕刻的栅栏,电动门前,当传达的几个老头也不见了踪影,站着几个雄赳赳的保安,门前是横七竖八的斑马线。她刚把自行车停下,就过来了两个保安,大声喊道:"去去,这儿不许停留,把车子放到马路对面去。"看着他们骄横的

151

样子,"雄伟的井冈山"来气了,索性把车梯支起,重重地蹾了一下说:"怎么不能停留啊,人民政府门前还不让人民来了啊。我在这上班的时候还没你们呢。我是原来的计生局长,老干部,找市委书记。""找市委书记?"一个腆着大肚子的高个保安不屑地看了她一眼说,"你有预约吗,打过报告吗,知道秘书的电话吗?""我要知道还找你啊?告诉你,我过去找市委书记都是推门就进,根本没有这么多手续。亏了大门口还写着毛主席的为人民服务,纯粹是官僚主义。你们快给我打电话。"高个子保安耸耸肩说:"书记的电话是随便打的吗,我看你还是快些走开吧,有什么问题写个报告让信访局转一下。都退休好几年了,还找什么书记啊。""你……""雄伟的井冈山"和那几个保安吵了起来,引来几个路人围观,几个保安又是一顿呵斥和驱赶。

　　正吵得不可开交的时候,原来是小何现在成了老何的市委老花工,骑着三轮车拉着几盆花经过这里,悄悄地把"雄伟的井冈山"拉到一旁说:"老大姐,张局长,别跟他们吵了,没用的,他们也是狐假虎威。他们认识书记,书记也不认识他们。书记上下班都是坐车,有专用电梯,一般人见不上。别说你,就是那些各县的书记、县长和市直的局长们,见他也得提前预约,甚至有的常委、副市长们见他也不能随便进屋,都要通过秘书安排。时代变了,哪像咱们那个时候,和老书记在一个食堂里吃饭,下了班还一起打打扑克,扯扯家长里短。有一年,老书记还和我一起薅过花池里的草呢。我也纳闷,你说现在车好了、跑得更快了,通信工具也先进了,领导们怎么比原来更忙了呢?忙也不要紧,你得让大伙日子过得更好啊。咱们市的工资比其他地方少了好几百元,别的也不见发展,原来的老企业都垮了,也没见上几个新的。我琢磨着,一个官就得像一个家长,总得让全家人有吃有穿,而且还得比别的人家过得好才对。"他在市委大院里是个孤独派,见了老熟人就变成了话痨。

　　"雄伟的井冈山"听了他的话,打消了念头,推上车子往回走,刚走了几步,就听一个保安说:"一个老棺材瓢子,头上都下满霜了,还来找书记,真是笑话啊。"她冲着大玻璃幕墙看了看自己,还真是脑袋上乱蓬蓬顶着一片秋后的白茅草，心里念叨着说："都说落了毛的凤凰不如鸡，我连鸡都不如，还不如一只小麻雀呢，麻雀还能飞到那个什么狗屁博士书记的办公室的窗口看一看呢。"叹着气向"刘秀休闲广场"西头的"陈记理发馆"走去。

在近晌午阳光的照射下，她觉得有些发晕，才想起出门时没吃降压药，便在广场的一棵梧桐树下找了一个石凳坐下来，从提包里拿出茶杯和药片。她左边的石凳上坐着一个也是满头花白头发的六十来岁的大个子男人，戴着大大的近视镜，身边坐着一个衣服质量不怎么样但是样式很时髦的中年妇女，反正不是两口子。她依稀记得那个男的好像是一个研究所的什么副所长，说话前总是先把鼻子吭几下。只听那个女的说："老陈，你说你工资老婆管得紧，拿不出来给我，那你跟她说说，到大鬼洼买几亩地吧。我在厂子里是车工，力气不小，到时我和你一起去种地，卖七色花时咱扣下点儿给我不就行了。你说呢？"说话的时候，还用手捅了捅他的大腿根，"别光想着占便宜的时候，怎么你也得给我点儿。""吭吭。"陈副所长的鼻翼动了几下说，"嗯嗯，我回去跟她商量一下。"女的说："你别总是这样推三阻四的，再这样，那种好事可没有了啊，还要你的好看。"说完，夸张地扭着已经有些松弛的屁股走了。

这边，陈副所长耷拉着脑袋发呆，那边，"雄伟的井冈山"右侧的石凳上坐下了一高一矮下岗女工模样的两个女人，高葫芦大嗓门地说开了。高个子摊开一张《河海日报》说："姐们儿，我这次上大军寨可是赔了，白送给我二姨几件咱们倒来的衣服不说，那两瓶老白干也白给了她婆家的二叔'二牤牛'。你看见这报纸没有，大鬼洼的地又不是他们村的了，由镇里招标拍卖，真倒霉啊。"矮个子拿出手绢擦了擦鼻涕，又摸了摸文得很粗的眉毛说："姐姐也别着急上火，咱也没有医疗保险，病了吃药不合算。我寻思着，大军寨怎么着也是河湾镇的村，那个'二牤牛'再怎么说也是村长，跟镇里的头熟络，还得指望着他给咱买几亩地，咱那几瓶老白干也不能白给他。我家那个懒鬼说在报纸上看见了原来在咱们这儿当过副书记的一个叫柳枫的人写的文章，说农村改制使农民成了生产资料的所有者，企业改制使咱们这些工人成了无产者，成了雇佣工，我觉得这句话有道理，这个当官的也还有点儿良心。你看，现在满大街都是服装摊，还是有几亩地心里踏实啊。对，我再去想想法，也叫咱们摊上的那两个懒鬼到地里去卖卖力气，不能让他们又吃咱又用咱。"

吃了药的"雄伟的井冈山"调匀了气息，听左右3个女人所说的话，看着她们的背影，很想骂上一句"不要脸的货"，但一想到自己年轻时做下的荒唐事，也就不言语了，摸了摸花白的头发向老陈的理发铺走去。她也是在那里理了一辈子发的人，同时也愿意遇到几个和她一样的退休干部聊聊天、解解闷，听听市里的最新消息，解除看不到文件的苦楚。

理发铺里，按老陈的话说，依然是昔日的高官满座。不同的是今日的话题不再是一些实在没事干的人漫无边际地议论着自己不全面了解也管不了的国家和世界的大事，而是对着报社退居二线的副总编沈墨仗着自己的老面子从单位传达室拿来的登载有大鬼洼拍卖土地的报纸讨论，开杂货铺的大素在一边静静地听着。沈墨说："看来在大鬼洼这个地方要演出一场现代版的诸侯争霸、逐鹿中原的大戏了。"刚洗完头的前讲师团赵主任舒服地摸着自己的后脑勺说："昔日的不毛之地也要虎踞龙盘，八方风雨会中州了。"正在镜子前认真拔着眼眉里长出的几根白毛的前劳动局长"孙猴子"回过头来说："你们这两个臭文痞，就知道拽词，不就是买几亩地种吗？还用得着去他们那儿，我老家的院子就两亩地大，离河海50多里地，每周我都骑着电动车回家，种的大葱、白菜，还有豆角、茄子，一家都吃不了。"说着，过去拍了拍正在染发的前水利局长马霞肉乎乎的肩膀说，"有空我带着你去看看，咱也来个夫妻双双把家还，到小院里我挑水来你浇园。"马霞给了他一巴掌说："我看还是有几亩地种着心里踏实，工资不涨物价涨，好赖也是一笔收入。'猴子'，拿开你的狗爪子，给我把镰刀找回来，小心我揍你。"大家哈哈乐了起来，都齐声说："孙儿，把我那镰刀找回来。"

这里边有个典故，是和"孙猴子"同乡的前民政局长王大个讲的，说"孙猴子"小学毕业后在村里当民兵连连长，去地里砍草，一手拿枪，一手拿镰刀，有一天大队广播里喊道："孙一刚，快来大队部填表，你被推荐去省城上大学了。"他一高兴,连翻了两个筋斗,斜背在肩上的枪没掉,扛回来了,可镰刀和筐一个进了大水渠,一个飞到了乱草棵里,都丢在地里了,让视财如命的老爹打了一巴掌。

只有在此帮忙的统战部的左超觉得自己在职时和"孙猴子"差着级别没有笑,也没跟着喊,说道:"我看还是马局长说得对,买几亩地养老是靠谱的事。不过,你们看看网站上,这几天的竞争一天一个样,都涨到 8000 一亩了,尤其是那个怪女人承包的扫帚岗,都到 1 万了。抬价最邪乎的是两个单位,一个是'大运摩托'的'长寿宫'集团,另一个是'二牦牛'那个北方化妆品公司,我看咱们未必买得起啊。"在一旁一直听着的大素说:"还是有钱好啊,当初那个'六不过'的女人'大运摩托'和我是一个厂的,就是胆大不要脸,靠上了几个男人,现在住别墅、开豪车、穿名牌,现享福啊。别人说有什么用,咱是没那个命啊。"陈剃头佬一边给孙乃夫刮胡子一边说:"看来你是后悔了啊,按现在年轻人唱的歌里说,可惜青春小鸟一去不回来。""去你的,我是说包地这个事,老不正经的东西。"大素啐了他一口继续说,"前几天说她女婿到大军寨搞化妆品基地的杜家老三看到我,说她这个项目本来是给村里引进的,现在归了镇里,镇里又往外卖地;说找了'大运摩托',让她给代买几亩,入股。"

大家正说着,"雄伟的井冈山"一脚跨了进来,人们连忙招呼让座,她看着这些比她小一辈的老干部,一屁股坐在沈墨给她让出的靠椅上高声大嗓地说:"哈,都在啊。你们是在议论大鬼洼地的事吧,那里的地肥啊,抓起一把能攥出油来。当年我在那里蹲点整顿'文化大革命'遗风的时候,就想组织开发,可老书记紧着叫我来当计生局长,没干成,现在有工夫干了,可他们又要卖了。哎,同志们,我们组织一个老干部垦荒团怎么样,给市委写个报告,承包给咱们一块地,一来算对咱们老干部的关心与照顾,二来我们也给全市的人做个榜样,三来我们也有点儿收入,补贴家用。你们说,咱们都在河海工作了 30 多年,哪个急难险重的任务没参加过啊?照说我吧,哪件事难干就派我去哪里。"

表功、忆往昔峥嵘岁月稠是老干部的通病,大家纷纷说起了自己当年

过五关斩六将的事,当"孙猴子"说到自己在县里当副书记管政法,夜晚骑着自行车到各派出所查岗,到乡棉花收购站查保卫情况时,马霞说:"就你那尖嘴猴腮的猢狲样,还去检查别人,一看就是个贼娃子。你忘了你半夜反穿着棉袄爬棉站的墙头,装成偷棉花的,还让人家保卫人员打了一顿啊。你还说,'别打,别打,我是孙县长'。现代版的《半夜鸡叫》啊,我看你应该叫孙扒皮才对。"

大家又哈哈笑了一阵,"孙猴子"红着脸说:"不管怎么着,我那是对工作极端的负责任,哪像现在的干部,就想着自己如何升官发财。""雄伟的井冈山"不高兴了,说:"你们这帮年轻人,就知道瞎逗,我说的事到底行不行啊?""行,"马霞看着自己的老上级说,"张局长,我参加。"左超说:"我在部队干过军垦,我算一个。""好,"昔日的女局长似乎又回到了当年,"小沈,小赵,你们是笔杆子出身,先起个草,交给乃夫。他是刚退下来的,又在市委办当过主任,能进去门,交给那个博士书记。"一直讲究仪表,退下来也一直西装革履的前讲师团赵主任理了理胸前的紫罗兰小碎花领带说:"这件事理论上应该没什么问题,但实际操作不一定成功。一、我们都退下这么多年了,别人不一定拿我们当回事。二、过去我们是干了不少工作,但是那时候的一方之主并不是他,他不可能感恩我们。三、各级政府都缺钱,都想的是抓紧弄钱搞形象工程出政绩,我们承包的钱不会多,与他们的眼前的利益、明日的升迁没多大关系。"沈墨点头称是:"赵主任到底是搞理论的,看问题看得透彻啊。"

在场的人被这两个知识分子说的话弄怔住了,一起把目光投向了刚刮完胡子的孙乃夫。他刚被陈剃头佬按摩了肩井穴,掏净了耳朵,一身轻松,来回用手摩擦着脸说:"各位不用找这么多理由了,不就是想有件事干,说到底不就是想弄个钱花吗?我看这事不用着急,再等等吧,出水才看两腿泥啊,说不定大家也能当一回资本家,大钱生小钱,坐在家里当股东呢。"说完,迈着轻快的步子回家了,弄得大家又认真发了一会儿愣。

当天下午,龙阳河畔"生铁锅"的别墅门前,王建业的爹,外号"大叫驴"的大军寨村委会副主任,抱着被藏獒咬伤的腿,在亲家门口的石头狮子下蹲到下午3点多,估计里面的人午睡起来了才敢按响门铃。河海农村有句俗话叫"肩膀不齐不是朋友",在"大叫驴"这个乡村小知识分子眼里,自己与"生铁锅"不仅不是朋友,更不是亲家。自从儿子王建业和郭铁生的女儿结婚之后,他在对待亲家的关系上定了个原则,思想上牢记两不齐:一是社会地位上不齐,人家是高官,自己是农民;二是经济地位上不齐,人家是官僚加富豪,自己是刚走上小康的平民,有点儿社会地位还是沾了亲家的光。行动上做到三不:来河海不到儿子家食宿,没大事不上门,上门不在人家休息时去。

　　大铁门在电力的驱使下开了一条缝,王建业说:"爹,你怎么来了啊,腿怎么了?"大叫驴"拉了儿子一把说:"叫狗咬了一下,没事。郭主任在吗?我找他有急事。"说着,急呼呼到了客厅里。"哦,是亲家来了啊。"白玉兰穿着一件天鹅绒的纯白色旗袍,袅袅婷婷走过来说,"快坐。"倒了一碗茶水。在这个家里,除了儿子以外,就是亲家母还说得过去,儿媳妇很少和他说话,"生铁锅"更是用上下级的眼光对他。其实,他知道白玉兰也看不上他,完全是看了女婿的面子。

　　"大叫驴"刚在沙发上坐了半个屁股,"生铁锅"端着自己的专用磁化茶杯,脚蹬皮拖鞋从书房里踱了出来,厌恶地看着他腿上的纱布说:"我说你们也够蠢的,都什么年代了,还搞打打杀杀那一套,这可好,博士书记要追查,我还得给你们摆平。玩手腕的最高境界是不战而屈人之兵。还有你,建业,你好赖也是一大学生,得帮着你爹想想办法啊,关键是用脑子啊。"上来就是一顿连珠炮的批评。

　　建业连着喊了两声"爸",连连点头称是。"大叫驴"心里骂道:"叫自己的亲爹才喊一声,叫别人喊两声,真他妈的。"随后开口了,农民说话有个特点,直奔目的,他说:"那个事看怎么说了,互相打的事,我们打了他们,他们还让狗把我咬伤了呢。我一个农民,他们能怎么着啊。现在磨扇压着手的事是'大运摩托'那个老娘们儿把地价越抬越高,咱这钱快顶不住了。尤其是你指定要的那个扫帚岗,都到1万了,她还不撒手。那本来是块凶地,咱非要它干什么?"

  "生铁锅"喝了一口茶，有滋有味咂摸半天说："天机不可泄露。是啊，原来是块凶地，将来可就是宝地了。现在呢，因为那个娘们儿种了许多无污染的粮食蔬菜，变成了吉祥地，咱们得想法儿把它变成倒霉地，自然就没人争了。建业，你先琢磨琢磨，一会儿咱爷俩再商量。"回头对"大叫驴"说，"钱的事你不要发愁，大胆往上抬，这一本万利的买卖我们不能错过。"

  当天黄昏，"生铁锅"跷着二郎腿半躺在三楼阳台的摇椅上，对着河面上轻纱般的薄雾和闪着金光的涟漪，盘算了一下家里和自己掌握的存款，随手给自己的铁哥们，那个靠企业改制侵吞了大量国有资产的机电厂老总吕吉水打了个电话，说约上原来当过县长的赵东、运输局长郑外道、安全局长陈好为、工商局长贾旭春几个人到"君悦大酒店"聚一聚。

十五　种什么因结什么果，害人者人恒害之

谭丽萍的酒店出了食品安全事故，而且出在价格很高的环保餐厅，菜来自齐曼的种植园。

这天，市卫生局在"峨眉大酒店"开会，中午安排的是中餐厅的自助餐，下面县里的一个医院院长临来时从街头小贩手里弄了几张假发票，从小金库里提出了一笔钱，放在兜里鼓鼓的，心里痒痒得慌，会议中途跑到二楼餐饮部，问这里的饭哪儿最贵，服务员告诉他说是全自然生态的环保餐厅，最低消费3000元。院长回去后边听会边给几个参会的市卫生局的他用得着的科长发了信息，约定散会后到顶楼的环保餐厅集合。

当医生的都爱干净，讲究营养，除了每人一个鲍鱼、一个对虾外，其余的是麻将豆角、西红柿炖牛腩、黄瓜炒鸡蛋、韭菜锅贴。服务员还特地介绍说这些面、菜都来自周围10公里无污染的扫帚岗，纯净得很，面粉都是石磨加工的。众人边吃边咂巴着嘴说，是不一样，吃出了小时候的味道。待众人带着满口清香午休过后再开会时，两个人闹起了肚子，还有一个女科长出现了昏迷，露着白白的肚皮倒在了洗手间的瓷砖地上。在服务员的惊呼声中，会议中止了。卫生局本身就管着食品监督，医疗资源又极为丰富，在局长的亲自调度下，120救护车、食品化验车、卫生监督执法大队的车嗷嗷怪叫着呼啸而至，会议室变成了抢救室，客房变成了病房，温柔的白衣天使配合执法大队迅速包围了厨房和配菜间，所有中午进入环保餐厅的饭

菜都被取样送入了食品化验车。卫生局长大老袁是部队军医出身，转业后曾在市委办当过秀才，指挥若定，下达了三条指示：一、立即抢救中毒人员；二、"峨眉大酒店"停业整顿并处以罚款；三、立即通知新闻单位给予曝光。

　　经过几年的商场历练，谭丽萍也变成了老江湖，首先想到的是遭了别人的算计。她立即找来了酒店采买，采买说菜确实是齐曼种植园的老四今天上午送来的，厨师长也说当时下的锅，没人调包，这么一说，她心里就有点儿迷惑了，但脑子还是很清醒，赶紧下楼，当场向卫生局长表态：这次会议费全部免单，马上停业整顿。说完这两条后，她把局长拉到了一个豪华客房里，随手把一个购物卡塞到了局长手里，说这次各位领导的医疗费她承担了，就是曝光的事请缓一缓，先救人要紧。在局长愣神的时候，她妩媚地向这个粗壮的大个子汉子笑了笑，随手又甩下了一沓子就餐、洗浴的贵宾卡，风一样跑了出去，连电梯也没顾得用，蹬蹬地向顶楼金剑北住的总统套间跑去，这几年养尊处优长出的一身肥肉令人心动地颤悠着。

　　此时，金剑北正在和孙乃夫、吴阿杜、魏正义还有欧阳俊说话。魏正义那个名义上是法律事务所实际上是水泊梁山好汉聚义的地方，两个时迁式的人物外号"小精豆子"和"鬼难缠"汇报说"生铁锅"在"君悦大酒店"召集一帮贪官和大佬聚会集资，支援"二牤牛""大叫驴"那个中国北方化妆品基地和"大运摩托"的"长寿宫"集团抬价争地，金剑北他们迅速商量好了对策，此时正拿谭丽萍请来的保安队队长在酒店站岗也是老工友的李俊打趣。按照金剑北这几年养成的臭毛病，每当一件大事定了之后，总要弄几杯红酒助兴，因为今天有李俊这个酒鬼在，特意换了五粮液。当孙乃夫说到人的素质时，他和李俊碰了一杯酒说："其实，人的综合素质除了先天带来的以外，最重要的是学习和锻炼。比如李俊吧，首先是一个人，他除了是一个人以外，还会开拖拉机，那就素质高了一步，成了有技术含量的人。进一步说，不但会开车，还会当领导，说明他还有驾驭别人的才能。"李俊面露得意之色，自饮了一杯表示敬意。金剑北坏笑着继续说："还不止这些，李俊师傅还找了一个漂亮媳妇，说明他还有男人的魅力，那个媳妇还能吸引别的男人，而且你还不生气，说明你这个人心量很宽，有宰相肚里能撑船的风度。"大家大笑起来，李俊拿起酒瓶子，作势要打他，谭丽萍一步跨了进来，一把夺走了金剑北手中的酒杯，拉着他就往套间里屋走。金剑北依旧笑闹着："别，大白天的，你的前夫冒险者还在那儿呢。"谭丽萍说："你放屁。"随手把门关上，气喘吁吁地对他说了楼下发生的事，有些犹豫地说，"莫非是齐曼大姐那里做的？她没理由算计我啊。"金剑北立即大声说："你这才是放屁！她不可能做这样的事，你这是对她的侮辱，这里边一定有别的原因。"随即思考了片刻问道，"谁是卫生局长？"得到回答后，拉着她回到客厅，简单地向大家说明了情况后，对魏正义手下的两员大将说："给你俩一辆车，马上到大军寨和扫帚岗附近的村庄，把这件事搞清楚，但不要惊动齐曼和种植园的人。"那两个家伙一听立即表态说："金大哥，你就请好吧。我俩一个就是大军寨的人，一个虽然不是，但姥姥家是，从小就在那一片长大的。小时候，小孩们干的哪一件坏事里也离不了我们俩，周围那些嘎子、溜溜球顽主们咱没不认识的。"揣上谭丽萍让李俊临时拿来的几条烟、几瓶酒以及几包面包香肠走了。

　　看他们走了，金剑北对孙乃夫说："走，咱们一起下去见见大老袁去。"

　　五楼的多功能会议厅里，检验结果已出，是残留农药中毒，几个中毒的人在强大的医疗资源的支持下，都已恢复过来。袁局长还在那里生闷气，一个堂堂的管着食品监督的卫生局长，竟然在自己开会的时候，让自家人吃饭中了毒，工作职责何在？颜面何在？传出去绝对是讽刺和笑谈，到了上级那里是失职和被问责。看到最先进来的女老板，他没好气地说："谭大老板，你说，我们什么时候给你的酒店贴封条，什么时候开新闻发布会？"态度咄咄逼人。

　　"就剩下了一个'同志们'哪——"金剑北拖着长长的调门怪声怪气说了一声。

　　"哎呀，金主任，不，金大哥，你怎么也在这儿啊？还有孙主任，你也来了啊？"袁局长立即起身让座，挥手赶走了手下的几个科长，紧绷着的脸松开了，回头对谭丽萍说，"我说女老板怎么这么有底气啊，原来把我的恩人请来了啊。"直爽的军人一句话点明了他和金的关系。

老袁转业那年,被人事局军转安置处一个不负责任的家伙分到了市委办综合处,手里的听诊器变成了钢笔,自己拿着别扭,它也不听使唤,制造出来的落在市委办专给书记写讲话的八开稿纸上的产品当然就不会强,偏偏当时那个综合处长是写材料确实有两把刷子说话又特刻薄的人。有一次,给书记写讲话,轮到了大老袁,他辛辛苦苦憋了3天,又勾又抹改了好几遍,最后用清笔小楷誊清交了上去,处长看完之后到处里的大办公室开会讲评,只说了一句:"某同志辛苦了3天,给书记的讲话写了数十页,叫我改了一上午,最后就剩下了3个字,'同志们'。"说完,把改过的讲话稿往老袁的桌子上一摔,拂袖而去,从此,老袁在市委机关落了个外号"同志们"。老袁当然不胜其烦,回家细想,这事也怨不得处长,看了领导改的材料也真服气,自己还真不是写材料的那块料,最好的办法就是调走改行,但要是自己提出来,只能是平着走。市委办是领导机关,从这里出去的干部按以前的规律,副科出去变正科,正科成副县,平着走太没面子,提拔走需要领导说话。于是,他绞尽脑汁找了一个战友的远方亲戚,和当时书记的大秘书金剑北见了一面。酒桌上看到身高将近一米八的老袁弯腰低头涕泪交加的可怜劲,金动了恻隐之心,表态说一定创造一个机会,让他跟书记接触表现一下,趁机转行。

老书记农校毕业,曾在乡里当过十几年的农业技术员,和农民在一起耕耨锄耙,住农舍,抽旱烟、喝大叶子茶是他的最爱。恰巧,省委发了一个通知,要求各地以扶贫为突破口转变干部作风。开完动员大会的第二天,老书记沙哑着嗓子对金剑北说要带上几个人,到北边最穷的赖茅县枯井乡小梁庄住几天。看着领导即将感冒的神色,金剑北点了几个熟悉农业的干部,办公厅选了大老袁,说是跟着整理材料,又把他叫来如此这般地布置了一番。当时正值秋天,老书记一到村里,如鱼得水,吃了中午饭就和农民下地刨开了玉米秸,大汗流淌,脱下外罩喝了半罐子凉水,夜里秋风一吹,果然感冒发烧了,吓得乡里和村里的两级领导就要往医院送,遭到了老书记的训斥。这时,金剑北安排大老袁出场了。在农村的土炕前,当年的军医打开了早已准备好的药箱,配药、打针、输液,手法熟练至极,大领导方知自己的秀才兵营里还有一位医生。待书记退烧睡下之后，老袁又到地里找了几味当地的草药，连夜熬好，第二天一早端到了书记的床前，领导喝了之后，下午就觉得神清气爽，身体完好如初，继续开会调研，下地干活和群众打成一片。在这期间，老袁在金剑北的指挥下，业余时间还走村串户，义务给许多群众看病，一时声誉鹊起。每逢傍晚，书记带领的工作组住的大院里，总要来几拨干部群众，一半是来找书记谈问题的，一半是来找老袁看病的。金剑北暗地里找了一省报记者假装探亲路过该村，住了半天写了一篇通讯——《九九艳阳天，干群鱼水情》，除写了书记的好作风外，还顺便把老袁给农民送医送药到炕头的事带上了一笔。新闻稿发出来之后，书记大为高兴，坐在炕头上，拿着报纸隔着窗户看着在院子里给一个群众量血压的老袁，对金剑北说，市委办真是藏龙卧虎，想不到小袁还会看病啊。金剑北不失时机地说了老袁的专业和历史，并建议将其派到卫生部门去。不久，老袁就到了一个副县级的医院当了院长。临走时，他要请金剑北吃饭，金正忙着给书记办一件很重要的事，推辞了，这位军医出身的汉子对他行了一个标准的军礼，又抱了抱拳说大恩不言谢。再以后他就成了现在的卫生局长，但不是金剑北所为，但是，没有最初的起步他是到不了这一步的。

这可真应了河海那句俗话和那首著名的歌曲《二月里来》唱的，种瓜的得瓜，种豆的得豆。有恩不报非君子，这也是军人出身的大老袁为人的信条。他正琢磨这件事今天如何给老恩人一点儿面子时，金剑北看出来了，悄悄地凑在他耳边，说自己二线之后把一点儿余钱给这个大酒店投了一点儿资，也算股东之一，另外，孙乃夫二线之后没什么事干，也担任了这里的顾问，没等袁局长回答，就大声招呼着大家说："来，今晚我请客，和众弟兄喝几杯！"拥着卫生局的一帮人走向了贵宾厅。事毕，对"峨眉大酒店"罚款、停业整顿，曝光的事再没提过。

这里的事刚摆平，"大运摩托"那边又打来了电话，这个在做生意上从来没吃过亏的女人对着金剑北毫不客气地嚷道："金大秘书，老金，那个事我不干了，'峨眉大酒店'用的扫帚岗的那个怪女人种的菜毒死了人是不？京广大道两边算命的都说那是块毒地，是那年死了的红卫兵们的冤

163

魂在那块地里化成了毒气，浸润到了庄稼里，以后谁沾着谁倒霉。我这个人没什么文化，但相信命，我做生意这么多年了，得出一个规律，该你赚的钱顺得很，不该你赚的钱就是琢磨得再到位，最后也不是你的。比如说要钱这个事吧，货发出去了，对方就是不给，好不容易老总签字了，你上午9点就赶到他们的财务部，等一上午，会计就是不在，跑好几天都是这样，可有时明明都快到下班的时候了，你无意中去了，那个管钱的就在那儿等你呢。我碰到的这种事多了。我找石马庄的郭神仙算了一卦，他说我今年命犯东南方，大鬼洼就在那儿……"她连珠炮一样连续说了十几分钟，金剑北一听头都大了，想，自己从村里、谭丽萍从酒店调来了一部分资金，孙乃夫等人也都拿出了各自的积蓄，全部打到了"长寿宫"集团的账户上，而且还有进一步的集资计划，准备在现场拍卖时和大军寨的"二忙牛""大叫驴"以及幕后的"生铁锅"一决雌雄，这个娘们儿要是不干可就坏了，尤其是听到她找了与"生铁锅"一个村的郭神仙卜卦，感到此事很复杂也很明了了，马上好言抚慰了"大运摩托"一番，并保证两天之内给她一个明确答复，并暗示她可能是"生铁锅"一伙在捣鬼，这才把她的火气压了下去，抓紧让魏正义的手下把真相搞清楚。

"小精豆子"和"鬼难缠"一路开车到了大军寨，把车停在了儿时的伙伴、住在槐树堆的"二赖子"的家门口。三间老瓦房，一圈土墙头，横七竖八放着几件农具和胡乱堆放的柴火垛，显示着这个家混得不太富裕和主人的懒惰。推开吱吱扭扭的门看到主人坐在躺椅上正眯着眼晒暖，旁边的小板凳上摆着一盒玉溪烟。看到二人，"二赖子"的眼睛立即放光了，说："我说今天早晨那两只老喜鹊咋在我的房梁上叫了几声，原来是两位兄弟来了啊，看来是有酒喝了。你们先坐，我去叫你嫂子杀鸡炒菜，咱们几个好好喝几杯。"说着，站起身，吸溜了几下鼻子，给了每人一支烟。"小精豆子"说："看来你小子是抖起来了啊。人们都说，软中华，硬玉溪，这样的人物很牛逼，你也进入了牛逼族啊。""鬼难缠"说："我们带的有酒有菜，不用叫嫂子了。"看着他们从车上搬下来的老白干，"二赖子"笑悠悠地从屋里拿出了两瓶精装北京牛栏山二锅头说："兄弟们，哥哥给你们换换口味。"言语里充满了显摆与骄傲。

"小精豆子"眨巴着两只闪着贼光的小眼说:"你小子是不是砸了银行,还是在赌场上使了老千啊,一下子抖起来了。""二赖子"得意地说:"你哥哥砸银行没那个胆,出老千的事我也不干,这叫闭门家中坐,儿孙孝敬来。这是你们那侄子,我那二小子挣来的。别看这小子上学不怎么的,玩的事也和咱们小时候一样,可精明得很。这不前几天西头'大叫驴'的小子'王大鸟'回来了,带回来几个大风筝,召集了几个半大小子开着车到扫帚岗那一片去放挂水风筝,管吃每天还给 100 元钱,谁要是能把那水准确滴答到那个怪娘们儿的种植园里,另给奖励。我那二小子就是比别人能耐,一人放 3 个风筝,放得最远,滴答得最准,'王大鸟'一高兴,给了他两条烟、一箱酒。"

"挂水风筝,挂什么水?""鬼难缠"立即警惕地问道。"二赖子"拿起他们带来的烧鸡,掰了一只大腿,迫不及待地塞进嘴里,大口咀嚼着,用流着油的嘴唇含混不清、漫不经心地答道:"我哪知道,就像个医院里用的输液瓶子,不过那个风筝挺大,上面还有个小机器,安着一节电池。这上过大学、念过大书的人就是能琢磨,不像咱们小时候在柳条上糊报纸,飞不高,还飞不远,风大了就掉下来。"

"鬼难缠"还要问,"小精豆子"用眼神制止了他,赶忙布菜斟酒,连说"快喝,快喝"。二对一,一会儿"二赖子"就迷迷糊糊,不知道东南西北了。"小精豆子"让"鬼难缠"继续陪着"二赖子"喝,自己借口上厕所在院子里转悠起来。根据自己小时候在院子里藏东西的经验,他很快在鸡窝后面一个倒扣着的破红荆箩筐底下找到了那个风筝。风筝制作确实精巧,在尾翼底下有一个小电机,头上安着一节三号电池,一根电线伸出去,通到了一个倒挂着的输液用的塑料瓶里,里面有一个小小的螺旋桨。开动电池能源,螺旋桨高速转动,搅动里面的水,水从瓶口塑料盖上预先扎好的针眼里往外喷洒。他悄悄地把那个小瓶揣在了兜里,回屋继续和"二赖子"划拳拼酒。

真是得来全不费工夫。经化验,瓶里的水含有剧毒农药。吴阿杜倒抽了一口冷气,说:"亏了是高空飘洒,要是低空扫射,丽萍这里可真要出

人命了。太恶毒了。"谭丽萍说："那也要连累齐曼姐了，她够不容易了，这事咱别跟她说了。"孙乃夫说："知识啊，知识，真的像自然界的花朵一样啊，既可以酿造成造福人类的甜液，也可以变成残害众人的毒汁啊。可惜王建业这个工科大学生，近墨者黑啊。悲哀，社会的悲哀啊！"吴阿杜说："老夫子别发感慨了，我看得立即报案，让公安局把他抓起来，让法院判他的刑！"魏正义说："报案？你别傻了，这些吃了原告吃被告的大檐帽，还不知给你拖多长时间呢，我看先让我手下的人教训他一顿再说。"谭丽萍也说："不能报案，司法部门一折腾，就得来我这儿取证，我这酒店还干不干啊，那不就等于曝光了吗？"孙乃夫挠了挠脑袋上不多的几根毛说："也是。"吴阿杜说："那也不能这样算了啊。"三人争执不下，一起看向一直没有说话的金剑北。

　　金剑北点燃一支烟，望着窗外看了半天，回过头来说："这事非常恶毒，报案不可取，一报案丽萍的酒店肯定玩完。取证也不容易，一取证'小精豆子'和'鬼难缠'哥们儿的小子肯定也得进去，那还是个孩子啊，再说以后咱们还用得着他们呢。我看这样吧，正义的法儿可用，暗地里警告一下王建业，但不能出大事，让他知道就行了。我给齐曼打个电话，让她警惕一下，正义的人也帮她一把。'大运摩托'那里看来我还得去一趟。"谭丽萍马上说："你得赶快回来，不能在她那里喝酒吃饭睡觉。"众人哈哈大笑，金剑北做着鬼脸连连答应，气氛又轻松起来。谭丽萍红着脸对大家说："你们这些臭男人，一个好东西也没有，我是说她那里住的人杂，不如我这里干净。瞧你们这德行。"转身扭着已经有些发胖的腰肢走了。

　　在以后的两天里，河海和离这里不太远的扫帚岗发生了两件事。一是"生铁锅"的女婿、发改委的处长王建业在酒店喝酒时，内急上厕所，刚进门，三合板隔开的大便间里突然冲出两个戴着头套的人，一个迅速插上了门，拉灭了电灯，一个利索出手，用刚劲的手臂锁住了他的脖子，把一块不干胶贴在了他还散发着酒肉臭气的大嘴上，一拳打在了他的小腹上，使他撒了半截的小便憋了回去。一把锋利的德国宾利小刀在他的生殖器上飞快旋转了半圈，浅浅的一划，血慢慢沁出，戴头套的人低声警告他说："以后再做你那狗屁滴水风筝，叫你当不成男人。"而后飞快从窗户里翻走了。

他艰难地走回家，当晚，到外地出差两个星期刚回来的老婆华丽和他翻了脸，要他交代是否是嫖娼时让小姐咬的，两人吵了个一塌糊涂，多亏了丈母娘上楼来喝住了闺女。第二天上午，等家里其他人都上班走后，白玉兰拉住了女婿，仔细问了情况，大骂"生铁锅"出的馊主意，诅咒那两个害他女婿的人不得好死，亲自买来了云南白药和纱布，小心翼翼地为女婿包扎、抚慰。

在齐曼的种植园，老四带的两条藏獒和"小精豆子"牵来的三条狼犬成了好朋友。狼犬向藏獒学习领地意识，藏獒学习狼犬的敏锐，晚上沿着种植园的篱笆巡逻，白天在主人的带领下，两条在前，三条在后，成战斗队形在种植园500米距离内巡视，老四和"小精豆子"边吹口哨边喊："遛狗喽，躲远点儿啊，别被咬着啊。"看着吼声震天的大藏獒和龇牙咧嘴的大狼狗，来此闲逛和拾柴的人都吓得躲得远远的。"生铁锅"让女婿王建业开着车来过一次，他那辆丰田越野吉普车刚一出现，两条大藏獒就像两辆小型坦克嗥叫着疯狂奔了过去，特别是"小精豆子"尖厉的嗓子喊出"别被咬着"，王建业觉得自己下面立即萎缩成了小麻雀，"生铁锅"心里也害怕，爷俩立即掉转车头，狠加油门往回跑，还不时回头从后视镜里看着那两条在烟尘中追来的凶狠黑家伙。

十六 自古成大事者算无遗策，
事非做不能成

河湾镇的刘大忽悠书记虽然是多年的共产党员，但绝对不是一个真正的马列主义者。为升官、发财他暗地里算个卦、相个面、抽个签，找大师指点迷津，办事开会都要选个日子，心里迷信，但表面却说这叫有个说法。这次，他去了一趟离此地不远的寺庙，给了那个装模作样的老和尚3000元，听他默默念了半晌自己听不懂的经书，把大鬼洼土地公开现场拍卖的日子选在了11月8日。刘大忽悠自己默念着"要要发"，头脑里总觉得不如518好，那就是"我要发"啊，但时间回不去，等到明年的5月，别说博士书记不干，自己也等不起。官场的事瞬息万变，说不定出什么事呢。

经过网上报名竞拍淘汰，扫帚岗的买家就剩下了"大运摩托"的"长寿宫"集团、齐曼的种植园和"二牤牛"的北方化妆品有限公司，大鬼洼其他的土地齐曼没参加，只有"大运摩托""二牤牛"和山东、河南的两家公司。扫帚岗每亩地的起价是8000元一亩，其他地的起价是5000元一亩。

为表示隆重，政府对齐曼种植园后面的那块小平川进行了平整和拓展，调来了一个经常给镇上干点儿小活、多算点儿工钱同时也经常给刘大忽悠提供些烟酒的小建筑队施工，先用黄土铺平，而后用小拖拉机拉着过去农村麦收时的碌碡压，进而从树林里掘来这里特有的红胶泥，加上麦秸草，边泼水边碾轧，撒上一层黄沙，变成了很有规模的小广场。拍卖现场像农村办喜事一样搭起了足有200多平方米的拱形席棚，里面设了拍卖师站立台、监督台和领导讲话主席台，下面是几排从齐曼的会议室里借来的长条椅，外面高音喇叭换成了现代化的音箱，播出了《好日子》："今天是个好日子，心想的事儿都能成。"歌声中，路两旁插起的两行红旗迎风招展，不同的是在每面大红旗下面还插了两面小杏黄旗，也在暗暗抖动，颇有暗地里替天行道的意思，真实的内容大概只有刘大忽悠书记知道。

　　不知是老和尚算得准，还是蒙对了，又是一个艳阳天。各路人马齐聚拍卖场，"大运摩托"依旧扬风奓毛地摆谱，日本川崎一二五摩托开路，美国悍马车殿后，宝马居中，阿玛尼西装环护保卫，不同的是她今天穿了一双高筒白色马靴，身披锃亮的黑色皮大衣，茶色养目镜，波浪形的长发上面戴了一顶红色的贝雷帽，双手戴着雪白的丝质手套，拿着一个类似马鞭的东西，不时伸展收缩，既像来指挥一场商战，又像来郊游，总之，给人一种轻松的蔑视一切的感觉。12个阿玛尼西装进来之后，毫不客气地搬走了前排的长椅，扔到了外面，从悍马车上卸下来一张舒适的沙滩椅，两个精致的茶几一左一右，摆上了矿泉水、水果和精美的小吃以及一只半圆形的海蓝色的举价牌。"大运摩托"半躺半坐地往上面一靠，跷起了二郎腿，摘掉养目镜，拿出了一支薄荷女士香烟，旁边的一个保镖赶紧用镀金的防风打火机点上，她悠然自得地吐出了两个烟圈。

　　"二牤牛"和"大叫驴"的队伍也别具一格，一律当地农民的短打扮，人手一根白蜡杆，头上统一裹着带蓝道道的白毛巾，像抗战时期的八路军武工队，和"大运摩托"的阿玛尼西装站在一起，好似一个西方的绅士旁边站了两队北方农村小酒馆里喊着"来了，二两老白干，一盘花生米，一个拍黄瓜"的店小二，好不滑稽。这次他们没打架，而是联合起来了。看到来自河南、山东的买地投标的人走过来，店小二队伍中的"二赖子"眯着的眼睛往上一翻，白眼珠露出来，变成了瞎子，手里的白蜡杆点着地，跌跌撞撞走了过去，坚硬的木棍准确地戳到了一个山东农民的脚上，疼得对方"哎哟"一声蹦起老高，嘴里喊着："你瞎啊。""我们就是瞎子啊。"几个"店小二"一起奔过来，挥舞着白蜡杆朝着他们乱点乱戳，有的捅到腰眼上，有的戳到裤裆，还有的直奔额头而去，山东大汉和河南人也不是

好惹的,两个夹着公文包的带头人互相看了一眼,立即集合到了一起,且战且退,跳出了他们围攻的圈子,可身后一群阿玛尼西装挡住了他们的去路,这帮人嘴里喊着"公平投标,别打架啊",一面说着,一面装出搀扶的样子,两手中指上戴着的突出针尖的钢铁戒指狠狠点在了他们的额角、手肘、膝盖等骨头坚硬突出的地方,疼得这些人眼里流出了眼泪,四散逃窜。

夹棕色公文包的山东大汉看出了名堂,飞起一脚,把"二赖子"踢出了三四尺远,又一个鱼跃,轻轻扶住,大喊一声:"兄弟们住手,我有话说。"随之把自己的人护到了身后,朝夹黑色公文包的河南人使了个眼色,抱拳做了个罗圈揖,说,"各位老大,青山常在,绿水长流,人在江湖,总有碰头的时候。我们初来乍到,不知这里的规矩,得罪了,后会有期。"说完,领着大家急速退出,上了一辆面包车绝尘而去。

随后,穿着一身中山装的"二牤牛"和"大叫驴"出场了,一身西装的王建业扶着腿还有些拐的爹走在一旁,手里拿着的手机还有外接的摄像头和送话器,一看就知道是和外界保持联系和接受指示的工具。

齐曼最后一个到,没摆什么排场,依旧是齐耳短发,穿一身20世纪70年代企业发的洗得发白的劳动布的可身工装,不同的是胸前别着一枚铜质的毛主席像章,擦拭得干干净净,在阳光下闪着耀眼的光芒。老四在前边引路,两条黑色的大藏獒一边一个,目光炯炯地扫视着众人。它们一进来,"大叫驴"的腿就有些发抖了,赶紧指挥着儿子挪座位,离那俩畜生远远的。

拍卖会开始了,席棚里人声鼎沸,除了镇里的人大代表、政协委员,还来了不少看热闹的百姓,当然也有给"二牤牛"的北方化妆品公司集了资的人。从省城请来的拍卖师一身唐装站在拍卖台上,紫色的拍卖槌"当"的一下敲了挂在柱子上的小铜锣,算是静了场。拍卖会由土地所所长冯春海主持。先介绍了拍卖师和公证处人员以及来参加竞拍的单位后,照例是先请镇党委书记刘大忽悠讲话。刘书记往台前一站,扯着哑巴嗓开始煽呼:"咱们的大鬼洼别看名字不好听,可是风水宝地,特别是扫帚岗、种植园,更是淌金流银的地方,土地肥得流油,一年四季风调雨顺。春天插上一根筷子,秋天就能长成大树;不小心撒泡尿、拉泡屎,撒下个什么种子,说不定就会长出一窝金豆子来。为了大家迅速致富奔小康，镇党委按照市委书记的指示，公开拍卖这宝地，大家要勇于投标，肯出大价钱才能发大财啊……"一副诱惑和希望马上得到大笔钱的欲望溢于言表。

按照程序，先拍卖扫帚岗。拍卖师大声喊道："扫帚岗，面积300亩，起价8000元一亩，开始投标举牌，规矩是以最先、最高报价者为准。"

"8500元。""大叫驴"看了一下儿子手机上"生铁锅"发来的信息，举起了牌子，站起来声嘶力竭地大喊一声。"汪汪"，齐曼身边的大黑伸出大舌头，露出锋利的犬牙冲着他叫了两声，吓得他赶紧一屁股坐下了，引得人们一阵哄笑，有人小声说"驴叫引狗叫，天下最热闹"。拍卖师不得不再次敲锣，刘大忽悠也出来维持秩序，对着镇妇联主任说："你组织几个老娘们儿来，拿上针，谁再说闲话把他们的嘴缝上。"

"8600元。"齐曼让老四举起了牌子，中气十足地报出了价格，往后捋了捋短发，气定神闲。

"大运摩托"跟前不知何时出现了一个小板凳，她把双脚跷在上面，漫不经心地看了一眼四周，对着一个马仔示意了一下，马上也报出了8600元。

拍卖师把小槌一敲，说道："8600元一次，先报价此数者为胜。"

"8800元。""大叫驴"又喊了起来。

"8900元。"齐曼依然是沉稳地报出了价格。

"8900元。""大运摩托"依然是漫不经心地跟随了上去。

"9000元。""大叫驴"在儿子的指挥下，儿子在"生铁锅"的远方操控下，又报出了一个数字。

"9100元。"齐曼和"大运摩托"那边还是先后报出了同样的数字。以后的拍卖现场就出现了同样的现象，只要"大叫驴"那一方报出一个数字，齐曼马上多出100元，"大运摩托"马上跟进。当达到11000元的时候，王建业的手机怎么也收不到"生铁锅"从龙阳河畔别墅里传出来的信号了，无论怎样调整，屏幕上都是一片雪花。他到底是大学生，赶紧出了席棚，打了家里的固定电话，让老丈人看看别墅周围是否被别人放了什么东西，等"生铁锅"在房子周围找了半天，在一棵浓密的洋槐树树杈里找到一个屏蔽器时，

171

这里的拍卖已经落槌，扫帚岗的土地归属权已经落到了齐曼手里。

谭丽萍的"峨眉大酒店"里，金剑北等人一片欢呼，当场宣布奖励魏正义手下的"小精豆子"1000元，中午一瓶五粮液外加4个海鲜菜。

居安思危，是金剑北在多年的政治和经济以及社会拼杀中得出的血和泪的教训，要想完美地完成自己在临退出政界之前做一件能传诵千古的大事，需要缜密的思维，情报与信息的准确掌握与分析，计算好每一步精确的落脚点，掌握好促进事情向着有利于自己发展方向的轻重缓急的快慢节奏，分配好各方面的利益。扫帚岗的到手，圆了齐曼的所谓"革命烈士"梦，也给自己那些在东风机械厂老工友以后的生存打下了基础。但是，"大运摩托"所要的利益还没兑现，自己更宏大的图谋目前还是镜中月、水中花，要想搞垮以"生铁锅"为首的河海的贪官集团，自己的弹药还不是那么充足。

千里之行，始于足下。他踱着步子来到饭店门口，让站岗的李俊赶紧通知魏正义和欧阳俊来一趟。两人到了之后，他第一次要求李俊和服务员不得随便放人进来，哪怕是天王老子也不可以，第一次神情严肃地向他们布置了两个任务：一是魏正义从山西太谷请的开过票号的后代，善于算账的家庭经济社会调查组的人员尽快到位；二是要欧阳俊编好街头的活报剧、对口词、表演唱等节目，为集资宣传做好充分准备。三人还把各种细节讨论了半天，急得要找他的谭丽萍直在外喊："你三个人同性恋啊！"欧阳俊出来责怪她说："有这么说舅舅的吗？"她吐了一下舌头，做了个鬼脸。

与此同时，"生铁锅"也转移了阵地，叫上机电厂的老总吕吉水，以前在县里当县长时被人们称为谁找他办事"男的要现金女的要献身"外号人称"赵现金"的赵东，前运输局长外号叫"郑拔毛"的郑外道，前安全局长、工商局长、人事局长等在任时捞了不少钱的人到机电厂的八楼，在吕吉水藏钱、玩耍的密室里安了家，接好了视频设备，现场指挥大鬼洼的第二次土地现场投标。

刚刚收获了300多万的河湾镇党委书记刘大忽悠兴奋得满脸红光，基层的干部有了高兴的事，既不会朗诵几句诗，也不会唱支歌，也就是喝酒或者是冲着妇女撒个野。他拍着屁股转了三圈，拿起矿泉水当酒狂饮了一瓶，对着妇联主任说:"真是比头一次娶媳妇还过瘾啊,300多万啊!回去我给你们发奖金,不,要专门给你买个高级乳罩。"长期在男人堆里混,拿着荤话当耳旁风的妇联主任也不是善茬,啐了他一口说:"你小子早婚,娶媳妇时才刚满18岁,小毛孩子,你知道个屁啊,光顾着吃奶了吧,没让嫂子教教你啊。别贫了,还有大钱没收获呢,你不是说给大家在城里盖个家属楼吗,还得指望着下边要卖的这块地啊。""对,对,"刘大忽悠说,"盖了楼咱们可得住对门,你家的钥匙可得给我一把。"随即,招呼着冯春海和拍卖师开始第二场。

　　这次投标的次序有了变化,还是"大叫驴"和"二牤牛"的公司先喊价,不过是"大运摩托"的"长寿宫"集团变成了第二,齐曼的种植园成了第三竞价者。

　　底价5000元一亩,竞价向上攀升拍卖。"大运摩托"严肃起来了,平生第一次坐正了身体,当"大叫驴"喊出了5200元时,她马上举牌喊出了5300元,同时,齐曼这边也由老四举起了5300元的牌子。下面5500元、5800元是这个样子,到6400元、6600元的时候,还是这样,一直到了6800元和7000元的时候还是这样循环,总是一家报出一个数,后两家报的数一个样。比驴脑袋还好使一点儿的"二牤牛"觉得有点儿不对劲了,大声喊道:"这样不是个事,凭什么你两家报一样的数,这里面有鬼。"一心想继续卖高价的刘大忽悠一看他要搅局,立即站起来训斥道:"你这个骚牛犊子,捣什么乱啊,快往上提价啊,没钱就滚蛋。"站在齐曼背后的老四拍了拍藏獒小黑的头,那畜生悄无声息地来到"二牤牛"跟前,两只前爪一抬,搭在了他的肩上,满嘴的腥臭气喷到了他的脸上,两只大狗眼凶恶地欣赏着他的五官,嘴里的大舌头若即若离舔了下他的酒糟鼻子,吓得"二牤牛"向后一仰,椅子一翻,人摔在地上,胡乱地挥舞着一只手喊道:"她用狗伤人!"被金剑北派来给"大运摩托"帮腔助威的"鬼难缠"嘻嘻笑着说:"它咬你了吗?它只是看到你和他的皮肤差不多,想认个兄弟而已,看你个熊样。"席棚里的笑声、坏小子们吹出的尖厉口哨声此起彼伏,乱成一团……

　　与此同时,在机电厂八楼的密室里,几个人看着王建业通过手机传来的视频分析着情况,"生铁锅"脸色阴沉,赵东想着自己家里的贷款和养小三开豪车继续需要的钱算计着说道:"这样下去不行啊,咱们现在可是下了台了,是吃老本的时候,钱是光出不进了啊。"大学生出身的吕吉水说:"'大运摩托'这个臭娘们儿背后有高人,这个战法纯粹是'田忌赛马'啊。"小时候在家打兔子,后来开大车出身的郑外道说:"哪有什么马啊,不就是一条狗吗,准备杆枪一下要了这畜生的命。"吕吉水只得忍着笑把战国的典故讲了一遍。"生铁锅"指着赵东的鼻子说:"你就是小气鬼、老鼠眼,你知道买下以后能赚多少钱吗?能养你那个医院小白鸽的护士长好几个。你那点儿钱怎么来的我还不知道?那年你们几个县政府的人截留扶贫款的事要不是我,你们几个早去监狱里吃窝头、啃老咸菜去了。你去找他们几个筹钱去。"回头对吕吉水说,"你说得有道理,'大运摩托'那个浪娘们儿没这么多道道,背后肯定有高人在指挥。"

"峨眉大酒店"里的几个高人也在看着通过"大运摩托"旁边的一个阿玛尼西装用红外线隐蔽摄像头传输过来的拍卖会现场,当看到大藏獒亲吻"二牤牛"的镜头时,大家笑得前仰后合。谭丽萍看着竞拍牌上写到7000元的时候,担心地说:"这3000亩全买下来得2000多万啊,咱的钱够吗?我可是投进200多万了,别玩瞎了啊。"金剑北没有搭理她,点燃一支烟,转身冲着窗口吹了一声口哨,小声得意地哼起了《游击队歌》:"我们都是神枪手,每一颗子弹消灭一个敌人。我们都是飞行军,哪怕那山高水又深!在密密的树林里,到处都安排同志们的宿营地;在高高的山岗上,有我们无数的好兄弟。没有吃,没有穿,自有那敌人送上前;没有枪,没有炮,敌人给我们造。"突然,紧盯着屏幕的魏正义喊了起来:"坏了,棚子怎么晃起来了啊,还尘土飞扬,是不是打起来了啊?"孙乃夫说:"是不是'大运摩托'的那个跟班不靠谱,拿着摄像头在乱拍啊。"

其实,他们说得都不对。席棚里狗和"二牤牛"的闹剧刚结束,刘大忽悠叫喊着快继续竞标时,一片乌云从西北方向气势汹汹地压了上来,迅速布满了半边天,刚才的艳阳天立即愁云惨惨,随着一声惊雷,豆大的雨点噼里啪啦落了下来,一阵狂风从齐曼精心守护的红卫兵墓园的丘陵地区平地卷起，夹着冰凉的雨点扑向了大地，横扫席棚。小建筑队的包工头觉得送了刘大忽悠一箱老白干、两条中华烟，又觉得只用半天的席棚可以大大取巧，就搞了个真正的豆腐渣工程，不仅席子少用了好几张，连柱脚也只浅浅埋了两铁锨深，全靠几根绳子连着。本来就摇摇欲坠的临时建筑物在风雨的侵袭下，立刻东倒西歪、四散飘零，席子被卷走了四五张，两根柱脚眼看歪歪斜斜倒下来。"大运摩托"身边的阿玛尼西装到底是训练有素，两个人撑住了快要倒的柱子，另外两个人抬起沙滩椅，双膀较劲，让女主人脚不沾地进了宝马车。那边，熟悉当地气候的老四撑开了早就预先带来的雨伞，两条藏獒张开獠牙，奋力撕开挡在面前的席子，拉出了一条人可以挤过的小路，护送着齐曼迅速走出去。"二牤牛"和"大叫驴"可就有点儿惨了，一根当椽子的洋槐树枝划破了"二牤牛"的脸，一块压着席子一角的半截砖砸在了"大叫驴"被藏獒咬伤的腿上，痛得他龇牙咧嘴，王建业的西服被扯开了一道口子，浑身沾满了红黄泥巴。三人钻出来后，活像刚从战壕里打了败仗的俘虏兵，又像城隍庙里被人泼了一身脏水的小鬼和判官。

　　刘大忽悠到底是领导干部，显出了临危不惧的风度，时刻没忘记自己的使命，拿起拍卖师的电喇叭喊道："大家注意，大家注意，河湾镇大鬼洼土地拍卖还没结束，来日继续。各位买家记住，目前的竞价到了7000元一亩，谁想发大财，3天内继续在网上竞价，顺序依旧，3天后到镇政府礼堂正式决定花落谁家。"回头对着老天骂道，"这个鬼天气，误了老子的大事。"妇联主任捡起一根树枝，一边刮着鞋子上的稀泥一边说："你这个大忽悠，亏你还信八卦道教，难道不懂阴阳啊。水是财啊，说不定还能卖出更大的价钱呢，这场雨是给咱送财的啊。"说着，往四周看了一下，趁人不注意，用拇指戳了一下他的大黑脸，刘大忽悠立刻高兴起来了。

　　大鬼洼的第一次土地现场公开拍卖就这样在高位上流拍了。

十七　打仗打的都是钱粮，
　　　　现代经济战争除了谋略拼的就是经济实力

无论过去和现在，打仗打的都是钱粮。现代的经济战争除了谋略外，拼的是经济实力，是拿在手里嘎嘣响装在兜里立即就腰杆粗壮、底气十足的人民币，是现金流。大酒店老板谭丽萍和"生铁锅"一伙的原县长赵东担心得不无道理。这边，金剑北、谭丽萍、"大运摩托"和吴阿杜一共投入了2000多万，其中有吴阿杜从公司临时拿来的500多万。孙乃夫不断警告他，说国家有明文规定，不许国有企业参与农村土地承包和买卖，得赶紧还回去。那边，除了"二牤牛"等人从大军寨农民手里集资了一小部分款外，大部分是"生铁锅"联络曾经在关键岗位上任过职、在他手里有把柄的人。这些人手里有一笔私钱，银行实行实名制存款以来，不敢存，只在某个角落里放着现金。集资款里当然也有以亲戚和家人名义投资的股票和股金，其中"生铁锅"、赵东、郑外道、吕吉水占了大头，仅"生铁锅"和赵东就拿出了400多万，可凑在一起也就一千五六百万的样子。看着拍卖的势头，没有3000万是拿不下这即将成倍翻番的土地的。

双方的主帅都在政府待过，而且是坐到了一定的地位，熟知国家的各项政策和规定，并且运用自如。他们都知道，大鬼洼属于荒地和废弃地，不在国务院规定的18亿亩耕地保护的红线之内，不是基本农田，变为工业用地的手续极其简便。根据国家简政放权的规定，无须到上面申请，市级有关部门就可以批准。按河海目前的价格，工业用地最少每亩在4万元左右，投入3000万元变成1亿多元,其利润之大,不言自明。

在人人抛弃了道德良知、社会公德,只讲现实与实惠、发疯地追逐金钱的年代,在巨大的利益诱惑面前,对峙的双方肯定要拼命厮杀,在厮杀的过程中,除了谋略外,就是千方百计地从黑道白道,从民间获得更多的枪炮子弹,而且是不择手段的。何况,金剑北和"大运摩托"还有更大的图谋。

踏着清晨的第一缕阳光,在去年新来的社长钦定的"好一朵茉莉花"上班的乐曲声中,《河海日报》的广告部主任兴冲冲地穿过有的拿着豆浆牛奶边走边喝有的玩着微信和游戏的年轻编辑记者群,直接进了四楼社长办公室,把一张广告大样直接拍在了社长的办公桌上,大声喊道:"社长,好事啊,天大的好事啊。你看,'大运摩托',不,马红霞的'长寿宫'集团要做整版的广告,连登一周。我每个版面要了3万,他们连价格都没还。"

整天被领导写条子、打电话,同僚推荐,自己的亲戚朋友纠缠不休,使报社的人越来越多,正为开工资发愁皱着眉头的社长立即高兴起来,接过大样一看,眼前马上亮光一片,嘴里啧啧赞叹道:"好动人的语言,好漂亮的版面啊。"版面最上方是通栏两行标题,半圆脚形楷体金字"悠闲家中坐,财运天上来",下面是一段极其煽情的文字。

亲爱的朋友:

你想在家中悠然品茶听音乐时,一张张钞票从天而降吗?

你想在碧草青青、水波涟漪的金角湖畔垂钓时,一张张人民币伴随着鱼儿的游弋来到你身边吗?

你想过在乐曲声中和心仪的人翩翩起舞时,存折上的数字在节节升高吗?

你想过和朋友们在高档饭店里品着美酒佳肴、猜拳行令时,成百上千的人民币悄悄地进入你的口袋、钱包,有人替你埋单,让你在众人面前大放光彩吗?

你想过在老人得了病、孩子考上了大学或在大城市买房需要钱时,你正在发愁时,一大笔钱财及时送到手中吗?

我们想，你肯定没有想过，肯定认为是痴人说梦、天方夜谭。然而，朋友，你还是相信吧，只要投资我们"长寿宫"集团，梦就变成了现实，天方夜谭就到了你的眼前。

下面是"长寿宫"集团购买河湾镇大鬼洼3000亩土地后开发种植的计划，包括种植环保蔬菜、化妆品原料，提取玫瑰精油，大棚种植人参，栽培稀有中药材，坑塘养中华鳖，建设五星级中药养生养老中心等，都是些利润高得吓人的项目，但看着还挺像那么回事。再下面就是诱惑力极大的集资回报数额。

集资5万，年利息5%，当场兑现利息，两个月之后随意存取。
集资10万，年利息6%，十天兑现利息，三个月之后随意存取。
集资20万，年利息8%，半月兑现利息，四个月后随意存取。
集资50万，年利息9%，一个月内兑现利息，半年后随意存取。
集资100万，年利息10%，三个月内兑现利息，十个月后随意存取。
集资200万以上，年利息20%，半年内兑现利息，一年后随意存取。

最下边的大半个版，对开分成了两个部分，一边是一个城市的建筑格局写生画，一边是长满了奇花异草的大片土地，各种植物迎风摇曳、色彩绚丽。一张张绿色的美元，一张张红色的人民币，一个个金光四射的金元宝，在蔚蓝的天空下画出一道道优美的弧线，飞向别墅洋房的达官贵人家，飞向砖混结构的家属宿舍楼和平房小院的寻常百姓家。

"创意无限，绝了。"报社社长击案叫好，抬起头来狐疑地问道，"是你们设计的？"广告部主任摇头否认，说是他们自己设计好送来的。"高手，绝对的高手，不，是神手。我怎么看着有点儿金剑北大哥的风格呢，他可好长时间没在城里露面了啊，"社长再次赞叹说，"通知要闻部，这两天只要没有党政一把手的活动，此广告在头版刊发，告诉客户，再加1万。"随手签下了自己的大名。"没问题，他们说了，不怕花钱多，就怕不醒目。"广告部主任乐得屁颠屁颠的，像打了鸡血一样兴奋，拿起大样就往外跑。

社长看着他的背影又说:"把报头压在下面,让他们把风头出够。对了,这期报纸往大军寨多发点儿,让他们争起来,都来打广告,我们才有钱赚。"随后点燃一支烟,把头惬意地靠在皮转椅的背上,看着市委、市政府大楼的方向心里暗道,"叫你们往报社塞人,叫我的日子不好过,我叫你们少露脸。"好像忘了自己也是从市委到此任职的。

报社大门一侧的"陈记理发馆",前劳动局长"孙猴子"、原水利局长马霞、讲师团赵主任、市委办公厅主任孙乃夫还有来此帮忙的左超等人正在闲聊。赵主任玩味着玻璃窗上贴着的"陈记理发馆"几个字说:"老陈啊,你得与时俱进啊,这名气太小了啊。这里叫理发馆,大家只能叫你掌柜的,要是改成理发所,你就是主任,要是改成理发厅呢,就可以叫你厅长了。"马霞说:"照你这么说,要是改成理发部,就可以叫部长了啊。""孙猴子"说:"要不说老娘们儿头发长见识短呢,叫部,就成了和小吃部一个级别了。"马霞说:"就你能,猴子小,浑身是毛。""孙猴子"说:"我身上的毛你全见过啊?"马霞说:"怎么没见过啊,你小时候哪次不是我给你洗澡啊,大了,知道害羞了,才不让我洗了。不过,那时候你的毛还没长全呢。"

几个人正在闲磕牙斗嘴打趣,原报社副总编沈墨拿着当天出版的几张报纸走进来大惊小怪地说:"你们看,新来的这个社长可真敢干啊,为一个广告把报头都压在了下面,这可是《河海日报》创刊后的第一次啊。"说着,把登载着"长寿宫"集团集资广告的报纸分给了大家。在座的只有赵主任对报纸业务感点儿兴趣,别人都在看广告。"孙猴子"说:"听说前几天的拍卖会让雨水给浇了,往上顶的价格够高了,双方都在找钱,不过,这个集资挺合算的。"马霞说:"谁知道这个'六不过'女人说的可靠不可靠啊,我看先拿出点儿小钱集资,当场拿回来利息,尽快把本取回来。"赵主任看着沈墨说:"像我们在这种专门写字的清水衙门干了一辈子的人,再多了也没有啊。"一贯做事瞻前顾后的左超说:"'大运摩托'可是做生意从来没吃过亏的人,她要是买不成地,集资这么多钱,到时候她赔得起吗?"陈剃头佬一副见多识广的样子说:"吃饭穿衣论家当,你看她的'长寿宫'值多少钱啊,还有那几辆豪车,哪个不值100多万啊。""对,这句话说得

179

有道理。"一直没说话观察着大家反应的孙乃夫开口了,"俗话说,船破有帮,帮破有底,底破了下面还有鱼,说不定她这艘船是停在埋着宝藏的地方呢。不光有鱼,可能还有金银财宝呢。""那按你说应该把钱放到'长寿宫'了?"一直在一旁坐着支棱着耳朵听这些昔日大官的分析算计着自己手里那几个钱的杂货铺女老板大素眼巴巴地看着孙乃夫问。在她眼里,这伙人中就属孙主任官大、有学问,说话办事最靠谱。孙乃夫没有正面回答她,说:"我得回家找老婆把家里的存折集中一下了。"撂下这句话,漫步向刘秀休闲广场走去。

屋内,沈墨还在看着那一个版的广告,自言自语地说:"凭'大运摩托'那点儿文化,弄不出这么煽情、诱惑的语言和画面,我们报社广告部那帮人也没此水平,背后一定有高人指点。不过,我听说'二牤牛'那个化妆品公司也有些背景。这件事看起来是一块土地的竞拍买卖,可经济的竞争实际上是一场货币战争,是我们河海市民间资金大挪移、重新组合的过程,在这个过程中,是一场博弈,肯定有赔有赚,就看你能不能出对牌了。"

在河海这个农耕文化覆盖面很广、很深的城市里,永远不缺闲人;在这个五六十万人口的城市里,只有一个休闲广场,所有的闲人都聚集在这个广场里。不管天冷天热,无非是夏天坐在梧桐树下的阴凉里,冬天坐在阳光充足的台阶上,或者是自带马扎、小板凳围坐在绿地上。此刻正是农历十月小阳春的下午3点多,晒暖的人三个一伙五个一群几乎把偌大一个广场占了大半个。

孙乃夫信马由缰地走着,耳朵里搜寻捕捉着各种信息。在众多晒暖的人群中,只有两个人在乘凉。大鼻子吭吭的市农机所原陈副所长和他的女舞伴坐在一棵梧桐树和垂杨柳交叉的地上,树叶和柳枝遮住了他们的大半个身体,女人晃着手里的报纸说:"这个集资上算。你白让孙主任写了条子,地包不成了。去集资吧,你那抠门又想发财的老婆肯定同意。"陈副所长看着她那因半蹲绷紧了的丰满大腿说:"吭吭,是。你看,集资少的,可以当场拿回利息。我交了钱后,拿回的利息钱给你,跟她说,为了多赚钱,利息也集进去了。"女人高兴了,夸张叫道:"哇,到底是大学生,想出的办法就是绝，5万元就是2500元啊。不过，2500和250差不多，不好听，你再加100元吧。"看陈副所长不言声，她扭了一下腰肢，对他抛了一个媚眼说，"其实，我也不是看重那点儿钱，主要是你这个人好啊。走吧，我家那个死鬼回老家看他爹去了，到我家去吧，喝点儿茶，晚上我给你包饺子吃。"轻轻地拉了一下他的衣袖，自己在前面慢慢走着，陈副所长盯着她那肥硕的臀部在后面跟着，活像一对农村夫妻回娘家的模样。

在升上去就没人管是否降下来的那面国旗下面的台阶上，孙乃夫在馄饨馆碰见的那两个倒腾衣服的一高一矮的女人骑在石凳上，手里拿着一张报纸高声议论着，高女人说："'大运摩托'这个'六不过'女人真是有钱啊，敢用这么高的利息集资，将来比这个赚得还要多。她和咱们岁数差不多吧，也是女人，个头也不比我高，模样也不比你俊，人家就是年轻的时候放得开，那时咱们还笑话她是烂货、靠人精。说有什么用啊，人家就是有钱，过得比咱好，咱们是没那个福啊。"矮女人说："其实啊，女人哪，这一辈子就是那么回事，男的女的，那点儿事也就那样。咱这个岁数了，说什么也晚了，靠人也没人要了，世界上没有卖后悔药的。别说那没用的了，你说咱手里这点儿钱给她集资不？"高女人说："按说这利息够高的。依我看，交钱的时候看他们是往他们的财务上存，还是往银行存。银行还保险。"矮女人说："你说得对，咱们的钱来得不容易，吃了多少苦啊。明天咱拿着卡去，看那个浪娘们儿往哪儿存，我也跟我家那个死鬼说一下。"高女人说："我就看不上你这点，咱们挣的钱，跟他们商量个屁。"

围绕着绿地的跑道上，马教员破例陪着前几天因给孙子筹钱血压升高的"雄伟的井冈山"散步，手里也拿着一张报纸。马教员扶着老伴的肩膀开导说："你也别太着急了，儿孙自有儿孙福。清末俊杰左宗棠说过，子孙强于我，留钱做什么；子孙弱于我，留钱做什么。这里有很深的道理啊。""雄伟的井冈山"打断他说："你少给我讲古，我孙子没钱买房，娶不上媳妇的事比天大。我是看透了，没钱，狗蛋不是。"马教员无奈地叹了一口气，展开报纸，戴上老花镜指点着说："我看这个集资很划算，把咱们的20多万存款放在那儿，一年两三万的利息呢，把我在中学分的那个两室一厅卖了给他做首付，利息还房贷，也就差不多了。""雄伟的井冈山"一晃肥硕的胸脯，挣脱了他的搀扶说："那个贼妮子，我信不过。"马教员说："再怎么说，她也是你的亲闺女，她再狠，也不能坑她亲娘吧。前天我们老年剧社一个唱青衣的说，你闺女说自己是原来和金剑北在工厂干过宣传队的人，你闺女这次可能是和金剑北联手了。""雄伟的井冈山"说："要是剑北当她的后台，这事还真靠谱，也叫人放心，他毕竟是老书记培养出来的人。"说完，步履顿时轻快起来，前几天染过的头发竟然也随风飘逸了。

"咚咚锵，咚咚锵"，一阵欢快的锣鼓声惊醒了在各处晒暖和闲聊的人。在暖暖的阳光里，一队穿戴得花红柳绿的半大老太太和中年妇女在一身唐装的欧阳俊的指挥下，腰缠红绸，打着腰鼓边舞边唱改了词的《解放区的天》："河海的天是明朗的天，河海的人民好喜欢，'长寿宫'集团要集资呀，大家都来把钱赚，呀嗨嗨一个也嗨。"随着欧阳俊的金色指挥棒稳稳向下一压，腰鼓、秧歌舞停止了，他左手往后一指，几个敲大鼓的中年壮汉子从三轮车上搬下了足有两丈多高的展牌，正反面都是今日《河海日报》第一版广告的拓展，字迹更加清晰，画面更加诱人，同时，两只气球冉冉升起，一对红飘带徐徐降下，金黄色的隶书大字抢人眼球，"大鬼洼要出金疙瘩""长寿宫集资惠民生"。

在万木即将凋零的深秋，出现了如此喜庆热烈的场面，闲人的情绪被调动起来了，一齐拥了过来。欧阳俊带着几个俊男靓女拿着竹板出场了，在吴阿杜的扬琴伴奏下，说开了群口天津快板。

  竹板这么一打呀，别的咱不提，
  说一说河海城南金角湖畔那块老宝地，
  名字叫大鬼洼呀，其实很神奇，
  倒退500年啊，那里有名气，
  兔子野羊到处跑啊，野鸡很肥的，
  流油的黑土地，种嘛长嘛，没有不收的，
  满坡的野果野花香甜欲滴，

瞅一眼、闻一闻就能馋死你。
如今要开发呀，更是了不得，
种药材，种人参，还要养团鱼，
环保无污染啊，全是高科技，
一亩地收他个三万五万是手拿把攥的。
只要你集资，先给高利息，
钱到了长寿宫，就有好日子，
品着香茶喝着小酒，
金元宝打着滚地飞到你的柜子里。
小钱生大钱啊，一辈子都得利，
人要想发财啊，就得靠机遇，
机遇在眼前啊，你可别犹豫，别犹豫。

段子语言朴实幽默，风格浪漫逗乐，煽动性、诱惑性极强，把人心那块贪财的小小的也是大大的柔软处引逗得痒痒的，冲动布满了全身。在一旁看热闹的最早说种七色花、搞法国化妆品基地的杜家三姐妹中的老三杜华拉了两个姐姐一把，到广场边上说："咱随便一句话，他们还真折腾起来了，真是巧合啊，没让咱们在老家丢脸。"老二杜丽说："折腾起来有什么用，地成了镇上的了，'二牤牛'他们说了不算了，咱也包不成地了，叫那个浪娘们儿得了便宜。"老三杜华说："大姐，二姐，'大运摩托'有的是钱，她闹这么大动静，不会是骗局。刚才我听见她妈还想给她集资来着，我看咱们也给她集资吧，家里放着的那几个钱在银行里躺着赶不上物价的上涨指数。走，回家商量商量去。"说完，一手拉着一个，向广场一头的大道走。刚要过马路，"长寿宫"的20个阿玛尼西装宝马摩托车队一改过去风驰电掣、扬风尥毛的风格，高音喇叭低速缓缓地开了过来，前面是两杆迎风招展的彩旗，后面是一块正反面都是今日《河海日报》广告的放大版，看样子是要走遍大街小巷。

太阳偏西，在落日的余晖中，欧阳俊带领的腰鼓队转场到龙阳河畔公

园了,那几块大牌子稳稳当当地立在了那里,人们并没有因没了节目看而离去,一群人还饶有兴致地指指点点着。

也是在这天下午,到欧阳俊秘书公司取材料的各局的小秀才们看到他们的前辈们都在看着广告、津津有味地研究着如何给"长寿宫"集团集资,回去后利用自己的特殊身份,很快传到了本单位领导层和各科室的干部耳朵里。

《河海日报》是市委的机关报,是宣传部门必保的重点发行的党报,竟破例在一版上登了这么个广告,青石击破水中天,荡起了无数的波浪和涟漪,再加上腰鼓队和摩托队的折腾,展板竖在了白天大多数人聚集的"刘秀休闲广场"上,竖在了上班族晚饭后必去遛弯的龙阳河长达十余里的绿化带的通道上,"长寿宫"要集资、到哪里集资能发财成了家家户户议论的中心话题。饭桌上,一家老小在争论着,估计着;保险柜前,当家人数着现金和存折计算着;双人床上,老夫妻各自仰面朝天嘟囔着,小夫妻耳鬓厮磨憧憬着。

今日的河海,按当地老百姓的说法是月黑头子天,就是说金乌西坠后,玉兔并未东升,几片乌云徘徊着遮住了星光。孙乃夫踏着夜色走进了久违的市委办公大楼,在值班秘书惊异的目光中嘿嘿笑着说"来找点儿东西",走进二线后还给他保留的久违的办公室,在桌上的积尘和报纸里翻箱倒柜,找出了每年市统计局都报给他的河海职工历年工资收入综合报表,装进一个大信封里,打车奔向谭丽萍的"峨眉大酒店",交给了魏正义从山西请来的挂靠在中国社会科学院宏观经济研究所的民间机构,名为"为民社会经济调查所"的几个人。据说,这个调查所可以和美国的兰德公司媲美。

也是在夜色中,"小精豆子"和"鬼难缠"各穿一身夜行衣,戴着只露出两只眼睛的头套,抓着机电厂北围墙边上的一棵树,爬到了墙头上,轻轻落在院子里,迅疾跑了几步,手脚并用,顺着雨水管道攀缘到了八楼,从背囊里拿出了一个精巧的小改锥和一把瑞士军刀,拨开了铝合金窗扇,进入了吕吉水的密室。两人叠起罗汉,把一个针孔摄像头安在了屋顶的中央空调送风口上,摘下头套,擦干了痕迹,顺原路返回。两人想着这次完成任务后的奖励,兴奋异常,给魏正义发了一条信息后赶紧删除,人迅速跑到了酒店的大堂里,看着电梯上的数字噌噌往上升就是不往下降,心里一急,撒开大脚丫子噔噔跑上了"峨眉大酒店"顶楼的小吃城,看到谭丽萍正和建设银行的一个副行长以及一伙穿西服打领带穿戴整齐的建行职工呡酒吃菜,暗示致意后,来到一个卡座里,乐呵呵地打开了一瓶精装剑南春,啃起了香气四溢的烧鸡腿,等待他们的还有内容丰富的洗浴和按摩。

正在卧室穿衣镜前试着新买的几件衣服的白玉兰看着"生铁锅"阴沉的脸和他的目光,就知道他要干什么了,一场没有欢乐只有单方面发泄的性事要做了。结婚二十几年了,他总是这样,不管什么时间,遇到高兴的事,他要做,嬉皮笑脸,荤话连篇,逗得你心里发痒、肝发颤,完事了还要缠绵半天,他说那叫锦上添花;遇到不高兴和发愁的事,他也要做,一言不发,三下五除二,直捣黄龙,达到了目的后,立即滚鞍下马,他说那是让困难逼的,浑身难受,把那股邪火发泄出来,就能冷静下来,再去仔细盘算对方的意图、手段,想出妥善的解决方法、遏制性战略,一招制敌。

女人到底是女人,还是略作忸怩地看着窗外说:"这大白天的,再有几小时就天黑了,你不会等会儿啊。"嘴里虽然这样说着,还是顺从地脱衣,摆好了姿势。"生铁锅"依旧是一言不发,恶狠狠地扑上去,一阵疾风暴雨过后,滚鞍下马,却没有立即扬长而去,而是盖上被子稍事休息,看着她收拾完战场后说:"你去楼上把建业叫过来。"

王建业到洗手间擦了一把因午睡有些生涩的脸,怯生生地走进这间还充满着情欲的大卧室,喊了声"爸",半个屁股坐在小沙发上问:"有事啊?""生铁锅"靠着柔软的床头,点燃一支烟说:"看到今天的广告了吗,你爸和他们有什么打算?""我们也打算打广告,和他们对着干。""生铁锅"摇了摇头说:"蠢材,那正中了报社那个社长'鹬蚌相争,渔翁得利'的鬼算盘。好了,你走吧。"接着把白玉兰也轰了出去,连着抽了两支烟,眯着狼眼想了半天,穿衣下床,开车奔向老年大学自己的巢穴。照例锁死门,打开保险柜,翻开黑账,寻找着自己在纪委工作时保护过的那些侵吞了国家资财,现在已经到了二线或者是退了休手里还有不少钱的领导干部。圈

定了几个人后,拿起电话开始联络。都是官场中混出来的,响鼓不用重槌,语言闪转腾挪,模糊又明确,中心意思明朗,点到不说透,让你感到天堂地狱选择只在一念之间。他跟对方说话基本是三段论法:一是问身体、情绪如何,过得好不好;二是暗示对方虽然已经安全着陆,可当年那点儿事还存在,还有人惦记着,别以为万事大吉了;三是集资到大鬼洼买地效益巨大,一本万利,希望对方多多参与。最后就有点儿警告的性质了,拿出钱到大军寨集资将如何如何,不参与结果将会如何糟糕;如拿定主意,明天上午11点到吕吉水的机电厂八楼共叙友情。"投资不投资无所谓,老友们见个面也是好事。"听者也是表达三层意思:一是感谢老领导关怀,二是感恩当年的关爱照顾,三是永远是老领导的部下,老领导有了好事想着自己,自己一定要好好考虑。说者有假关心、暗提示、真威胁的意思,听者是假应酬、真害怕和无奈服从。

看了半天账本,打了一圈电话,"生铁锅"伸了一下有些疲惫的腰,觉得再回家也无所作为,索性就在这里休息了。睡到第二天上午9点多,他到楼下的小吃部里喝了一碗羊汤吃了两个肉夹馍,开车向铁路北边的机电厂驶去。在河阳路遇到红灯时,他突然产生了想去"大运摩托"的"长寿宫"看看的念头,连他都觉得这个念头来得很奇怪。他已经好几年没去那里了,自己想起来,别人提起来,心里就有一种甜甜的酸酸的、苦苦的哀哀的、骄傲香艳而又幸运凄凉的感觉。忆往昔峥嵘岁月稠,当时他刚办完退居二线的手续,看到博士书记对河海"在水一方"的城市定位的批示,最后用公费在海南、东莞转了一圈,带着"娼"盛繁荣的理念,自己出资金,让他在建筑队里的死党,脑袋上光光,胳臂上刺着两条青龙,江湖上人称"秃鹫"的家伙出面承包了位于市中心原来卖机电产品后来因为个体户风起云涌而即将倒闭的国有商店大楼,暗地里与现任的老干局女局长联手,群发了短信,雇了街头的小痞子往周围的城市里贴"招收女服务员,待遇优厚"的大批小广告,引来了不少刚下岗的青年女工、街头不愿干活也没上过什么学的懒惰女子,也有一心想到城里寻找机遇、改变自己命运的村姑,使出了威逼、利诱、恐吓等手段,很快组成了一支"黄色娘子军"。开始时生意一般,本地的女人大部分身长腿短、腰粗脸黄，寻芳客来得不多，后来"大运摩托"的俄罗斯商店被查，他把那些来自异国他乡的丰乳肥臀、长腿细腰的女娃尽收麾下，他的"柳浪闻莺"夜总会才成了远近闻名的温柔乡，不仅财源滚滚而来，他自己也是猪八戒进了盘丝洞，打双飞，游龙戏群凤，享尽人间艳福，日日通泰，夜夜笙歌。可惜好景不长，省公安厅扫黄纵队神不知鬼不觉地夜袭河海，捣烂了"柳浪闻莺"。多亏了他那夜和吕吉水等人在别处大把搓麻将，他连坐三把庄赌兴大发才没被收入网中，也多亏了"秃鹫"抗打击能力强，嘴巴咬得死，使他躲过了牢狱之灾。事后他给了"秃鹫"80万损失费，那只是夜总会收入的九牛一毛，心里并不觉得疼痛，他疼痛的是赚钱、风流的时光一去不复返。但他还是觉得幸运，因为他招的那批小姐大部分得了脏病，有几个东北妞有一天晚上拿着刀子把他逼在了床上，要求他给姐妹们治病，亏了"秃鹫"用双管猎枪赶走了她们，并答应以后请医院大夫来做专门的检查治疗。第二天"柳浪闻莺"就被抄了，也就没有以后了。

经过"大运摩托"的"长寿宫"酒店门前，他看到那里聚集了一大群人，以中老年人居多，其中不乏他认识的许多二线和退休的干部，虽然万头攒动，但是很有秩序。广场上的两个大气球移到了大楼前，在一个"长寿宫集团集资处"的大红横幅下，穿着藏蓝西装和西服套裙的河海市建设银行20多名职工一溜摆开了七八张桌子，每张桌子前都站了4个笔挺的黑色阿玛尼西装，负责维持秩序。另一边，在大楼前的小广场上，搭起了一个台子，谭丽萍和她在东风机械厂宣传队的老搭档李俊打扮成城市的老年夫妻，正在演出活报剧式的表演唱节目，锣鼓民乐齐全，用的是"文化大革命"期间家喻户晓的《老两口学毛选》的曲调。吴阿杜在中间敲着扬琴，欧阳俊坐在前面的台口上，有滋有味地拉着一把板胡。悠扬的过门后，男女上台边扭边唱。

齐：下了班，吃过了饭，
　　老两口儿坐在了窗前，咱们两个谈一谈。
女：老头子哎。
男：老婆子哎。

齐：想想咱们怎么多挣钱。

女：咱家的存折就这么十来万，

物价涨得好像猴子爬竹竿，

买菜买粮买药花得心里直打战，

今后要省着花啊，还是得多攒钱。

男：开源节流是过日子的生命线，

再省再细小钱也不生大钱，

关键是挣大钱哪，

过日子才不会作难。

女：你我都已经是夕阳落日间，

一辈子在机关什么也不会干，

赤手攥空拳瞪着两只眼，

拿什么去挣钱。

男：你这个老婆子是一个糊涂蛋，

有一条光明路啊，就在咱眼前，

长寿宫去集资啊，利息高又保险，

大鬼洼是宝地生产大金元。

你说咱干不干。

齐：有钱不挣准是个大傻蛋，

咱们去取存折啊，马上干！干！干！

　　两人一边表演着，一边下了台，拿出现金和存折跑到了银行设的柜台前，是典型的情景活报剧。由于来集资的大多数是中老年人，他们用的是在"文化大革命"中最能勾起大家回忆、怀旧的耳熟能详的曲调，引来台下一阵热烈的掌声和一片叫好声。

　　尽管是生死对手，"生铁锅"也不得不暗暗佩服对方的宣传手段，这些无论是"二牤牛""大叫驴"还是自己的女婿王建业都弄不出来的，看来还得自己想辙。他把汽车停在了人行道上，戴上一副墨镜，闪入了集资的人群中，细细观察起来。集资秩序井然，队伍长长的，没有一个人加塞。除了阿玛尼西装维持秩序外，还有"大运摩托"手下的服务人员往大家手里送热饮。"长寿宫"的财务人员和银行的职工配合默契，一方收款，一方复核，当场填写银行的存单或储蓄卡，还有几个阿玛尼西装守护着一个大铁箱，两个财务人员给当场要利息的集资户发放现金。陈副所长拿到利息的现金后交给了他的舞伴，她偷偷地捅了一下他的腰眼，露出一个迷人的媚笑，欢天喜地地扭着腰肢走了，还不忘回头深情地望了他一眼，弄得这个瞒着老婆偷鸡摸狗的家伙迷糊了半天。"雄伟的井冈山"和她的丈夫马教员也拿到了一沓现金，马教员边走边数："应该是5000元啊，怎么多了呢？""雄伟的井冈山"不耐烦地说："多就多吧，管他呢，反正贼妮子有的是钱，给她侄子凑个房钱也是应该的。"那两个一高一矮倒腾衣服的女工拿着存单在一棵绒花树底下算计着，一个说："你我都存了20万，到明年这个时候就成了23万，比咱们倒腾衣服来得快得多啊。"孙乃夫、前劳动局长"孙猴子"、前水利局长马霞、沈墨、讲师团赵主任、左超、陈剃头佬，还有开杂货店的大素也在队伍中排着，那边还走来了老清华毕业生、管工业的前副市长刘剑锋和他那在法院当过庭长的老伴。

说实在的，"生铁锅"是不愿见到他们的。在河海人的眼里，县处级领导干部是分为三个派别的：一是像刘剑锋副市长这样正规大学毕业提拔上来的，人称"学院派"；二是开始就在领导机关当秘书干事，后来逐步升起来，又到下面市县和部门任职的，人称"机关派"；三就是"生铁锅"这样的人，既没读过正规大学，又没在大机关熏陶过，只是凭小聪明和歪门邪道爬上来的，一般人都看不起，说他们是"野路子派"。记得他当建工副局长时，通过野路子搞来一张硕士文凭，拿出来向到此视察工作的刘剑锋副市长显摆，刘副市长看了一眼说了一句英语，他瞪着两只大狼眼问是什么意思，副市长轻蔑地一笑说："进硕士门槛的英语要求是六级，找人给你翻译一下吧。"说完扬长而去。后来单位新来的一个大学生告诉他副市长说的英语是"无耻之徒"，从此，他最不愿见的就是这位刘副市长，对这帮学院派和机关派的干部又怕又恨。看了看表，快10点半了，来集资的人还在从

四面八方走来，他从人群里溜出来，悄悄开了车门，打着火，慢慢往机电厂开去。眼前总浮现着刚才谭丽萍和她的伙伴表演的那个节目和集资的场面，想起了那年看过的一个得了地区奖的节目，名字叫《赶嫁妆》的小评剧。剧情大意是一个农村女团支部书记结婚时为了响应伟大领袖毛主席"破旧俗，立新风"的号召，坚持不要婆家彩礼，不向娘家要嫁妆。彩礼不要爹娘没法，但非要给她做嫁妆不可，趁她到公社开会之际，家里请来了木匠，拉锯推刨子，热热闹闹地干了起来。她开会回来一进院就和爹娘吵了起来，二老不听，邻居和来的木匠也帮助劝说，这位聪明的姑娘灵机一动说我不是不要，是做得太少，一对箱子和一个衣橱根本不够，接着用评剧的快板说出了要五斗橱、写字台、炕厨、餐桌、椅子等一大堆在20世纪70年代农村木料紧张却很奢侈的家具，弄得老爹赶忙说闺女，你要的咱家陪送不起啊。她用这种"欲擒故纵"的方法先把爹娘要穷了、要怕了最后才用现代思想教育当时思想落后的老人，贯彻落实了领袖的指示。

回味着这个节目的剧情，想着"长寿宫"集资的利息，脑子好使的"生铁锅"有了新打算。

到吕吉水的密室八楼一看，昨晚的电话还真没白打，像他这样野路子上来的干部来了十二三个，有担任过城建局副局长的牛三、房管局长的二胖、标准局局长的周涛等人，都是开始在乡镇、企业、商店、建筑队担任过一把手，后来通过上树爬房、破墙掏洞、竖梯子捉鸟、黑夜搭桥过河、世路难行钱作马愁城欲破酒为军上来的。虽然都退居二线或者是退休了，却都还在暗地里做着买卖，在企业以顾问的名义拿着干股，一个个还是和在位时一样，吃得脑满肠肥，开着豪车，那车几乎全是在平原地区没什么用纯属为了显摆的越野车。

这伙人里面，就"生铁锅"混到了副厅级。他还和以前一样，和大家一一握手，最后当仁不让地在众人的簇拥下坐在了主位上。牛三递上一支软中华，二胖赶紧点上，他悠然自得地吸了一口说："刚才我来的时候路过'大运摩托'的'长寿宫'，心里感慨万千。那里原来可是咱们的'柳浪闻莺'啊，弟兄们在那里时是多么自在逍遥，可惜都是明日黄花，都过去了。

要是把那时候的录像带拿出来看看也挺过瘾啊,可惜不全了啊,就保留了一小部分。"说完,意味深长地看着众人,还在每个人身上定格了一两秒。在座的都是在黑白两道拼杀出来的,谁都明白他的意思,都知道他的手段,都说:"郭哥,我们弟兄们都是几十年的交情了,唯你马首是瞻,不就是给大军寨的北方化妆品基地集资,从那个浪娘们儿手里把几千亩地争过来吗?你说,拿多少吧?""生铁锅"说:"我是有好事想着大家,告诉你们,那块地拿下来,三五年后,利润绝对不是三倍五倍,弟兄们自己说个数吧。"于是,有报七八十万的,有说拿30万的,有报50万的,也有报十几万的。"生铁锅"掐指算了一下,也就五六百万的样子,加上自己和郑外道、赵东、吕吉水几个核心人物前期准备的投入,一共也就两千来万的样子,论实力绝对比不上"大运摩托"的"长寿宫",看今日她集资的阵势,那钱就更不好计算了。他心里骂着这帮老滑头,但脸上还是笑容可掬地让吕吉水的财务人员登记,并规定了交款日期,随后转了话题,突然说了一句:"我说,各位,你们说现在什么生意能达到20%的纯利?"众人有的说贩毒,有的说开赌场,有的说开窑子,有名的色鬼二胖说:"开窑子也不行了,比如说我开一个吧,现在管得又严,公检法去了不能要钱,你们几位去了,不光不能要钱,还得赔酒、赔烟、赔瓜子啊。"郑外道曾经和他在一个局里搭过班子,知道二胖的底细,说:"就你小子那个德行,在局里当政工科长时,连个女工人来开个调令你也要摸人家一把,你要开妓院,好小姐还不全让你占着啊,我们去了也就弄个歪瓜裂枣的。"大家又是一阵不知羞耻地哄笑。

"生铁锅"挥手制止了大家,笑着说:"咱们关起门来说话,都是乌鸦落在猪身上,那个事谁也不比谁强,还是说正经的吧。在现在的政策下,就工业、农业、商业来说,你们说什么项目能达到纯利润的20%?"大家认真想了想,都说没有。"生铁锅"忽地一下站了起来说:"那好,'大运摩托'的广告那是吹牛逼,集资给那么多利息是往自己脖子上套绞索,咱们得给她紧上一扣。咱们不和她争那块地了,把钱都集资到她那儿,到时候连本带利一块取,压死这头老母猪,逼着她把'长寿宫'的房产抵押给我们。"

众人愣了一下，齐声欢呼起来："好，郭大哥的主意就是高，高啊。到时候非让她赔掉了底不可，不，赔得连裤衩、乳罩也没了，光着屁股在大街上跑，让大家看下西洋景。"只有二胖担心地说："那娘们儿要是卷款跑了怎么办啊？""生铁锅"自信地说："我告诉大家吧，她的钱都存进了建设银行的分理处，吕厂长的那个相好水淼淼就在那里上班，另外，我的人'秃鹫'已经到了'长寿宫'当了守夜人。我会让他们日夜盯着，她跑不了，各位就请好吧。"众人又是一片吹捧。吕吉水拍了拍手，6个青年女工送上了茅台、五粮液、拉菲，端来了海参、鲍鱼、佛跳墙等好酒好菜，依次放在了长条会议桌上，这帮人胡吃海喝起来。

"峨眉大酒店"的总统套房里，金剑北从监控录像里看到他们群魔乱舞的样子，兴奋地喊道："好，魑魅魍魉尽入瓮中，收网。"随即到里屋分别给远在北京的杭维萍、李一道和省城的柳枫打了电话。

第二天，在暮色中，柳枫、杭维萍、李一道带着省纪委和检察院的几个人悄悄地住进了"峨眉大酒店"，车悄悄地进了地下车库。随同杭维萍来的还有从北京武警总部带来的一队武警，在一个上校的带领下，绕过繁华的街道，被秘密地安排进驻了离河海30华里的空军部队的一个兵营。两天后，魏正义雇来的社会经济调查所的人在"峨眉大酒店"旁边茶馆的密室里约见了他，把一摞打印清晰的表格和装订整齐的复印件、几十张用特殊进口的探测器预测出来的藏宝图送到了魏正义手里，魏正义一刻也没停留，赶紧交给了金剑北。杭维萍看了以后赞叹道："民间是真有能人啊，比我们的统计调查室做得还专业。"柳枫在一旁说："这就是民间理财文化的对接，这个'为民社会经济调查所'来自中国最早的金融街。山西太谷、祁县一带，说不定里面有许多乔家大院的后人呢。他们最熟悉农民和农民出身的人，有了钱的投资方向和藏钱的方法。如果这帮家伙利用前几年我国金融制度监管不严的漏洞，利用现代投资方式把钱转到国外，恐怕我们这一网下去就捞不到什么了，李一道即将写的内参对中央的建议性、针对性也就不那么强了。"

十八　高回报意味着高风险，在乎的越多失去的可能也越多

50多岁的"秃鹫"大名叫郭铁锁，他始终认为，郭铁生是他一辈子的贵人。他从小崇尚武侠，只看《七侠五义》《大唐英雄传》《水浒传》，几次夜里在自己住的草屋里让煤油灯熏黑了鼻孔、烧掉了眉毛，把他娘辛辛苦苦织出的粗布床单点着了半截，老爹罚他在光板砖炕上睡了半年。他最欣赏书里的英雄们"讲义气，守节操，滴水之恩当涌泉相报""不近女色，每日里只是舞剑操棍，打熬力气"的说法。闲暇之余，他把门前的石锁挥动得如风车一般，那棵有了十几年树龄的老枣树被他的手拍出了印痕，树干被他那厚实的臂膀撞得脱了皮。别看他长得小、短、粗，却成了同年龄的少年力气最大的，比他大几岁在一条街上住的郭铁生每次领人到城里和外村打架都带着他。人常说，身大力不亏，力不亏来自吃食。偏偏那个年代吃的最缺。他常和郭铁生搭伙，夜深人静时到国营小饭店里偷点儿吃的。他用粗壮的身体顶起瘦高个子的伙伴，让郭铁生靠着破墙头，拿着长挠钩子捅开小仓库的纱窗，把吃食钩出来。可惜，郭铁生仗着长腿长胳臂和三只手偷来的油条小包子不够塞牙缝，常常十天半个月吃不上一顿肉。有一天，郭铁生说让他吃一顿肉。中午的时候，他们来到在村西住的徐老蔫家，徐家的房屋结构很利于这伙坏孩子们行动：前院是几十棵即将成熟的红枣树，后院是住家。当时，他们看到徐老蔫在城里当肉铺售货员的二闺女送来了一大海碗做好的红烧肉，郭铁生让"秃鹫"埋伏在门口，大长腿一撩，

顺着土墙头的豁口进了前院，把一棵小枣树摇晃得噼里啪啦直往地上掉枣。平时视这几棵枣树如命的徐老蔫拎着一把磨得锃亮的小铁锨，喊着骂着追了过来，"秃鹫"趁机端走了肉，一口气跑到西边的芦苇坑深处，解了馋。他不知道，在徐老蔫转回来追他的时候，郭铁生到里屋拿走了10元钱，比那碗肉值钱多了。一碗肉让他服服帖帖，从此，成了"生铁锅"的贴身保镖。

没脑子的"秃鹫"与让他信服的"生铁锅"在一起，好处看着是实实在在的。先是随着"生铁锅"在建筑部门的节节高升，偷鸡摸狗的事自己不好直接动手了，哪里开了新工地，哪里的工程即将结束了，他都会借故把守工地的人以那时最大最神圣的任务——政治学习的名义调开，让"秃鹫"带着一伙人偷水泥沙子、钢筋模板。那次他让"秃鹫"一伙打了经理后，回报就是一个工地的三捆钢筋。后来随着"生铁锅"地位的上升，"秃鹫"利用郭铁生提供的方便，成立了一个连工具大多数都是偷来的小建筑队，不断承包一些垒墙头、建仓库、大楼外面的装饰等活，虽然大部分利润给了"生铁锅"，自己还是小有斩获，买了房，娶了媳妇。每天早晨，"秃鹫"看着自己三间小瓦房的小院，长得还不算丑的媳妇，都会想起郭老哥，因此五更即起，在老榆树下抛石锁、练棍棒、打熬力气，准备随时为老哥提供服务。在"生铁锅"想娶白玉兰而对方拿不定主意时，是他爬到她住的小平房100米远的树上，准确地把两块小石头投在了她的后窗上，戴着一副青面獠牙的鬼怪面具对着玻璃窗摇晃，学着猫头鹰的怪叫，吓得母女俩一夜不敢睡，第二天就搬到了"生铁锅"宽敞的家属楼里。

大凡做领导的人，都有一套识人的本领，"生铁锅"正是看准了他的忠心与实在，在退居二线想建立"柳浪闻莺"夜总会时，出资让他出面购买了楼房和设施，又通过一个助手的运作，很快兴旺起来。在这期间，他的一双铁手不知打烂了多少不听话女子的屁股。有伙伴问他："你小子也下得了手，看到女人白生生的，你不动心啊。"他一拳把对方捶出了三尺远，说道："女人是刮骨的钢刀，都他妈的一样，男人要多练武，打熬力气才对。再说，那些女人都是老哥的，兄弟哪能干不义气的事。"夜总会被查抄后，省公安厅治安局的警察审问，把他用背拷折磨了一天一夜，他用练过武术的身体扛住了两个警察橡皮警棍的上百次打击,坚持说自己就是这里的老板,认打认罚。再愚蠢的警察也能看出这么高档的娱乐场所不是这样一个人能开成的,但遇到这么个憨货,又找不到其他证据,只能以罚款和判刑了事,再说他们也是冲着罚款来的。

在5年的刑期里,他凭着能抗打击的身体和一双能打人的手,成了典型的狱霸。每天晚上叫监室的犯人贴墙站好,他一个人独霸空间,打完三趟拳,走完1万米才让大家睡觉。当然,他也隔三岔五地吃到郭哥派人送来的陈村烧鸡,小平房里的老婆孩子过得也不错,只是少了些生气,石锁上的铁环长出了斑斑锈迹。

出狱后,郭哥把他请到了大酒店,吃喝过后,亲自开车把他连同孩子老婆拉到了一处已经装修好的四室一厅家具齐全的房子里,并给了他一张80万的牡丹卡,后来,还给了他一个秘密而特殊的潜伏任务。"秃鹫"接到指令后开始行动了。

那天傍晚,开着宝马外出兜风的"大运摩托"回家,接到一个来自东北多年不见的老情人的电话,兴奋异常,把车往大门口一放,车门未锁、车窗未关就举着手机上楼了。下楼后看到一个穿着保安服上衣的秃头在车边守着,车里的鳄鱼皮钱包和新买的几件时髦衣服安然无恙。他说自己是本地人,在南方一个城市当保安,形成了习惯,看到开着的车门就守着,怕丢了东西。"大运摩托"大为感动,随即问了他在南方的收入,之后说:"我给你比南方的工资多500,你在我这儿干吧。""秃鹫"顺利地进了"长寿宫",在"长寿宫"门前的停车场当保安。再后来,"秃鹫"接到了"生铁锅"的电话,要他时刻注意银行在"长寿宫"楼下开设的分理处,发现"大运摩托"的人取巨款时立即报告,并和分理处的支部书记水淼淼时刻保持联系。

"秃鹫"曾经承包过机电厂一个车间的建设,水淼淼他也认识,知道是厂长吕吉水的相好。那时机电厂还是国有企业,他在一个没有月光的夜晚看工地时,见两人钻进了铸造车间旁边的一个小树林里,亲眼看到厂长把自己给他的贿赂款塞到了这个新来的女大学生的乳罩里。后来,由于厂长的原配夫人打翻了醋坛子,不是到姓吕的办公室吵闹,就是到水淼淼上

195

班的技术部吐口水,水淼淼待不下去了,通过厂长的关系调到了银行,但又不愿从一般人员做起,行长贪图机电厂的存款,就把她安排在了业务红火的"长寿宫"分理处,破例设了一个支部书记的岗位,不管具体业务,上下班自由,奖金不少拿,幽会方便。水淼淼上午来点个卯,下午基本不来,主要任务是逛街、打扮、美容,在情夫给她买的西郊小别墅里等着他的到来与使用,尽自己的责任。

"秃鹫"接到指令后,几次去找她她都不在,今天上午快11点的时候,终于在门口堵住了这个贵妇人。这个穿戴时髦的女人斜着眼看了看这个秃头保安,不耐烦地说:"行了,我知道了,大额取款都是要预约的,美容院还等着我呢。"说着,踩着纯进口的意大利牛皮半高跟小白皮鞋,开上奥迪TT走了。"秃鹫"看着这个不靠谱的女人,叹了一口气,感觉肩上的责任更重大了,他算了一下时间,决定每天起码要16小时看守在这里。

上午的天还好好的,太阳暖洋洋的,晒得人有些发困,下午从西边荒凉的盘古山头方向飘来了几朵乌云,聚合到一块后又像八爪章鱼一样伸出了许多只手胡乱挥动着,一会儿就招来了许多伙伴,立刻把蓝色的天空盖严了,料峭的小寒风也刮了起来,吹得梧桐叶子唰唰往下掉,似乎要飘起今年的第一场小雪。路上的行人都裹紧了衣服,脚步匆匆,只有几个穿着黄马甲的环卫工一边咒骂着,一边挥动着大扫帚。

"秃鹫"戴着一顶看不出颜色的鸭舌帽,在保安服外面套了一件灰色的粗呢短大衣,手里端着一个大茶缸子,坐在台阶上,两只大眼珠骨碌碌一会儿看看"长寿宫"的大堂,一会儿看看旁边的银行分理处。忽然,一辆武装押运的运钞车急速驶来,停在了银行的大门口,他看了看表,才不到4点,心里有些疑惑。他知道,运钞车早晨来送一次款,晚上来取一次款,这个点来干啥呢?有心想上去问问,但一看旁边那几个穿着防弹衣戴着头盔端着冲锋枪的押运人员虎视眈眈警惕的样子,没敢上前,只得继续观察。直到银行的几个工作人员卸下几个铁皮箱子,运钞车走后他还在琢磨,总觉得不太对劲,赶紧抄起电话打给水淼淼,电话响了好几声,也不知对方是和情人幽会正在妙处,还是在按摩帅哥的推拿按摩中全身放松地睡着了,里面反复传来电脑冷冰冰的声音"您拨打的电话无人应答",他嘴里骂着:"这个浪娘们儿真不靠谱!"

正在这时,一辆美国最新生产的限量版加长悍马越野吉普开到了银行的营业大厅前,车未熄火,3个高大的阿玛尼西装跳下车,一阵风似的跑进去,出来时每人手里掂着两个沉重的蛇皮袋,迅速扔到车上,以令人不可思议的速度迅捷上车,各就各位。随后,穿一件黑得发亮皮大衣的"大运摩托"出现了,她将了一把风中猎猎的长发,脚蹬作战靴,一个箭步跳到副驾驶座上,4个车门同时"砰"的一声关死,12缸的发动机怒吼一声,两道浓烟同时从双排气管里喷出,四驱的车轮飞转,疾驰而去。"长寿宫"富丽堂皇的大厅也被上面降下的巨大的卷帘门哗啦一声盖住,上面贴上了"暂停营业"的告示。

"秃鹫"一下子明白过来了,他哆哆嗦嗦地调出了"生铁锅"的电话,狠劲一按,声嘶力竭地向对方喊道:"郭大哥,不好了,'大运摩托'卷款逃跑了,足有好几百万啊,她的酒店也停业了,你们快追啊。"狼嚎般的声音震荡着随意飘洒的小雪花,两条粗壮的腿跳到了马路中央,一辆出租车被他迎面拦住,随着司机的紧急刹车声,他拉开车门,猛地坐上去,左手掏出一沓百元大钞,右手拿出一把闪着寒光的蒙古刀,对司机说:"快,给我追那辆车。"出租车司机原是天津来的下乡知青,命运不济落户到河海当工人下岗了,见多识广,嘿嘿一乐说:"哥哥,有嘛事啊,别这么着急上火的,刀子我怕,钱我喜欢。吃饭穿衣论家当,你看咱这破夏利能追上美国佬的大悍马吗?这是小巴狗撵兔子,凭跑啊还是凭咬啊。""秃鹫"瞪着一双大牛蛋眼说:"追不上也要追,快走。"司机说:"好,听您的,钱你可别少给。"一踩油门,夏利车蹿了出去。

钱是心头肉,越有钱的人越视钱如命。因为在别人手里有致命的短处,顶不住威逼、眼馋加利诱,按照"生铁锅"的意思在"长寿宫"集了资的赵东、吕吉水、郑外道、二胖、牛三等人自从把钱交上之后心里总是不踏实,但又不敢明说。几个人每天开着各自的豪车,带着好酒好烟,让饭店里送来海参、鲍鱼等好菜,到龙阳河畔的郭家别墅里吃喝、打牌,名义上是来

陪老领导闲聊、解闷、散心，实际上是来探听消息，怕这个心狠手辣的家伙坑了自己。大军寨的"大叫驴"在亲家的威逼下，也和不错的乡亲们往里投了几十万，心里更是打小鼓，也以看亲戚的名义来这儿坐着，不过，他可没有在里面吃喝玩牌的资格，只是拿着小笤帚、小铁锨在院子里打扫，可他哪里是侍弄花草，而是支棱着大驴耳朵听着屋里面的动静。

"生铁锅"自从隐隐约约地听到金剑北也参与了"大运摩托"的"长寿宫"集资后，心里就有些不安。按官场人的话说，他和金剑北不是一个朝代的人。金在给老书记当大秘书时，他还在基层建筑队混事，根本接触不上这个高人，等他出道江湖，金剑北已经被当时主管干部的副书记穆昌远打入冷宫，到报社数字看画休闲去了。后来金剑北看准机会，抓住机遇，高水平运作柳枫上位，斗败本地土豪陆秋生，东风机械厂改制和在泥潭中浴火重生，为此，他是佩服金的大手笔的，但是，对他后来到农村搞什么新农村建设是不齿的，认为那是脑子进水，整不明白人生是为什么，人这一辈子应该怎样活着。名声好有什么用？让那些农民说好有什么用？担当眼前事，何惧后人评，人生就这么几十年，人死如灯灭，死后万事空，什么死后还活在人民心中，那统统是扯淡。他在县里时，想搞一个死了丈夫的漂亮的女下属，对方不同意，正赶上县里搞一项水利工程，他拉着她到了工地，指着挖出的一堆白骨说："你敢说这堆白骨里没有生前的美女吗，没有贞洁的烈女吗？肯定有，但还有谁记得她们呢？人生几何，抓紧享受当前才是最重要的，那才叫识时务者为俊杰。不抓紧享受才是傻蛋，是白痴。"对弱者威逼利诱，但对金剑北这样阅历丰富、智商颇高的傻蛋还真是不能小视，所以他的手机24小时开机，还加了免提功能。当"秃鹫"声嘶力竭的喊声传出来之后，几个人都一下子惊呆了，吕吉水把手里的一个八万奋力摔到了地上，脸色铁青，赵东变灰的脸上布满了汗珠，跌坐在地上，郑外道厉声喊道："赶快报警！"二胖和牛三抓起自己越野车上的钥匙就往外跑，说："等警察出来，他们早就跑远了！走，追！"门外的"大叫驴""当啷"一声，铁锨掉在了地上，也顾不得换鞋，带着两脚土蹦到了地毯上，扯开大嗓门说："完了，完了，我说不集资，你们非逼着我们干不可，怎么样，出事了吧，那可是我的棺材本和乡亲们一辈子的血汗钱啊。这可咋整啊,怎么向大伙交代啊?"说着,一屁股坐在地上,号啕大哭起来。

"生铁锅"毕竟是做过县委书记、市监察局长、市人大副主任的人,见过大世面,沉得住气,他冲大家大吼一声:"慌什么!"随即踢了"大叫驴"一脚,"起来!"对着大伙说,"她不就拿走了几百万吗?她的'长寿宫'不是还在吗?怎么也值一两千万吧。""说那个没用,说不定早就抵押出去了呢。"熟悉资本运作把一块土地抵押给好几家银行的吕吉水阴沉着脸说。"当然,这点儿钱也不能让她白拿走,现在办三件事:一、立即报警,你们给公安局打电话,我直接打给博士书记。二、建业,你马上在河海网上发个帖子,把这件事公布于众。同时让你爹骑上电动车,拿上一个电喇叭,从休闲广场开始,顺着主要街道去喊。三、开上我的越野吉普和牛三的奥迪Q7去和出租车上的'秃鹫'会合,追他们。这雪天,估计他们跑不远。"

众人得令,抄起家伙,在小雪花和寒风中四散离去,屋里,留下了一摊狼藉,院里,杂乱的脚印踏碎了一片薄薄的洁白,只有白玉兰在廊下望着阴云密布的天空发呆。

"大叫驴"骑着一辆电动车,一手扶着把,一手拿着个大电喇叭,先来到广场上,再顺着大街小巷,扯着破锣嗓子喊道:"'大运摩托'把大家的集资款偷跑了啊,装了一大汽车钱啊,往金角湖金角岭西边的大山里跑了啊,大家快去追啊。"小城不大,驴嗓子传得悠远,再加上年轻人上网的多,王建业发的帖子置了顶,河海城里如同平静的水面上投进了一大包生石灰,更像发生了一场地震,立刻沸腾起来。没集资的人庆幸之余,透过窗户看别人的热闹,站到别人家门口听屋里愤怒的互相埋怨和吵架声;集了资的人有的给110打电话报警,有的给亲戚友人打电话寻求对策,最后不约而同来到了大街上,骂街,吵闹,怨恨,乱成一团。陈副所长在老婆疾言厉色的骂声中推着一辆电动车出来了,倒腾衣服的一高一矮两个女人逼着自己的丈夫冒着偷盗的危险开出了厂里的一辆卡车。两个女人披头散发,站在踏板上,挥舞着一红一绿两条毛线围脖,大声喊着:"老乡们,快来啊,去追回咱们的钱啊。人多力量大啊。"杜家三姐妹也沉不住气了,借着女

婿的名义，从单位要来了一辆越野北京213吉普，开到了大街上，想到只有自家三个女人，沿路又招呼着男人上车壮胆。"雄伟的井冈山"一边随往身上披挂棉衣、围脖，一边催儿子抓紧发动摩托车，对拦着她的马教员说："你别管我，我非去不可，逮住这个贼妮子，先撕了她的嘴，为民除害。打死这个贼草的。"马教员看着她的疯狂劲，知道是拦不住了，就说："对，她就是个贼草的。""雄伟的井冈山"无心和他斗嘴，跨上儿子的摩托迅速蹿到了通往金角湖和金角岭的京港大道上。平时一下雪、下雨街上就空旷的河海大路上出现了前所未有的人如海、车如潮的景象，小汽车、大卡车、摩托车、电动车还有自行车组成了一股滚滚洪流，争先恐后地向着西边的金角岭进发，什么红灯、绿灯、黄灯，人行道、车行道、斑马线，在人们眼里全都不算什么了，冲撞得交通警察纷纷躲向了路边，龟缩到了岗亭里，一个个目瞪口呆，不知道发生了什么大事，直到他们的局长坐着指挥车，带着几大面包车特警以及后边跟着几卡车荷枪实弹的武警疾驰而来，他们才赶紧回到了岗位上，从路旁冒着雪花看热闹闲谈的人口中知道了原因。有的在老婆、父母或亲戚的命令和央求下，驾起了路旁的警用两轮或三轮摩托也加入了混乱的车队中。

　　在这期间，只有在早已升起了熊熊炉火的"陈记理发馆"里闲聊的前劳动局长"孙猴子"、前水利局长马霞、报社的沈墨、统战部的左超等人在孙乃夫的劝说下没有动。他们是最早听到"大叫驴"吆喝的，沈墨也是最早从手机上看到王建业的帖子的，最初他们也慌乱了一阵，也要开车去追。大家都当过领导干部，总不能像老百姓那样胡乱嚷嚷，也不能显得太慌乱，总要保持一种风度，开始大家只是讨论着消息的真实性。沈墨说："过去舆论掌握在党的手里，党报是权威，只有正规新闻单位才能发布各个方面的权威消息，哪像现在，阿猫阿狗都可以在网上开个专栏，胡乱发布什么权威信息。我看这事不一定准。"在家里听了教授经济学的妻子分析没集资的左超说："这件事如果是真的，属于地方政权对社会掌握失控，省委和中央要追究责任的。"马霞忐忑不安地说："哼，现在这个社会，什么怪异事都会出，宁可信其有，不可信其无。看那个博士书记一副高深莫测什么也不干什么也管不来的样子,指望着他,黄花菜都凉了。咱们还是想法儿打听一下吧,要是真的,得赶紧想法儿啊。"前讲师团赵主任说:"从理论上说,'大运摩托'有那么多资产,不会出此下策,她那个'长寿宫'价值不低啊。"这时,头上顶着雪花开杂货铺的大素一步闯了进来,大声喊道:"各位领导,别在这儿讨论了啊,大伙都追那个'六不过'浪女人去了。她的'长寿宫'都关门了,有人说她早就卖了,这下可坑了我了啊,那几万块钱可是我苦省苦做了十来年攒下的啊,这可是给我儿子娶媳妇用的啊!敢情你们都有工资,不怕的,我怎么办啊?"说着,坐在门槛上大把掉起泪来,两个肩膀一抽一抽抖动着。马霞坐不住了,霍地一下站起来说:"不行,我们得去追这个害人精。"

一直坐在火炉旁没说话,表面上聚精会神地看小说实际上一直观察着大家的孙乃夫以军人的敏捷一把拽住了她,笑眯眯地说:"局长妹子,少安毋躁,我可以保证,也可以负责任地说,你的钱没不了。我可以跟大家打个赌,这件事不一定是真的,即便是真的,你们的钱也安然无恙。如果你们的钱真没了,我全额赔偿,拿我那套价值50万的房子做抵押,君无戏言,可以现场立字据。你们一共也就集资了40多万吧,我可是拿出了30万啊。诸位,听我一句,千万不要去凑热闹,这件事可能起到意想不到的结果,可能还河海一片晴朗的天,让大家大快人心几天,消消我们这伙人和许多老百姓平时议论的闲气。"

看到这个平时谨小慎微,一辈子没打过诳语,没说过瞎话、大话的前市委办公厅主任说出了这样的硬话,后几句又包含着多重意思,大家都愣住了,仔细咂摸着,不说话了,只有大素没大听懂他后边的话,停止了哭泣,怯生生看着他说:"孙主任,你真赔啊?包括我吗?""没问题,包括你的利息。"孙乃夫回答得斩钉截铁。"我哪能要你的钱呢,钱还是在自己手里攥着踏实。"大素翻着大白眼珠子狐疑地看了他半天说,"不行,我不放心。"出门骑上她那辆破26坤车奔向了冷风和飘得不再密集的雪花中。陈剃头佬鄙夷地看了她的背影一眼。

博士书记刚放下"生铁锅"有些耸人听闻的电话,公安局长的报警电

话立即打了进来，说的是同一件事情，他立刻着急起来，心里明白几千名群众的集资款被一不法商人席卷而去，不是一件小事，很容易引起高层震动和巨大的社会动荡。作为一个地方官，保境安民为第一要务，倘若真出了问题，自己绝对难辞其咎。他一改平时的文质彬彬，扔掉眼镜，书生本色褪去，露出男儿血性，果断地向公安局长发出了第一道命令："10分钟内立即出动交警、特警追击；5分钟后，公安局长的指挥车要到达市委楼下，我要亲自出马，登上旗舰指挥。"随后拿起了办公桌上直通省委的蓝色机要保密电话，拨通了省委书记凌峰同志的电话，简要地汇报了事件的基本情况、目前的态势和市委第一步采取的措施，并检讨了自己失察的错误。

省委书记凌峰，那个在他印象中总是一脸严肃的南方少见的高个子老头，这次似乎没有他想象中的那么震怒和严厉，听他汇报完，只是声音有些淡淡地说："这件事省委已经通过其他信息渠道知道了，原来也做了一些预案，已经派了省委副秘书长兼政策研究室主任柳枫同志为工作组组长到达河海。你们是认识的，他是河海的老人嘛，情况可能比你还熟悉一点儿。哦，同去的还有中纪委负责我们华北片的巡视督查专员杭维萍同志和其他人。一会儿，我让秘书把他们的联络方式告诉你，当然，他们也会跟你联系的。"随后又加重了语气但还很亲切地说，"我的同志哥，一个高级领导干部，不仅要有处理突发紧急事件的能力，还要有对当前和今后一个时期中民意、民情、民盼深刻而准确的洞察力。西方的许多国家大选时，总统候选人不辞劳苦到州里、到企业、到商店、到居民区去，可不光是为了作秀拉选票啊，也是了解民所思、民所为、民所盼，而后顺势而为、有所作为，也是为了巩固自己的执政基础啊……"

省委书记最后这几句话，在博士书记的脑瓜里闪烁了一下，敏捷地感到里面包括的信息量很大，似乎在批评他什么，也似乎是在提示着他什么，还似乎是在期盼着什么，同时对省委在他不知道的情况下派了工作组来，里面还有中纪委的人以及在文学界有些影响的柳枫不主动跟他联系，心里也有了腹诽和寒意。一切还没来得及深思，在秘书和楼下警笛的催促下，博士书记匆匆下楼，加入了追击"大运摩托"的队伍。书记出马，自然是追击队伍里最牛的,不过,还有更牛的。

谭丽萍的"峨眉大酒店"里,已经50多岁的柳枫头发花白,但依然腰板挺直,深蓝色的眼睛依然明亮,在二婚妻子柳依娜的精心打理下,一头华发梳理得整整齐齐,戴了一副白色的秀琅眼镜,加上腹内的诗书,这几年写人生感悟散文,善于思考增添的气质,显得更加儒雅。他望了望窗外逐渐小下来的雪花,看了看微微有些发胖但依旧非常干练的杭维萍说:"领导,不,萍姐,我们是不是也该出发了啊?""好,出发。我给他们发个信息。"杭维萍说着,穿上藏蓝色羊绒大衣,把新焗的漆黑锃亮的齐耳短发了了捋,围上了一条洁白的带流苏的纱巾,随意绾了个结,再加上脚下那双棕色的半高跟小高腰的皮靴,整个人显得十分端庄、优雅而又不失女人的俏丽。

这两天带着一帮靠得住的服务员一直侍奉左右的酒店女老板谭丽萍艳羡地看着杭维萍。自己也有钱,也有这样的衣服,几次在穿衣镜前也这么打扮过,却总比不过人家,说白了就是没有她的风度。为此,她还曾抽空请教过师兄吴阿杜和学问较大的舅舅欧阳俊,他们讨论了一会儿对她说:"这与穿什么无关,人家是在大家族、大机关里养出来的一种学识和风度,是大家闺秀,你是小家碧玉,不在一个档次上,不要东施效颦。"这会儿,她看着杭维萍的沉稳劲,看似不经意的打扮就能出效果的潇洒劲,心里服气了。

发完了信息的杭维萍抬起头来说:"不要坐我们的汽车,牌子太扎眼了,不好。""我早准备好了。"在楼下给魏正义的手下"小精豆子""鬼难缠"等人布置完任务的金剑北一步跨进来说,"坐我的路虎,还有酒店新买的一台猎豹。""我来开,好几天不动车,手发痒啊。"在一旁十指飞舞敲着键盘、让屏幕上的一帮小人打得天昏地暗的中新社参编部主任李一道一跃而起,紧了紧出访考察时从日本北海道买来的浅花灰色防寒服的带子。

在即将到来的暮色中,黑色的路虎、太空银色的猎豹一前一后驶出了河海城,后面,是从某空军基地赶来的一队来自北京的武警。黑色运兵车前头是两辆大功率的摩托车,骑手戴着头盔和护目镜,肩上斜挎着M47突击步枪,腰里插着左轮手枪和军用匕首。

203

○十九　守正出奇不忘初心，
　　　当诸多矛盾交织在一起的时候要抓主要矛盾

其实，"大运摩托"的美国悍马越野车跑得不是很快，出城后还遇到两辆装得超高、超宽、超长的拉麦秸的小拖拉机左摇右晃不肯让路耽误了一会儿，使得"秃鹫"乘坐的夏利出租车很快看到了他们。出城往南，拐弯往西，就是金角湖的湖滨公路，再往西，就进了金角岭的盘山公路，过了金角岭的丘陵地带，就是荒无人迹莽莽苍苍的盘古山脉了，那里只有一条当年毛主席提出"备战、备荒、为人民"时修的一条坑坑洼洼破旧的砂石路，两旁是长满杂树和野草的山坡。据说，深山里有依山洞挖出的兵营，里面曾住过谁也不让接近的番号保密的部队，不过，百万大裁军时撤走了。

"大运摩托"坐在悍马吉普上，快到金角岭时从后视镜里看到后面的红色夏利出租车，得意地笑了一下，目测了一下距离，看了看速度表，对司机下令道："保持90迈的速度，别让他跟丢了。"前面，美国的大悍马轻松畅快地跑着，像游山玩水，后面，夏利像挑担负重的农夫，又像和野兔赛跑的乌龟，呼哧呼哧地爬着。

"生铁锅"等人的日产越野、丰田沙漠王和德国奥迪很快超过了那些乱七八糟的车辆，追上了"秃鹫"的夏利，略停了一下，把他拉上，继续前行，很快和美国悍马拉近了距离。随着警笛的怪叫和红灯的闪烁，博士书记和公安局长乘坐的"陆地巡洋舰"以及特警、武警的车辆也赶了上来。再往后，金剑北和李一道驾驶的路虎、猎豹，北京武警的运兵车、摩托车像一队非洲大草原上猎食的狮子，无声无息地潜行疾驰，最后才是向"大运摩托"讨还债务的大汽车、摩托车、电动车和自行车，在沙石公路上蜿蜒前行。寂静了几十年的荒凉大山前所未有的热闹，兔子、狐狸都躲到了巢穴里，叫不出名字的鸟儿飞得远远的，只有几只苍鹰时而盘旋时而俯冲，不明白这里发生了什么。美国的加长越野悍马很快显示出了它在山地奔跑的优良性能，阿玛尼稍微踩了一下油门，速度就上到了100多迈。"生铁锅"坐在驾车的女婿王建业旁边，看着前面仅有三四公里的美国悍马说："快，追上去，加油！"熟悉机械性能的王建业怯懦地对老丈人说："我们已经到了130迈，他们的车现在起码是150迈。"

　　前面的公路忽然上了一道斜坡，平时爱飙车的牛三兴奋地说："看见了吗，那个坡最低是45度，他们这速度不降下来，马上就要翻车，摔死这帮王八蛋。"然而，他的预言并没实现，悍马也没减速，在最陡的坡上即将向右倾斜的时候，在牛三等人欣喜若狂地喊着"倒也，倒也"的时候，悍马的车厢底下意外地伸出了两只液压活动爪，还带着3只万向脚轮，不仅支撑住了车子，而且还能跟着车子往前跑，车子歪斜了一下，继续前行。"到底是大老美的技术厉害，小日本的玩意儿就是差点儿。"在赞叹声和骂声中，日产越野和奥迪只能减速到100迈以下，小心翼翼地爬了过去。就算这样，在儿子的默许下偷着爬上车，蜷缩在后备厢里的"大叫驴"还是颠得七荤八素，脑袋上磕出了3个包。这时候，公安局的"陆地巡洋舰"和金剑北的车队也赶了上来。

　　夜幕降临，车灯闪烁，大功率车灯的强光刺破山林，吓得许多小动物到处乱跑。山越来越高，路越来越窄，仅容一车通过，两旁横七竖八的枯枝僻里啪啦地划着车身。美国悍马不管不顾，冲撞前行，不断把一些小树撞倒压折，后面所有的车辆为了金钱，为了责任，都紧紧跟随。

　　"他们跑不了了啊！"坐在第一辆日产越野上的牛三又兴奋地喊了起来，"你们看，前面是一道大峡谷，没有桥啊。哈哈，看他们往哪儿跑。"

　　这时，风小了，满天的乌云也被寒风吹走了，月亮升起来了，在空旷的山野中，初冬的月光特别惨白，照亮了山间的一切，只有两边树林里有斑驳的阴影，后面的两个车队也赶上来了，老百姓杂七杂八的车也快到了。博士书记和柳枫见了面，柳枫简单地向他介绍了杭维萍等人，情况紧急，没有也来不及寒暄，大家一齐向前看，前面确实有一道3丈多宽深不见底的山涧，没有桥，隐隐约约似乎横搭着一根圆木。

　　河海的武警在公安局长的命令下已经推弹上膛，局长亲自拿着一个电喇叭开始喊话："前面的人听着，你们已经被包围了，你们现在是后有追兵，前无逃路，赶快下车，接受法律的讯问，才是唯一出路。"

　　在他的喊话声中，不可思议的事出现了，美国的加长悍马突然一个转身，横在了唯一的山路上，挡住了所有的车辆。3个阿玛尼西装和"大运摩托"提着6个装满钱的蛇皮袋，跳下车，从被巨大车身挡住的一片杂树林里竟然推出了4辆生火待发的双缸、四冲程、宽轮胎的悍马摩托车。"大运摩托"不愧是从小玩摩托的高手，说时迟，那时快，只见她长腿劈开跨上车座，一手扶把，一手拎着蛇皮袋，一加油门，黑皮大衣的一角在夜风中张扬飘起，既像陆地飞鹰，又像飞天蝙蝠，噌的一下驶上了仅有半尺来宽的圆木，无半点儿摇晃，刹那间笔直地飞到了对岸一块平整的大石头上，其他3个阿玛尼西装也噌噌蹿了过去，随之，"咔嚓"一声响，圆木断成了两截，掉入了山涧，半天才听到"扑通、扑通"的声音，大家听着都胆战心惊。唯有悄悄点了一支烟，偷偷站在一旁高岗上的金剑北看到了"小精豆子"和"鬼难缠"在树林里隐蔽的身影，欣慰无声地笑了。大家被眼前的一幕惊呆了。野战军团长转业的公安局长气得暴跳如雷，立即把驻河海武警部队的一个少校喊过来吼叫着说："当兵的逢山开路遇水架桥。按中央条例规定，我是你们武警部队的第一政委。现在，我命令，你的部队马上砍树架桥，半小时完成任务，组织摩托手渡河追击。""是，首长！"少校行了一个标准的军礼，转身恢复了军人的本色，拔出手枪挥舞着对一个少尉喊道，"立即组织你的小队砍树架桥，15分钟之内完成任务。养兵千日，用兵一时，你小子别给我装熊包、软蛋。"随即又招呼一个骑着警用大功率的摩托车，把二郎腿搭在后座上，戴着头盔的武警中尉说，"小子,赶紧检查你的装备,准备渡河。咱们当兵的怎么也得比那个娘们儿强吧。"

谁知对方连车都没下,斜了他一眼,一开腔满口的京片子,典型的京腔京韵:"孙子,喊谁小子呢,睁开你的狗眼看看,别看你的军衔比我高,我是你指挥的吗?我是你的兵吗?老子是武警总部的,看到了吗?哎,我说,你别总玩你那块铁烧鸡,咋咋呼呼的,小心走火,你信不信,你再咋呼老子把你扔到山涧里去。"

少校来气了,仔细看了看他的胸章和番号说:"哈,原来是武警总部特警大队的英雄啊,你们不在北京保卫首都、保卫中央首长,来到我们河海干什么来了。其实,你们也没什么了不起,老子也是参加过总队反恐大比武的人,不服气?咱俩单挑,你敢吗?"说着,把手枪插入枪套,解下了武装带。

"老子要怕你不是男人。"中尉偏腿下了车,跃跃欲试。

"住手!"从后面运兵车里下来一个北京来的武警中校喝住了他们。河海的少校一看对方比自己军衔高,勉强敬了个礼,刚要说什么,中校说:"我看你的兵一点儿架桥的工具也没带来,平时的作战意识不强吗?你看,微型冲锋枪上的小刺刀能砍下树来吗?"

博士书记没带过兵,更不知道部队的规矩和当兵好勇斗狠的臭脾气,自然理解不了把荣誉看得比天高、比命还重要的军队文化,被他们闹出的这一出戏弄得哭笑不得,但看到坐着各种各样的车辆陆续赶过来的黑压压的老百姓,意识到重任在肩,事情又紧急,对柳枫说:"我看,要求驻地空军陆航部队支援吧。"柳枫没说话,转向了杭维萍,杭维萍沉稳地说:"调空军部队是需要中央军委批准的,看看情况再说。这里是中华人民共和国的土地,盘古山在内陆,既不是喜马拉雅,也不是阿尔卑斯,离边境远着呢。"

她的话刚说完,对面那块平整的大石头上点燃了3盏用煤油做燃料用空气做动力的汽灯。这种灯虽然现在很少见,但在20世纪七八十年代没有电的农村晚上开大会常用。油满气足,玻璃罩内的灯芯燃烧得旺旺的,白色的火焰喷出半尺多高,在月光的映照下,照得周围分外明亮,连周围的小树林里都亮堂堂的。

灯光下，一个披着军大衣的女子很有风度地站在了大石头上，身材高挑，脸色微红，直发披肩，双眼沧桑，瓜子脸上柳叶眉微微上挑，中间的美人痣分外夺目，平添了几分妩媚。

这不是李小曼吗？金剑北认出来了，在场50岁以上的群众也认出来了，当年她和妹妹李小妙可是河海出了名的姐妹花。那年河海响应中央首长的号召，整修黄河大堤，组织了几十万民工上工地，成立了战地文工团，凭着在高中能歌善舞还会演话剧是文艺骨干的资格，两姐妹同时进了战地宣传部，一个在文工团做报幕员，一个在广播站当播音员，高兴得她们那个在运河边上一个小村庄教书的母亲逢人便说："俺这两个闺女，一个是千人看，一个是万人听。"特别是李小曼，长得漂亮不说，那一口悦耳的普通话更是让人流连忘返，听后回味悠长。每逢慰问演出开始，她往台上一站，优雅地鞠躬后用甜美的嗓音说："市委、市政府，军分区首长，战斗在治黄第一线的亲爱的民工同志们，大家晚上好！"前排的官员们便咧开了嘴，后面的民工们乐得直拍巴掌。想着这些往事，人们都迷惑和惊呆了，一连串的问号在脑海里盘旋，好多年没她的消息了，她怎么会在这儿？她要说什么？现场寂静无声，人们伸长了脖子看着她，竖起了耳朵想听她说什么。

此刻，悦耳的普通话通过她手中的大功率麦克风又响起来了，声音中既有甜美也有悲苦："中央、省委、市委的各级领导，子弟兵的首长和同志们，亲爱的乡亲们，我叫李小曼，原来是治黄工程指挥部战地文工团的报幕员，后来跟随现任的'长寿宫'集团董事长马红霞大姐在东北边贸公司工作过。众所周知的原因，也因生活所迫，在'柳浪闻莺'，在暴力和强权的威逼下，在残酷的折磨下，在严厉的看管下，做过女人最不愿做也是最不体面的事。"说到这里，她掏出手绢，擦了一把两眼涌出的泪花，看了看手腕上的表，继续道，"我们的事一会儿再讲。首先，我代表马红霞董事长宣布一件事，现在是7点29分，再过1分钟，你们在'长寿宫'集资的款项连同答应的利息会回到你们的卡上，银行的自动提示系统会把信息发到你们的手机上，请大家注意查看。当然，某些人的款项也可能回不去了。"

一分钟的时间是短暂的，她的话音刚落，人们的手机大多数都响起了不同声音的提示铃声，在寂静的旷野中分外响亮，人们不再看李小曼了，都低头打开了手机的信息栏。矮胖女工首先欢呼起来，一把抱住了自己倒腾衣服的高瘦同伴女工喊道："姐妹儿，是真的啊，不仅本钱回来了，利息也好几千元到账了啊。""我也是啊。"陈副所长收到了，杜家三姐妹也收到了，和孙乃夫在"陈记理发馆"里侃大山的人当然也收到了。人群一片欢呼，心里的石头落了地，但谁也不走，不知是突然出现的李小曼吸引了他们，还是她所说的遭遇搅动了人性中"恶"的本性——窥私癖，人们反正是不走，还往前凑了凑，等着看其他的热闹。他们坚信，来了这么多大官，一定有热闹可看，反正自己的钱没有损失，再看热闹就是赚头。

金剑北和杭维萍、柳枫、李一道互相会意地笑了笑，杭维萍还向金剑北竖了竖大拇指。只有博士书记和公安局长感到云里雾里，懵懵懂懂的不知所以。北京来的武警战士在中校的指挥下，无声无息地下了运兵车，摘下了肩上的突击步枪，在省纪委和省检察院人员的暗示下，成散兵线悄悄地靠近了"生铁锅"等人乘坐的三辆车，其中有三个背着无线报话机的通信兵成等三角的位置站在了车的周围，并启动了手中的一个仪器。

李小曼到底是当了多年的报幕员，还演过话剧，开始了有声有色的血泪控诉："各位领导，亲爱的乡亲们，当年我市治理黄河战役结束，战地文工团解散，我和妹妹被分配到了市商业局所属的副食品公司，在市场经济体制改革的大潮中，我们的公司破产了，我们下岗了。正在走投无路靠着一点儿下岗基金艰难度日的时候，马红霞大姐的边贸公司成立了，我们随她到了白山黑水，到了绥芬河和美丽的乌苏里江畔的口岸，在那里开始了新的生活。我们把河海及其邻近地区的工业产品和农副产品运到了乌苏里江对岸的海参崴，顺着西伯利亚铁路运到了顿河两岸，进入了莫斯科、彼得格勒、基辅等大小城市的商场和超市。趁苏联解体、经济混乱之际，把大批的钢铁、木材、石油、制造机械运回了内地。我还曾到如诗如画的西伯利亚大森林、风景迷人的黑海海滨，收购了大批无污染的珍贵的中药材、俄罗斯的手工艺品、世界上最棒的冰冻大马哈鱼和最正宗的鱼子酱，把它们都运回河海，丰富了这里乡亲们的生活，使许多人家的餐桌上增添了异国风味。我们在那里还结识了一大批生长在中苏边境上，具有部分俄罗斯血统的美丽、大方、浪漫的姐妹，并且和她们一起回到河海，开起了俄罗斯商店、东方艺术品中心、莫斯科餐厅和黑海之滨渔夫小吃店。那段时光是我们最幸福、最快乐的。白天，我们高高兴兴地做生意，赚取大把的钞票，晚上，和姐妹们一起喝着香槟和格列瓦饮料，随着手风琴悠扬的曲调，唱《三套车》《小路》《莫斯科郊外的晚上》，跳水兵舞和天鹅湖，讲述保尔·柯察金和冬妮娅的爱情故事，背诵着普希金诗句的爱情名篇。"

李小曼作为话剧演员最具功夫的独白式讲述声情并茂，深深吸引了大家，他们忘记了来这荒山野岭的目的，仿佛是来看一场精彩的独幕、独白话剧，连武警部队的官兵紧握枪杆的手都不自觉地松开了，她本人也被自己的讲述感动了，眼睛里闪出了对过去的迷恋和憧憬的光芒。

她喝了一口一个和她一样高个子的颇具俄罗斯风采的女子递上的山泉水，悲苦、愤怒之情立刻呈现，继续说道："幸福总是那么短暂，厄运来得又是那么迅疾。我们的董事长马红霞大姐被抓进去了，我们的公司散了，没有破产或重组程序，什么都没有，所有的商店、饭店都被查封了，财产充公了，我们和那些东北来的姐妹被赶出商店，流落街头，我们一无所有了。'柳浪闻莺'夜总会里走出来一个中年妇女，说介绍我们到夜总会工作，做打扫卫生，端端盘子，给客人送茶水、水果的活儿，包吃包住每月1000元。我们本来就是开店的出身，想着这些事还是可以胜任的，就答应和相信了她。她把我们领进去交给了一个面相凶恶的秃头就不见了。秃头先以看籍贯为名，收了我们的身份证，让我们吃了饭、洗了澡，然后集中到一个大屋子里，叫来了几个打手，明确地告诉我们就是当小姐，接客卖淫，我们当然不干，随后他们集体强暴了我们，这还不算，每人还遭到了一顿暴打，专拣女人见不得人的地方打。从那时开始，我和我的异乡姐妹开始了非人的生活，来寻欢作乐的恶人千方百计地折磨我们，其中有地痞流氓，甚至有河海的官员。尽管他们都互相喊着老板，但以我们的社会阅历，能看出他们中有不少是局长、县长、厂长和党委、政府部门的领导干部，他们的个头、模样、口音至今我们还记得很清楚，剥了皮也能认出他们来。更可恶的是，我们姐妹没黑没白被迫干着最受侮辱的事，给他们挣来大把的票子，但是得了脏病他们却不给医治。医院我们去不起也不敢去，只得到黑诊所悄悄打针吃药。钱被坑了，病还治不好，他们对不能接客的姐妹赶出去了事。直到省公安部门查抄'柳浪闻莺'时，我们的许多姐妹得的脏病都已经很严重了。公安封了这个淫窟的门，罚了款，把那个秃头判了刑，但谁又管我们呢，我和姐妹们带着一身见不得人的病和被遣散的几个可怜的钱，又重新流落街头。我们的出路在哪里？那天晚上，我们几个姐妹凑了最后一点儿钱，在一个小吃店里喝得天昏地暗，互相搂抱着，抱头痛哭，准备集体到金角湖投水自尽，但被释放出来的红霞大姐找到了我们，找来了正规医院的大夫给我们检查了身体。看到结果，我们恐惧了，有几个姐妹得了目前世界上还不能攻克的病症。马大姐哭了，说对不起曾经出生入死一块打天下的姐妹，她要用她所有的钱财和一生来照顾我们，她永远不会饶恕那些恶棍，发誓要把他们打入十八层地狱。马大姐把我们这些被社会遗弃，同时也不愿回到社会更不愿见到家人的苦命人拉到了这深山里，住进了废弃的兵营山洞，从东北张广才岭的密林深处请来了一个曾经在日伪时期在慰安妇集中营里当过大夫的老中医，带来了大批的草药和种子，我们开始了刀耕火种的生活，每天在老中医的指导下种药、熬药、吃药。大姐定时给我们送来粮食、蔬菜和日用品，耗费了大量的钱财。白天，我们在烈日下劳动；夜晚，在星光下舔着伤口。但是，我们心中的仇恨始终未减，复仇的火焰一直在熊熊燃烧。我们是一群弱女子，不能像男人一样提剑闯天下，快意江湖，诛杀仇怨，我们一直在等待机会。老天是公正的，人间正道是沧桑，机会终于来了。趁着大军寨大鬼洼土地拍卖，马红霞大姐引蛇出洞，巧施集资计，把当年'柳浪闻莺'幕后的黑老板和糟蹋我们最无耻的几个贪官的钱给骗出来了。"

说到这里，李小曼像一个女鬼一样狞笑着说："哈哈，不错，我们这次拿来了800多万，但这只是他们贪污腐败的九牛一毛而已。我现在给大家念一份和美国兰德公司一样的机构对这几个人的财产调查表。

"郭铁生，参加工作35年，工资收入可分三个阶段，第一个10年收入1万元左右，每月工资50元左右，第二个10年收入十几万元，第三个10

年收入30多万,最后5年收入20多万,加上奖金和家属挣的工资,总收入应该是130万左右。他现有龙阳河畔别墅一座,价值300万,另有房产三处,价值200多万。这次集资他拿出了400万。此外,别墅院子的桂花树底下藏有现金,他老家的猪圈旁也藏有财宝。

"吕吉水,作为企业厂长,收入略微高点儿。30多年来个人工资加上家人的收入,200万左右。他给情人买别墅一套,价值200多万,在河海有房产4套,价值300多万,在北京和青岛还有房产,价值500多万元。另外,在中国银行里还有一个保险箱,保费每年是80万,价值按增值10倍算,大约有1000万。这次集资200万。

"郑外道,工龄和郭铁生大体相同,工资收入也差不多。现有房产5套,价值300多万。这次集资70万。

"二胖,原名董一民,参加工作也是将近40年,全家到目前为止总收入为160万左右。因为是房产局长出身,家有房产8套,价值400多万,在老家盖了一处别墅,价值60万。儿子到美国留学,花费100多万;闺女出嫁,陪送宝马7系车一辆,价值90多万。这次集资50万。"

紧接着,她一一点出了跟随"生铁锅"集资的各个官员的名字,诸如牛三等人,全部列出家庭这些年的总收入、现有财产、这次的集资数额、可能隐匿的财宝和大概地点,最后愤怒地声嘶力竭地说:"各位青天大老爷啊,善良、淳朴的乡亲们,这只是他们的收入数字,还没算他们平时奢靡的生活支出啊。你们说,他们的钱该不该给我们这些受苦受难的姐妹治病,该不该充公,这样的恶人该不该绳之以法啊?"

"应该!把这几个坏种抓起来,把这几个缺德带冒烟的东西千刀万剐!"山涧对面,群众听完这血与泪的控诉、腐败分子的恶行和牟取的大量不义之财,个个义愤填膺、挥拳跺脚,喊声雷动,震荡着山谷。

李小曼说完,完全平静下来了,继续用悲苦的语调说:"我们知道,我和我的姐妹们不可能回到社会中去了,一是大家不会接受,二是我们也没有脸面回去,我们将用这部分钱开始自力更生的生活。我们住的地方是渺无人烟的大山,除了留下了解放军当年战天斗地的英雄的气息外,什么都没受污染，是最纯洁的地方。我们要用自己的双手，打井引水，开荒种地，生产出世界上最纯洁的蔬菜和粮食。红霞大姐想好了我们的品牌，将来大家在市场上看到、吃到'盘古'牌农产品，那就是我们生产的，希望大家支持我们，给我们这些曾经生活在社会底层的人一条活路。亲爱的乡亲们，在这临别的时刻，请各位领导、武警部队的官兵们，允许我给大家唱一首《往日时光》。"她调整了一下姿势，用沙哑的声音唱了起来。

> 人生中最美的珍藏
> 正是那些往日时光
> 虽然穷得只剩下快乐
> 身上穿着旧衣裳
> 海拉尔多雪的冬天
> 传来三套车的歌唱
> 伊敏河畔温柔的夏夜
> 红梅花儿在开放
> 如今我们变了模样
> 为了生活天天奔忙
> 但是只要想起往日时光
> 你的眼睛就会发亮
> 噜……

> 人生中最美的珍藏
> 还是那些往日的时光
> 朋友们举起了酒杯
> 手风琴声在飘荡
> 我们曾是最好的伙伴
> 共同分享欢乐悲伤
> 我们总唱啊朋友再见

还有莫斯科郊外的晚上
如今我们变了模样
生命依然充满渴望
假如能够回到往日时光
哪怕只有一个晚上
噜……

她唱得回肠荡气，双泪长流，几次哽咽，在颤音中结束，向大家深深地鞠了一躬，像一个女神一样隐身消失了。大石头上汽灯的光焰也逐渐减弱，慢慢熄灭了。在场的人群沉默了，往日的时光感动着每一个人，"雄伟的井冈山"想着当年叱咤风云的风采；女工们想着姑娘时欢笑上下班、无忧无虑拿工资的时代；杭维萍爱怜地看着逐渐老去的柳枫和李一道；连"大叫驴"也后悔不该蹚这趟浑水，不如在自己的一亩三分地里耕耘收获，白天锄地累了在大榆树底下凉快凉快，抽袋烟，晚上炒盘花生米，弄二两老白干喝着多舒服。

"生铁锅"一伙自从李小曼出现、手机没响，就感到不妙；在李小曼的控诉中，在看到北京来的武警不动声色地围上来时，就感到了情况的紧急。当看到自己的手机在3个通信兵仪器的干扰下没了信号，几个人就浑身瘫软没魂了，都用怨恨的目光看着他们的头头。但"生铁锅"毕竟是个老江湖，是一辈子从大江大河中跨过来的人，他看着围着他们的武警被李小曼的风姿和歌声所吸引，呆呆地看着对岸有些松懈的样子，向"秃鹫"使了个眼色，对方会意，一个转身，把宽厚的肩膀背对主人，待"生铁锅"的双腿夹住他的腰双臂搂住他的脖子时，迈开粗壮的双腿向前跑。奔跑中一个"燕展双翅"，双臂一震，把两个猝不及防的武警战士拨拉到了一旁，向密林深处疾奔，速度之快，疾如奔雷。

就在此时，善于爬树的隐藏在一棵白杨树上的"小精豆子"抓住一根树枝一荡，像猿猴一样荡到了另一棵树上，连着荡了3次，便赶到了他们的前边，看准了时机，猛然下坠，一下子跳到了"生铁锅"的身上，骑住了他的脖子，"秃鹫"在奔跑中承受不了两个人的重量，跌倒在地，但练过武术的人就是不一样，反应极其敏捷，一个"鹞子翻身"跃起，抬腿把"小精豆子"踢出了一丈多远，掏出了半尺长的蒙古刀，使出了"八步赶蝉"的功夫，向对方的心窝刺去。

"小精豆子"被踢得七荤八素，还没缓过劲来，看着雪亮的刀闪电而至，眼睛一闭，心里说道，"我命休矣"，突然，一声枪响，子弹正好打在蒙古刀的护腕处，刀断为两截，"秃鹫"手腕一震，刀把掉在了地上。百米开外，骑摩托的武警中尉吹了吹枪口冒出的蓝烟，亲了亲枪托，得意地笑了。

四个武警如影相随地冲了上来，两人用枪逼住了"秃鹫"，另外两人把"生铁锅"提溜起来，押到了运兵车上。

博士书记被李小曼的控诉震惊了，被眼前一连串眼花缭乱的变化弄晕了，想不到一个地方的政治和经济之水是如此之深，一时没了主意，第一次放下京城干部的架子向柳枫和杭维萍请示道："柳秘书长，杭专员，怎么办？"

杭维萍神色凝然，干练地回答："先把这几个在现场的贪官就地'双规'，其余的你们回去配合省纪委和省检察院的同志连夜'双规'。回去！"

"难道她们就这样把钱拿走了，不抓了？"公安局长迷惑地看着省委来的儒雅的领导和英气逼人令人胆寒的中纪委女干部。

柳枫望着深邃的天空，沉思了一会儿，用略带嘲讽的语气说："难道不应该感谢她们吗？没有她们这次行动，我们怎么会把这些贪官的底细搞清楚呢？至于手段的合法性，那是法律部门的事了。当诸多矛盾交织在一起的时候，还是要抓主要矛盾吧。上车！"

由于要把"生铁锅"等人集中押送，就把他们和部分看管他们的纪委、检察院的干部转移到了运兵车上，还有许多电动车没了电、摩托车没了油、自行车骑不动的人，博士书记和公安局长对车辆重新进行了分配。看到车辆紧张，金剑北主动把谭丽萍的越野车也让出来，把钥匙交给了北京的一个武警，把李一道叫到了自己的路虎上，他驾驶，柳枫坐副座，杭维萍和李一道并排坐在了后面。

运兵车上,"生铁锅"、吕吉水、二胖等人被两个武警夹在中间坐成了一排,后面坐着的是纪委的工作人员。"生铁锅"回头对省纪委熟悉的一个处长说:"我的钱不要了,算捐献,看在老熟人的面上,请领导给上级汇报一下。"那个处长看着这个昔日的市纪委副书记似笑非笑地说:"郭书记到底是聪明啊。可到了这份上,你不敢要的钱谁敢要啊。"

路虎车充分体现了英国贵族、绅士的气派,内饰豪华,座椅宽大柔软,十分舒服。金剑北把暖风开得很大,不一会儿,车内就变成了春天。车上自带的恒温箱里,金剑北早就让谭丽萍准备好了法国奶油小面包,大家脱掉外衣,吃了面包,喝了一杯热牛奶,疲劳顿感消失,望着路两旁沉寂的山林和几点寒星映照出的微弱的光芒,心里很感慨。金剑北轻微地转动着方向盘对柳枫说:"这次'大运摩托'的表现比我们预想的要好得多,尤其是让李小曼出场。山中人说山中事,令人口服心服,这一招绝啊。"柳枫也半赞叹半可惜地说:"集侠骨柔肠与江湖匪气于一身,这个女人不简单啊。""怎么,是否有兴趣见一见?""这,不太合适吧。"柳枫回头看了杭维萍一眼,不确定地说。

"哎,"后座上的李一道拍了拍他的肩膀,"那女人长得怎么样?我只看了一个背影,个子挺高的,腿也挺长,绝对够得上黄金比例。看她上摩托的利索劲,身体的弹性准好。""李大记者果然是慧眼识珠啊。可以说是丰乳肥臀、白皙可人,一匹标准的东方母马,就是年龄大了点儿。"金剑北一不小心,痞子话露了出来。"那我得见见,年龄不是差距,我就喜欢这种原生态的野花,一定比家花香。"李一道嬉皮笑脸,还故意冲着托腮沉思的杭维萍说,"你说呢,萍姐。""呸,看你这点儿出息,臭男人的德行。"曾经在一个车间里开车床,一个舞台上表演节目,一起度过青涩青春时代的老工友、老战友、老朋友,在这狭小的特定空间里,中纪委的女官员一改平时的矜持和威严,脸色微微红了一下,给了他一粉拳。

柳枫也打趣道:"你小子要是和她交往,需小心两条啊,一是小心她把你拉下水,二是小心她把你拉得下不来床。"他说话总是那么哲学和逻辑分明,说完,还故意看了看金剑北。金自然明白他的意思,知道自己和柳枫斗嘴肯定占不了什么便宜，说不定这家伙在这两位中央大员面前还会把自己的老底抖搂出来，丢面子，所以没搭腔，打开了音响，放出了《呼伦贝尔大草原》。在如诗如画雄浑的歌声中，大家的心情立刻受到了感染，一下子开阔起来。

| 第三章：胜局 |

二十　老百姓为什么"老不信"，破解信任危机才能重塑公众信心

这是一场高水平的探索和论战。

在发生了紧急突发事件之后，在处理的过程中，只要有了一点儿效果，就赶紧向上级汇报，这是地方官员一贯的做法，博士书记也不例外。事态已得到控制，群众的情绪已经平稳，大部分钱已追回的报告刚传到省委，省委书记凌峰同志的批示立即就下来了，但批示得却意味深长，在河海市委简短得只有半页纸的《要情汇报》的右上角画了一个圈，漫不经心地写了两个字"阅知"，而在下半页空白纸上用苍劲的隶书体写了既像是通知又像是要求的长长的一段话，开头怪怪的。

柳枫同志，河海市委的主要负责同志，并送中纪委的杭维萍、中新社的李一道同志审阅。

我个人感觉和认为，河海出现的这次集资事件的起源和啼笑皆非的结果不是偶然的，应该有广阔而深刻的社会背景和历史趋势。建议你们请杭维萍、李一道同志参加指导，邀请部分社会贤达，从四个方面进行比较深入的探讨。

一、目前群众真实的社会情绪和引导方法。

二、在当前社会道德普遍滑坡的情况下，党的基层组织和政权如何应对。

三、如何改革我们的纪检工作，让群众用正确的态度和方法参与到反

腐败斗争中。

四、如何监督离开工作岗位的领导干部的活动，怎么发挥离退休老干部的作用。

结果报我。

整个批示连同签名都是工工整整的隶书，不带一点儿连笔，没有勾勾抹抹，似乎是原来打了草稿抄上去的，可以估计到，这是一方封疆大吏长期而严肃思考的问题。

这一点，长期在省委书记身边工作的柳枫早就感觉到了，但不如书记今天提得那么明确。博士书记也看到了，杭维萍和李一道也表示了深深的赞许。

博士书记毕竟在河海主政一方好几年了，通过过去的了解和这几天的观察，知道了柳枫在河海的人脉和思维的缜密，也隐隐约约地听到了金剑北在河海千丝万缕的社会关系、传奇般的经历以及说话一语中的和放荡不羁的风格，看到了杭维萍含而不露的智慧和作为中央权威新闻单位记者的李一道看问题的站位高度和语言的尖刻，同时他也不愿意把领导层对敏感社会问题的看法传得很广，最后定下了参加探讨的几个人：他、柳枫、杭维萍、李一道和刚离开工作岗位，以小心谨慎、正派、公道著称的市委原办公厅主任孙乃夫。

当孙乃夫穿戴整齐地走进市委常委办公楼时，许多干部都以奇怪的眼神看着这个一年多前离岗的人，只有最贴近领导的办公厅秘书二处的人笑容满面地迎了上来，殷勤地接过他手中的茶杯和公文包，引领他进了位于九楼东头，日夜有公安局政治保卫处的人站岗，一般人很难接近，紧挨着书记办公处的市委书记碰头会议室，示意他坐在了一个椭圆形豪华会议桌的最末端。

为谁主持会议，博士书记和柳枫谦让了半天，最后还是杭维萍拍板说："在中国传统的官员队伍中，历来就有官和吏之分，我和柳秘待的机关再大，级别再高，也就是朝廷的军机行走、上书房帮办而已，而地方的州县主政一方,那叫官,何况在你的地盘上,当然是要书记主持了。但是,省委书记凌峰同志的批示第一个写的是柳枫秘书长,那柳枫同志就应该当仁不让地先做一个比较深刻的启发性发言,这也是我们所期待的啊。"这段话说得有条有理、有骨头有肉而且有着很深的官场政治含义和带有拍板的性质,得到了李一道、金剑北、孙乃夫的赞同。博士书记只得又把省委书记的批示念了一遍,然后请柳枫发言。

柳枫此前接受了维萍大姐说他革命意志颓废、不思进取的忠告。她告诉他,在中央的一个会议上遇到了凌峰同志,问起他的情况时,省委书记直言不讳地评价他说:"有才华而工作平平,注重个人道德文字修养而关注天下不够。"省委书记的评价非同小可,他把这两年在省委的表现过了一遍电影,想起了有一天在办公室里闲坐无事,自己在一张宣纸上用毛笔练清笔小楷,写的是《清欢之味》。

苏轼的一首《浣溪沙》,其中有这样一句话,"人间有味是清欢"。"清欢"两个字,宛如一缕风中的茶香,让人心情怡然。清欢之味,在于清淡。抛开一切自己不喜欢的东西,享受一份清淡的人生。清欢不浓稠、不热烈,却有持久的芬芳。清欢之味,在于宁静。心境的宁静,是一种幸福。静坐独处时,心沉下来,就像月亮沉入水潭一样,波澜不惊,这种味道,是一种绚烂之后的宁静,宁静得听得见远寺的钟声、花开的声音。不管身处何境,不管经历多少沧桑,要留一份宁静给自己。清欢之味,在于欢悦。不是寡淡,不是苍白,不是清心寡欲,而是返璞归真后的放松与欢悦。要时刻提醒自己,要心怀热爱,让美丽的事物带给自己欢悦,让自己认为美好的事业永远伴随。人间有味是清欢,清欢,真好。

写完,他临时有事出去了。那天,省委书记按着自己的老习惯,空闲的时候到秘书们的办公室串门交流思想,据他手下的一个处长说,书记在他那幅字前驻足良久,只称赞了他的字,没说内容。听杭维萍的转达,看来领导的看法可能与这篇散文有关。他想了想,在日夜繁忙地指挥着一

个省改革开放的中心中担任一定的职务,有这种思想是有点儿不对劲,确实是革命意志衰退的表现,所以,他昨天夜里特意翻了翻自己的调研与思考的笔记本,今天理了理思路,开口就高屋建瓴。

"在当前社会急剧转型的时期,基层群众的心理是多种多样的,据我观察和调查,逆反现象应该占第一位,如果比较形象地描述,许多群众的思想方法和行为方式上是这样的表现:当我不能自主或独立地做决定时,我会感到沮丧;当我的自由选择权受到限制时,我会恼怒;把某人作为榜样要我学习时,我会很反感;当听到政府官员或权威人物告诫人们要如何做时,会让我很厌烦。规则会引发我的抗拒感。这些都是心理学家测度逆反心理的量表中设置的题目。我们可以看到,这里面有很多反映负面情绪的词汇:反感、沮丧、厌烦、恼怒。这正是人在个人意志被剥夺和限制状况下的感受,同时也是逆反心理产生的重要原因。

"有人观察到,现在'老百姓'都变成了'老不信'。很多自嘲为'屌丝'的人,特别对政府政策、官员习惯性质疑,嘲弄专家为'砖家'等。原本仅仅出现在幼儿和青少年期的逆反心理似乎渐渐进入了一种弥散期,成为社会心态的一种表征。为什么会出现'逆'和'反'的情绪及行为呢?在不赞成的态度下,选择极端反向的情绪表达和行为背后,所'逆'的是什么,'反'的又是什么?换言之,为什么我们现在社会上逆反心态会变得常见呢?

"逆反心理在学术研究中又称为'心理逆反',被定义为'因妨碍具体行为自由的规章制度或要求而产生的厌恶情绪反应'。当命令式的、绝对性的要求出现,并且限制了人们的选择时,就有可能出现逆反。网络上流行的'被××'句式,例如'被开会''被幸福''被同意''被选举''被参与''被平均'等,就是个体感觉自己的自由受到了某种威胁,从而很有可能做出违反规则的对抗行为和被禁止的行为。从某种意义上说,逆反未尝不是一种选择,但却是一种缺乏选择空间的选择,并且,是伴随着强烈负面情绪的选择。

"逆反一般是在一种上下、主从、尊卑、强弱关系中发生的,如老师与学生、家长与子女、领导与员工等。意识到这类关系的对立,并且从情绪上表达这种对立，就可能形成逆反心理。这里就表现出逆反心理的另一个成分：不服从。在现实生活中，当社会需要传递社会规范，要求社会成员通过社会化学习，遵守这些规范，并且由家长对子女、教师对学生、长辈对晚辈、领导对员工、媒体对大众提出要求和训导，尽管这并不成为逆反心理的必然来源，但问题可能出在这种关系的固化和要求的不合理中。当社会结构固化、阶层之间无法流动时，在下层中就会形成一部分人永远处在优势、主动和控制地位的感觉，下层成员自身无力反抗，只能在某些事情上通过不理睬、不接受、不信任等不合作态度，来表达自己的不满。

"怎样消解逆反心理的形成机制呢？对于成人社会中出现的逆反心态，可以先从建立平等的人际关系和群际关系做起。官与民、富与贫、上与下、老与幼等，都可以从尊重对方开始，调整已经出现的或潜在的对立关系。其次是在平等的基础上学习沟通和协商。沟通不仅包括表达，也包括倾听。在这里，表达是立足于协商的表达，而不是下命令和训斥；倾听是立足于协商的倾听，不给对方'戴帽子''打棍子'和'穿小鞋'。与此同时，社会结构扁平化，减少上下位置感，也是消解逆反心理的途径之一。中国文化注重上下结构，在上位的人对在下位的人拥有指挥、控制、要求的权力，而在下位的人只能无条件服从。当人们长期和全方位地处在被他人和权威掌控的生活中，可能形成逆来顺受的奴隶心态或者渴望赏赐的奴才心态，而当人们出现被尊重的渴望、出现平等协商要求而不得时，逆反心理的表达就会成为一种无意识的反抗。从这一点来看，建设一个'好的社会'是减少逆反心理的制度和条件，在一个和谐的社会，逆反心态自然就会消解。有了减少逆反心态的制度和条件，一旦我们的社会成长为一个健康的、和谐的社会，逆反心理自然就会消解。"

柳枫说完了，又客气地补了一句："一孔之见，抛砖引玉啊。"但这句谦辞被与会者忽略了，大家均被他刚才发言的观察之细致、剖析之透彻所震撼，也搅动了内心深处的许多东西，都有了骨鲠在喉、不吐不快的欲望。

金剑北首先憋不住了，他说："我虽然是一个农民，但也算是当过领导干部的农民吧。这几年去了一些地方，看到在这种逆反心理的牵引下，社

223

会开始斗狠,社会的'狠化'是当下值得警惕的一个现象。个人斗狠,群体斗狠,社会似乎正在全面'狠化','比狠'增加,斗狠的趋势正在加剧。

"多年来,'阶层固化''贫富悬殊''道德沦丧''权力膨胀'等很多社会问题已经不足以用来说明严峻的社会现实了。从表象上看,官商利益集团在房地产上浩劫屌丝和中产阶级,这就够狠了。造有毒食品给别人吃,纵火烧公家车和别人一起玩完,执法者打人,性侵幼女,更是透着狠劲。但一个社会变狠,远不止这些范畴,而是渗透、体现于从社会肌理到阶层关系,到人们的社会心态和行为中。它不仅是个人心理、性格和道德问题,而且是普遍化的特征。社会机制在刺激,甚至是强迫各个阶层、群体以及人际关系在博弈中相互强化。我认为,这在某种程度上已经成了一种社会性格,一种生存和心理上保护自己的方式。当社会各个环节的运作导致了这样的后果时,破坏社会心理的能量会越来越大,变狠的社会性格并不支持一个社会的正常运作,而是冲突社会。

"社会变狠的发生逻辑,是先由强者诱导和造成的,是社会规则的失效,无法约束强者的掠夺行为;弱者群体的变狠,则是以'与大家一起玩完'的方式回敬,同样破坏了社会的正常规则。一个社会失去了规则,人们也就失去了希望和预期。我在这里可能是危言耸听地说和估计,以变狠为特征的社会,毫无疑问,已经处于从失衡到崩溃之前的临界点。人们在心里状态下的变狠,已经不是在切身利益受到侵害时产生的情绪,而是成了观念和性格上的价值符号,叠加'变异'出来的更可怕的新产品。人人陷入了身不由己的'比狠思维'中,不知不觉,会让自己由旁观者成为参与者。要'通过道德教化引导和塑造人们的内在价值和思想观念,从而指导和规范人们的外在行为是当务之急'。

"社会发展不仅是物质增长、GDP辉煌,还应该让心理、心态发展以及精神、卫生得到同步发展。比如,竞争激烈带来更多的精神压力,人们应有科学消解自身压力的能力和技巧。再比如过度竞争会滋生精神暴戾、情感焦虑以及精神抑郁,我们应该知道,这是自然的情绪派生物,通过制度规划、人文关怀,能够化解这种负能量。再比如,我们更应该张扬和释放传统道德中的温情守望、厚德载物、谦逊谦让、严于律己、宽以待人、勤于自省等，强化秩序感、君子做派，而不是不闻不问，动辄成为'比狠社会'的'无意助推者'。

"客观而言，一个人，一个群体，过于狠、残忍和歹毒，表面上看是一种个体行为、公共行为，其实，更是内在情绪失衡以及自我调控能力的弱化和降低，这是在通过极端方式，向弱势群体发泄不满、牢骚、郁闷和愤怒，是一种情绪转移、能量发泄，是一种不折不扣的心理亚健康，或是心理病态。对弱势群体最应该具有的温情和怜悯都没有了，而宁愿选择残忍和'比狠'，这难道不是一种暴戾的情感病态吗？可话又说回来，狠，首先是强势阶层开始狠的，哪里有压迫，哪里就有反抗。'大运摩托'，不，马红霞这次的做法是够狠够毒的，但是没有郭铁生他们一伙以前的狠毒，她们会使出这样狠毒的招数吗？老百姓俗话讲，'有仇不报非君子''君子报仇十年不晚'。她报的是私仇吗？不是，也是，是一种无奈之下利用对方的贪心采取的一种比较智慧的手段，更何况，她们还帮着党和政府挖出了一批贪官污吏。"最后，他似乎在引导着什么。

博士书记说："结果确实是这样，但手段不是很光明正大。在西方，许多私人调查是违法的。马红霞们的许多问题是可以通过正常渠道反映的，纪检的大门和法律的窗户是永远对着群众打开的，我也多次在会议上讲过。"

李一道对金剑北刮目相看了。在柳枫最开始介绍金剑北的时候，他只对其传奇的经历和义气佩服，但对其连高中都没上过的文化程度是看不起的，可听了金的发言他深信了"英雄不问出处，贤达在民间"的朴素真理。听到博士书记不顺着深刻的讨论话题去深化剖析，而是说出这样少油无盐的话来，李一道细长的眼睛里射出逼人的寒光，呵呵冷笑着说："门开着，领导讲过，都不错，在我们的新闻报道中也经常这样说。政令都不出中南海，连中央领导讲的话都是上有政策下有对策，更何况基层负责人的所谓指示。面对着汪洋大海般的农村和如散沙一样的农民，谁去检查落实？我们去年组织了一个小分队，到你们邻近的一个市采访农村问题，我在村里住了两天，问一个农民：'你们一年能见到几次、几个乡里的干部，他们给你们开几

次会？'那个农民摇着头说，'那几年收农业税时还能见到他们，这几年从来没见过，要是村里有个好饭馆，兴许他们还能来一次。至于开会嘛，那种新鲜事哪里有啊'。后来我一直在想，战争年代我们的干部为什么吃住在农村，扎根在群众中，因为那时政权在敌人手里，你离开了群众就没吃没喝，就得死。如果敌人再来了，现在的干部还会有群众舍生忘死地把你藏起来、保护你吗？我看未必，很可能一是被赶出家门，二是交出去让敌人替自己解恨。我和萍姐还有柳枫老兄在工厂的时候，经常唱红歌，里面有一句词，'共产党是我们引路的人'。翻身求解放的时候他们是，现在更应该是，党风带民风，干部的作风决定了整个社会风气的形成。社会上的逆反心理也好，人们之间的斗狠也好，要想改变，都得从掌握着政权的干部做起。旧社会的县令到任之后还知道拜有德乡绅，推行自己的新政呢。"到底是中央大新闻单位的记者，气势如虹，也有些不管不顾，无视墙上"禁止吸烟"的标牌，自顾自点燃了烟，猛吸了一口继续说："至于反映问题的渠道门开着，你到哪个地方去，都是上访的民众如潮，又有哪个单位的一二把手敢于到现场和群众直接对话，还不是让几个做不了主办不了事的小干部和群众穷对付，一哄二骗三吓唬，得过且过。还有你们纪检监察部门，不是告状告到了天上，或者是被我们新闻单位发了内参，领导批示后才认真去查，有谁仔细看过反映问题和罪恶的来信？我采访过纪委和政法部门，说什么匿名信不查、线索不明显的不查、明显是诬告的不查。你不去查，怎么知道是诬告？老百姓在基层，看到的只是社会现象，真相永远掌握在少数人手里。他们哪里知道官员里面那些七缠八绕腐败的线索？像郭铁生这样的恶棍本身就在纪委里当官，退职了还记了那么多黑账，不断地去讹诈别人，老百姓哪里敢实名举报啊！不采取点儿恶招，怎么可能把他们的累累罪恶大白于天下，怎能上达天庭下告于群众！"最后一句，他有意回应了金剑北。

杭维萍端坐着，在笔记本上写了几行字，表情严肃缓缓地说："柳枫副秘书长和李一道主任的发言确实令人警醒。"她一开口就把会议拉上了正规的气氛，透露出了对李一道不分场合胡乱喊什么"萍姐，柳兄"的批评，"汉朝时代的一方官员叫什么州牧，比如刘备曾做过徐州牧，所谓牧，也就是一群羊的领头人,社会风气的形成与官员的行为紧密相连,治国先治官,治官先治吏。无论治官还是治吏,首先靠党的纪律部门。反思我们纪委的工作,确实有许多应当改革和改进甚至是自我革命的地方,比如,对群众的举报应该做到有案必查、有信必回,不能坐等举报,还要发动群众积极举报;对官员的财产进行登记,加强舆论和网上监督等。同时对我们纪委内部的人员也要加强监督,对离职退休的干部,尤其是领导干部也不能放任不管,还有管理体制等问题,都需要重新设计。我可以负责任地告诉大家,这些问题,中央也不是不知道,也正在采取措施,我相信,随着下次党的代表大会的召开,一定会出现一个新气象。但是,社会风气的改变光靠处理官员不行,关键是让他们以什么样的方法去改变和治理社会,实现国家治理现代化。"

大家都听出来了,她作为中纪委的官员,发言相当谨慎,但又告诉了人们许多高层的信息,还转移了敏感的话题,把探讨引向了另一个单元,对应了省委书记的要求。

孙乃夫在职时说过,办公厅的人都是领导的奴隶,自己是奴隶头。办公厅主任坐久了,就会产生一个思维定式,永远跟着最大领导的思路跑。但今天的情况有点两样,自己的顶头上司是博士书记,但杭维萍的官和柳枫的职务显然不比书记小,甚至还大点儿,再往上还有省委书记的批示,所以,他把自己的发言分成了两个部分。"刚才各位领导的讲话使我很受启发。社会逆反心理也好,斗狠也好,贪污腐败也罢,我看都是一个'钱'字闹的。我敢说,现在国人追求钱的欲望比任何时候都大,手段比任何时候都残忍,这也是社会的不祥之兆。我离职后和老百姓接触得多了,听许多群众说,现在的社会是'你坑我,我坑他,大家坑国家,国家没法就涨价,反过来治大家'。现在的形势下,追求钱也没错,谁不需要钱啊,什么东西都在涨价,大宗的医疗、住房,连孩子上的学都产业化了,谁都感到钱紧张。我们这辈人退了,需要不了多少钱,但是,孩子上学呢,到大城市买房呢,老人得了大病呢?你不挣钱能行吗?心里没底啊,没有未来的安全感。许多老干部在一起议论,不怨天,不怨地,只怨自己没本事、官做得不够大,因为大领导的住房、医疗都是国家包起来的，同时也不发愁孩子的就业和安置。"

李一道插嘴道："中国改革最大的失误是最应该市场化的国企没有市场化，搞得一股独大，随便涨价，而最不该市场化的社会保障、医疗、教育、住房市场化了，引起了社会的动荡不安，人人感觉未来没保障，养老、看病、孩子上学、居住都心里没底，所以，都千方百计地去弄钱、存钱，于是就出现了贪污腐败、坑蒙拐骗，进而道德沦丧，社会混乱，政府把控不了。"

孙乃夫牢记着杭维萍的话，继续说道："要把控除了中央采取措施外，下面也要从思想和信仰入手，对群众进行行之有效的教育，要培养一批现代的绅士，思想上还是要推崇国学和儒教，把孔夫子的'己所不欲，勿施于人''仁义礼智信'怎么做人的标准渗透到老百姓中间去。我看金主任那个村就搞得很好，他把许多正派的、有文化的离岗的二线干部请了去，做村民的思想、生活、生产的指导员，还给他们一定的报酬，这就是现代绅士。目前许多农村的能人都出去挣钱了，绅士很少能从原籍出来了，只能是在外面当过党的干部中空降，或者叫凤还巢。"

李一道说："我同意老孙的观点，但说得还不是很透。儒家文化是很进取的，尤其强调社会伦理价值，强调社会风气的纯洁。前段时间我去韩国和日本访问，看到韩国保留了大量的从我们中国传过去的旧传统，他们是世界上保留了按古礼祭祀孔子的国家，长幼尊卑在社会上表现得很明显，仁义忠孝的信条依然被人所遵守。他们的社会风气、道德水平远高于我们，爱国主义和民族主义是他们最突出的特点。有一个广为人知的例子，亚洲金融风暴的时候，一个民间团体号召韩国人把自己家里的黄金出售给国家，帮助国家度过金融危机。在韩币大幅贬值的情况下，卖掉黄金是要承担巨大风险的，况且政府规定一个月后才能取。结果怎样呢？银行里天天挤满了来出售黄金的人，有刚结婚的夫妇，有失业工人，有政府公务员，也有庙里的和尚，还有一个70多岁的老人把大衣上的金纽扣扯下来，交给银行略表心愿。我们做得到吗？最适合国情的孔孟之道经过100多年历次政治运动的摧残，只剩下了碎砖破瓦。计划经济时代的意识形态已经丧失了号召力，在经济增长的同时，失去了信仰的中国人道德良知也在迅速消失，除了物质主义和金钱崇拜外，精神上十分空虚。叫我说，中国社会如同一个乱七八糟的大家庭，成员之间彼此缺乏关心照顾，而且对家庭不忠诚，这样的家庭能够兴旺发达吗？还有，我在日本访问同行时，一个早就熟悉的记者朋友笑着对我说，不管你们怎么骂我们，很高兴你们没有骂我们的民族懒惰、卖假货坑人，没有骂我们不认真，没有骂我们贫穷，没有骂我们的女人没有女人味，没有骂我们窝里斗，没有骂我们的官员腐败。我们有我们的勤奋、我们的忠诚、我们的认真、我们的民族团队精神。虽然他是用开玩笑的方式说的，但我很汗颜啊。"

博士书记清了清嗓子，挥手扇开了李一道喷出来的烟雾说："大家说得都有道理，李记者讲的韩国和日本的例子也很典型，看一个社会首先看它实行的是什么样的管理制度。我在欧洲待的时间比较长，别的民主国家我也去过。过去我们有个说法，说祖国地大物博、人口众多。站在地球的另一面，用国际化的视野看中国，实际上是地不是很大，物也不是很多，而是人多素质差。几千年的封建社会下来，留下的弊端很多，首先是思想上的故步自封，总认为自己是天朝大国，抱着曾经有的辉煌不放。中国是有四大发明，但是，近百年来，能给人类带来幸福享受的发明我们有几项？如汽车、飞机、计算机、电视以及互联网、手机通信工具的运用，哪一样是中国人发明的？欧洲人比国人聪明吗？未必。关键是他们有成熟的制度，有科学的数字化管理，还有社会民间组织担负起了民众和政府沟通的责任，承担了许多社会事务，企业家有慈善意识，整个社会有自我净化的能力。上帝的归上帝，恺撒的归恺撒。不是事事都要政府负责，处处都要一把手挂帅……"他喋喋不休地一口气讲了半个多小时，有时还夹杂着一些英语单词，大赞了欧美的先进与民主，批评了中国农民的落后，还有河海这个地方的愚昧与封闭，但没有一句解决实际问题的话。

看着窗外渐渐暗下来的天色，柳枫趁博士书记喝茶的时候对他说："西方的果实确实很好看，也很好吃，但要看是在什么土地上成长起来的，用的什么栽培方法，上的什么肥料，什么人在管理。承你所说，中国封建社会长达数千年，儒、道、佛教相互包容主导了人们的思想意识，其中，农民占了绝大多数。尤其是河海，正宗的农民城市、熟人社会，他们主要信奉什么？除了受商品拜物教的影响，还有农民固有的农民式的狡黠、商人式的精明、小市民的庸俗，但这些是和他们的淳朴交织在一起的。我觉得传统的道德意识在他们心里扎下的根还是很深的。除了法制以外，还是要用传统的思想道德去教育他们，也包括企业家，你不能让他们去信奉上帝和基督，而应该用传统民族精神的精华去深入感化他们的心灵。他们不相信灵魂会上天堂，也不相信来世报应，他们只相信现实的声名和家族后人受到的尊重、子孙的万代幸福。目前的农村，还是要用具有传统道德精神的、对生产力发展有促进作用的精英治理，靠新型的乡绅去带领，而不是搞什么西方式的民主选举。"

"呵呵，你要真搞民主选举，全民投票选县长，像大军寨的'二牤牛'不是选他儿子，就是选他二大爷，因为他们根本不知道县长需要什么样的素质，而是看能给他和他的家族带来什么好处，看分土豆的时候能不能多分他几个。"金剑北插了一句，大家笑了起来。

柳枫继续说："这也不怨他们，因为他们就能看那么远。我也去过国外，尤其是欧美的发达我也是非常服气的，那里的农民都是大学毕业，纽约的警察会说好几国语言，他们的老百姓30岁之前到过许多国家，很开放，素质也高，和我们治下的民众有天壤之别。我们的民众是素质低，这能怨他们吗？怨我们未能很快地把他们带出贫穷，怨我们的教育没办好，没能使他们走出愚昧进入现代化啊。我们的责任，是对人民负责，这是毛主席说的。面对落后，我们只能选择一适应二改造，在适应中改造。除了靠党的政策外，还要充分发挥民间的智慧，调动各个方面的积极力量。省委凌峰同志不是提出了对离岗退休干部的管理与使用问题吗？我在这里提一个建议，选一批在位时声名好、有能力又有群众工作经验，并且已经融入了社会的人，组建一个由他们为主体的地方党委政府重大决策咨询委员会，作为党和政府联系群众的特殊桥梁。搞几个编制，从有关部门抽调几个机灵、能写材料的年轻人做跟班，直接和市委、市政府领导对话，出个内部刊物，直接反映社情民意，对重大决策搞好民意调查，对下面的干部进行民间监督，这未尝不是一种民主形式啊。况且,这次通过集资挖出了几个贪墨的官员,许多离岗退职的干部功不可没啊。"说完,有意无意地看了金剑北一眼。

"这也是民间反腐败的一种创新的斗争形式,但这不是一般老百姓能做到的,没有以前的政治经验和政治能量的积累是办不成的,要是把这批人拿到台前来,作用就大了。"杭维萍含笑赞许。

"对。"孙乃夫说,"比如进市委大门吧,我就能随便进出,老百姓就难了,更别说找领导了。"

柳枫毕竟是在基层工作过的,这个建议令人耳目一新,也把博士书记从云里雾里拉回了现实,他有些恍然大悟了,心里开始检讨自己的好高骛远、不联系群众、政治敏锐性差,态度立刻端正了,连忙点头称是,并赞同说:"理论是灰色的,生命之树常青,面对现实才是唯一正确的选择。我们回头开会尽快研究落实。另外,对这次事件中挖出的几个贪官我们也要全力以赴地配合省纪委和检察院的同志严格审理处分,该纪律处分的,该法律严惩的,绝不手软。你们说的那个'大运摩托',也就是马红霞总不能没事了吧?她用这种手段拿走了贪污的官员几百万也不合理啊。"他终于聪明起来了,看到了这次事件中复杂的人际关系、来的这几个人的亲密关系和金剑北的政治能量,想讨个上谕,省得以后出麻烦。

李一道说:"财富是有原德的,任何财富都是道德的产物。有了好的原因,才能导致好的结果。认为财富有原罪,是混淆财富和富人,有罪的不是财富,有罪的是掠夺他人的财富。"

金剑北在这个时候是从不逃避的,也从来不做对不起朋友的事,他说:"可以这样,民政局有个慈善协会,专门救济弱势群体,让马红霞她们从中转一下账就合法了。"

"这是个办法,我看可以考虑。"柳枫马上表态了,又看着杭维萍说,"至于对她的处理嘛,我知道她不是党员,是不是干部我不清楚,应该是有单位的吧。"

孙乃夫说:"那年搞过一次机关事业单位人员普查,边贸公司解体以后归了商业部门,她应该是商务局的人。"

"我建议开除公职。"杭维萍一锤定音。

因为是周末，散会后，博士书记对杭维萍和柳枫说感谢各位领导来本市指导工作，自己一定组织好人给省委写好这个报告，晚上想以私人名义招待大家，说自己还存有从国外带回来的拉菲红酒请各位品尝。杭维萍说："报告还是由柳枫来写，最后请书记过目后交给省委领导同志。"今天讨论得这么深入，她才不愿让自己的老工友错过这个在省委书记面前表现的机会呢。心里这样想着，嘴上还是客气地说："招待就免了，你也好几周没回家了，回北京看看老婆孩子吧。你也看出来了，我们几个不是一般的关系，想利用星期天在这里轻松一下，叙叙旧。"

在回酒店的路上，大家坐的是柳枫从省城带来的商务车。李一道说："这小子倒是会算计，想把咱们贡献了半天的智慧拿走，跟省委书记邀功讨封。还是萍姐算计得快，一剑封喉，痛快，过瘾。"坐在副驾驶座上的柳枫看着专心开车的金剑北意味深长地说："一个'算'字，乾坤很大啊。不算而做是蛮干，不算而行要走散，不算而烹要糊饭。有道是，事前多筹算，事后才好办，事前不筹算，事后找难看。"金剑北因自己策划的事有了好的结果，心里很高兴，也就不再隐瞒什么，说："算得细，是指前期工作做得好，好的开头等于实现了成功的一半，开头顺，则全程容易。事前分毫比较，事后没有烦恼；事前翻个底朝天，事后舒服老半天。有句话说得好，会说的不如会看的，会看的不如会干的，会干的不如会算的。算得清，千头万绪成直线；算得明，林林总总不慌乱。算得越细，事情越易。"杭维萍幽幽地说："算，是筹算，对事不对人，而非偷偷摸摸、打小算盘；是干事业提前谋划，而非相互算计、相互倾轧、心计交缠。"李一道说："《红楼梦》里云，'机关算尽太聪明，反误了卿卿性命'，实际上是说，算计，对事是聪明，对人是愚蠢，算事者叫划算，算人者叫笨蛋，算事之术者叫'算术'，算人之福者是'算了'。"

众人为他的绕口抚掌大笑，只有坐在最后排的孙乃夫没说话，听着他们打哑谜、谈禅式的语言，心里想，自己和这伙人不在一个层面上，万事万当，不如一默。

二十一　金钱是物质财富，道德是精神财富，以德固财财才能长久

今年河海的天气有点儿怪，初冬的天气来了又很快走了。星期六的上午，又是一个艳阳天，河海的大街上人流如织，休闲广场上更是满满当当，年轻的女人们换上了春装，在一年中最后温暖的时光里显示着自己的身段，但人们已经不像夏天一样向她们投入过多的注目礼。大家仨一伙、俩一群，一帮人一圈，议论着"大运摩托"这次集资的义举，"生铁锅"一伙的狼狈被抓，北京武警的神勇，中纪委女官员的厉害，还有原来在这里当过副书记那个指挥大家唱歌的柳枫的风采，说得神乎其神。参与集资并跟着追赶的人成了主角，说得唾沫星子乱飞，张扬着骄傲和英雄的样子，听的人脸上带着羡慕，心里充满了后悔。

广场南边的"陈记理发馆"里，陈剃头佬一大早就把开杂货铺的头天跟着人们去追钱的大素叫过来，亲自给她斟了一碗茶，让她把过程详细地说了一遍，然后自己加工了一番，隔天一开门就绘声绘色地给大家讲了起来，以吸引更多的顾客。

金剑北开着路虎，拉着杭维萍、李一道、柳枫快速穿过京港大道，向金角湖驶去。

初冬的金角湖依然是碧波荡漾，在艳阳的照耀下射出万道金光，成片的芦苇和尚未落尽的青色树叶在微风中摇动，不时有白色的芦苇花絮在空中轻轻飘荡；远处，是刚刚出土的碧绿的麦苗，间或有一两片金黄的油菜花。

一个原生态荒凉的码头上，花白胡子梳理得很整齐颇有仙风道骨的欧阳俊坐在一只带桨挂橹的大木船旁闭目垂钓，旁边放着一把弓子和罗汉竹的琴杆显出褚红色的京胡。看到金剑北向他借船，当年省城电机厂的业余作曲家，对各种弦乐无一不精，久未摸乐器的李一道一把将京胡抓在手里，笑嘻嘻地对他说："老兄，你是钓鱼啊，还是让鱼来听京剧陶冶情操啊。"欧阳俊告诉他，自己是汇源小区业余京剧社的，早晨来湖边吊嗓拉琴，天气暖了就钓鱼。

金剑北会意地对他笑了一下，撑橹摇桨，小船悠悠，行驶在平静的水面上。杭维萍已经彻底信任金剑北了，从柳枫那儿了解了他传奇般的经历，从内心里感谢当挚友柳枫在嘉谷县委副书记任上被人算计贬到报社精神颓废时，是他利用一个地方政治变换的季节，动用了多年积存的人际关系，把柳枫扶上了位，以至于好友有了今天。在这次巧用集资挖出了一批贪官的事件中，她看到了他超强的策划能力和政治智慧、娴熟的手腕。她还从李一道那里看到了孙乃夫写的反映金剑北治理农村的内参《社会主义新农村建设的模板》。她还在一个下午，和李一道租了一辆车，到他的王国金家墩考察了一番，更深信眼前这个摇橹的家伙是个难得的人才。如果他生活在春秋战国时代，肯定是一方霸主，可惜的是他没上过正规的大学，没有在更大的机关历练过。当然，她也听说了他那些放荡不羁的事，总的来说是瑕不掩瑜。

久在闹市的她看到美丽的自然景色，放下了一切，童心回归，坐在船舷上，两手伸进水里，随着行进的速度缓缓划动，不自觉地开口唱道："让我们荡起双桨，小船儿推开波浪，海面上倒映着美丽的白塔……"

"停，停。"她还没唱完，李一道做出了暂停的姿势说，"萍姐，你到底是在首都长大的，开口就是北海、白塔。你看看那边。"他指着芦苇深处一个小岛上烤鱼冒出的白烟，"分明是芦荡火种嘛，咱们在电机厂宣传队里演过，后来被江青改成了《沙家浜》。"

"对，是有那么点儿意思。"柳枫看到在严肃部门工作的萍姐难得这么开心，心里很高兴，凑趣说，"来，一道，操琴，我也来一段，还是老角色，演郭建光，就唱出场那一段。这自然场景比咱们舞台上的布景强多了。"说着，岔开双腿，右手一挥，拿起了架势，随着李一道拉出的熟悉过门，亮开嗓门，"朝霞映在阳澄湖上，芦花放稻谷香岸柳成行。全凭着劳动人民一双手，画出了锦绣江南鱼米乡……"字正腔圆，气势如虹，一副钢枪在手、正义在胸、英姿勃勃的当年新四军战士的形象。杭维萍忘情地鼓起了掌。

在他们拉琴演唱的时候，金剑北忙里偷闲，撒了一网，捞出了3条大鲤鱼和几只小虾。李一道放下京胡笑道："好，真肥啊，无污染水里出来的宝物。秋天的湖鱼最好吃了，我们拿回去，我给大家显显手艺，清蒸，红烧，怎么样？"

金剑北说："这样的好鱼得配上最洁净的蔬菜和作料，我领你们去一个地方如何？"说着，向柳枫使了个眼色，柳枫又向杭维萍耳语了一番，对方表示赞许。四人上岸，直接到了大鬼洼扫帚岗齐曼的种植园。金剑北给大家互相介绍后，领着参观了这里的原始作坊，惊得李一道咋咋呼呼，从不离手的尼康照相机咔嚓咔嚓拍个不停，嘴里还说着回去要办一个摄影展，题目就叫《21世纪古代农耕图展》。杭维萍似乎回到了短暂的下乡当知青的年代，更是兴奋异常，一会儿推碾推磨，一会儿和那帮木材公司的女工学编筐编篓。在这空隙里，齐曼悄悄问柳枫："柳侬娜妹妹过得怎么样，怎么没来？我们可是说好了的。"柳枫脸上泛出幸福的潮晕说："她怀孕了，正闹口呢。"尽管他的声音很小，还是被耳尖的李一道听到了，马上蹦起来宣布了这个消息，高声道："柳兄老来得子，老树发新芽，咱得大大庆贺一番。"杭维萍也为挚友即将到来的幸福高兴万分，说是得庆贺，但不能像你们男人一样傻喝酒，得想点儿别的形式。

金剑北想到这次和"生铁锅"斗争的胜利，说："刚才你们在湖上不是唱《沙家浜》吗？晚上咱们演出折子戏《智斗》吧。"

李一道说："演出没问题，在厂文艺宣传队时就排过。我，刁德一；萍姐，阿庆嫂。都是现成的，可就是缺少胡传魁啊。"

齐曼指着金剑北说："他就行，我们厂的宣传队也排练过的。"

"好，那我们就合作一把，老金是总策划，我们只管上场。不管是叫样板戏，还是叫革命现代京剧，都无关，只要是和现代精神一致即可。"杭维萍又是一锤定音。

是夜，"峨眉大酒店"的多功能厅里，琴声悠扬，在湖边充当垂钓者的欧阳俊做司鼓，吴阿杜做主弦操京胡，昔日东风机械厂文艺宣传队的队友李俊拉二胡，李涛打扬琴，在酒店做清洁工领班的王雯雯拨月琴。武场凑齐了，随着一阵"急急风"的锣鼓点响过，吴阿杜开始拉过门，一把京胡被他拽得出神入化，如碎石裂帛，声竭云天，有声有色。

为了不使节目过于单调，让更多的人参加，金剑北设计了三场戏，开头是谭丽萍身着紧身红上衣，梳着一条假长辫子，唱了一段《红灯记》里李铁梅的唱段"我家的表叔数不清"，算是帽戏。

中间是主角上场，身着日伪军官服装扮演胡传魁的金剑北、扮演刁德一的李一道和一身素雅江南妇女打扮扮演阿庆嫂的杭维萍站在了舞台上。按照舞台调度，三人应该呈三角形，胡传魁在最里边，唱完"这小刁一点儿面子也不讲"后背对观众抽烟，而后是刁德一斜视着阿庆嫂唱"这个女人不寻常"，但李一道刚开始起唱的时候就动起来了，边唱边贴身围着阿庆嫂转悠，还贼眉鼠眼地看着她的胸部和臀部，弄得杭维萍很是恼怒，唱"垒砌七星灶，铜壶煮三江，来的都是客，全凭嘴一张，相逢开口笑，过后不思量，有什么周详不周详"最后一句时，一个轻巧的转身，手一扬，把一碗茶水全部泼在了李一道的脸上，算是对他的报复，引得大家哈哈大笑。穿着新四军军装等待上场的柳枫使劲地鼓掌，口中大呼："痛快，应该，自作自受。"

最后是《军民鱼水情》对唱，上午没过够瘾还在手痒的李一道脱掉了军装上衣，从吴阿杜手里接过京胡。扮演郭建光的柳枫和扮演沙奶奶的齐曼上场："同志们杀敌挂了花，沙家浜就是你们的家，乡亲们若有怠慢处，说出来我就去批评他。"圆润略带沧桑的老旦嗓音一出口，赢得了满堂彩，大家似乎回到了往日的时光。柳枫唱到"到那时身强力壮跨战马，驰骋江南把敌杀，消灭汉奸清匪霸，打得那日本强盗回老家，家家都把红旗挂，再来探望你这革命的老妈妈"时，紧紧地握住了对方的手，眼含热泪，充满对齐曼当年保护、照顾现任妻子的感激，同时崇敬着她的深明大义，更尊重着她始终不变的信念。

在他们自娱自乐演出期间,"大运摩托"也来了,她几次想进去,都被谭丽萍安排的守门人劝阻住了,她第一次没有耍横,从门缝里看着这伙值得尊重的人。这一幕被闲下来的吴阿杜看见了,和金剑北小声说了句什么,走出去对她说:"妹子,在中国历史上,一号人物永远是政治家,二号人物是知识分子,三号人物才是企业家。政治家几乎控制了所有的资源,掌握着分配资源的权力;知识分子因为科技和教育制度,成为政治家的雇佣者,因为他是历史的书写者,所以把自己写进去了;商人好比电影里的男三号,永远不会被关注,虽然经常出现,但永远不是主角。"她扬起头,想了一会儿,眼里潮红着说:"你让金大秘告诉北京来的那个女大官,我和我的姐妹们儿感谢她,感谢她开除了我。你也告诉她,我那份下岗补助从来没领过,都给了原来我在针织厂的师傅、后来下岗后在商贸局看大门的张国顺老人了。这几年他一直代领,去年他也去世了,估计那几个钱让劳资科几个家伙吃喝了。你告诉她,这种事很多,像夏天的苍蝇一样到处飞,要治治吃空饷的人。"

◎ 尾声

"生铁锅"一伙得到了应有的惩处。"秃鹫"没有参与集资,以前被判过刑、罚过款,这次因为袭警,也被判了3年,陪同他的主人进监狱吃窝头咸菜去了。王建业因投毒和破坏农业生产被开除了党籍,行政开除留用,龙阳河畔的别墅被检察院没收后,回到了一个两室一厅的旧房子里和两个女人过日子去了。

以离岗退休干部为主的河海市重大战略决策咨询委员会成立了,老市长刘剑锋做主任,孙乃夫为秘书长,经常在"陈记理发馆"里聊天的那几个人和部分身体好愿意干事的老干部也在委员会里担任了不同的职务。市委把欧阳俊他们原来秘书公司的房子租了下来,作为办公地点,并发出了第一份民意调查文件。因为大鬼洼的开发而被列入了重点乡镇,在博士书记的赏识下,享受了副县级待遇的河湾镇书记刘大忽悠看着文件对土地所所长冯春海说:"你看,这帮扔在路上的稻草还真成了阳澄湖的大闸蟹价钱了。不管那个了,反正咱们的土地卖给'长寿宫'那个娘们了,镇里有钱了,事好办了。"冯春海巴结地看着他说:"刘书记,你说的咱在城里的家属楼得抓紧盖啊。"

工业化的浪潮不可阻挡。两年后,高速公路修通,服务区的设计规划占了扫帚岗大部分,也就是齐曼种植园的一半多。一个大型的石化企业也落户到了大鬼洼,全部按工业用地价格征收,河海市政府的收益很大,"大运摩托"、金剑北、谭丽萍等最初的投资者自然赚了不少钱。"大运摩托"把一部分钱投到了"盘古"牌粮菜开发基地里,剩余的和钱金剑北等人放在一起,从中赚了钱的齐曼也拿出了一部分,由金剑北向上级写了个报告,集资建服务区。国家投资紧张,自然乐意为之。不到3个月,一座房屋错落有致、功能齐全的服务区拔地而起,齐曼原来带领的那帮木材公司的下岗职工开起了超市,经营着名气越来越大的"盘古"牌绿色粮菜和副食品。宾馆饭店用人最多,安排了金剑北的老根据地原东风机械厂的下岗退休有困难的职工100多人,连曾经倒腾衣服的一高一矮的两个女工和她们的兄弟姐妹也来上班。原农机具研究所的陈副所长也带着几个老工人、老哥们儿来这里开了个汽车修理店,还办了一个加油站,只是再也没看到他那个名义上的女舞伴。

在逐渐受到省委书记看重的柳枫的大力协调下,在金剑北的斡旋下,齐曼所建的红卫兵墓园得以保存,不过她立的那块石碑在金剑北的说服下挪到了只有她可以找到的地方。服务区高大的树木稠密的入口处,新添了一个刻着"爱国主义教育基地"的长方形石头,柳枫经过省委领导口头同意后写就碑文。

前事不忘,后事之师。在那个令人恐怖的年代,有三十多位青年在这里洒尽了最后一滴血,长眠在了这里。错误路线有罪,年轻的生命无罪,可悲可叹,我们为他们惋惜。西方曾有人戏言,人类一思考,上帝就发笑,其实,上帝也是喜欢思考的,没有思考的生活是不值得过的。我们的党、我们的人民经过三十多年的思考,终于走向了科学发展的道路,国之泰运,民之幸运。朋友,请珍惜今天的生活吧,拿出你的智慧和热情,共筑国家兴旺、个人腾飞、家庭幸福的梦吧。

这段话写得不是很有文采,各方面的特点也不是很突出,但各个方面的情绪都照顾到了,显然是煞费苦心。

齐曼担任了超市的经理,很少上班,女儿被柳依娜接到省城去上成人

大学了,她一个人住在超市后边的平房小院里。种植园被征用之后,她似乎老了很多,白头发也多了,背也有些驼了,两条腿也不好使了。她常常穿着洁净的旧衣服,将花白的齐耳短发梳得整整齐齐,步履蹒跚地爬上那条用鹅卵石铺就、通往墓园的小路,嘴里哼着新学会的《往日时光》,在很少有人光顾的坟头中间,一坐就是好长时间。每当唱到最后一段"如今我们变了模样,生命依然充满渴望,假如能回到往日时光,哪怕只有一个晚上"的时候,迷茫的双眼常常闪动着奇异的光芒,而后老泪长流。

● 补充说明

　　干部，是中国特有的对某特定人群的称谓，后来改称公务员，但人们还是习惯叫干部。中国有多少干部，说得清的不多，组织、人事部门的领导只知道一个大概数，只有翻开专用统计表才能讲出准确数字。干部又分一般干部和领导干部，按某些部门的规定，县处级以上的干部称为领导干部。据有关部门测算，领导干部全国大概有上百万人。这些人在位时大部分出有车、食有鱼，掌管着一地或一个部门的大权，不能说一言九鼎，但起码是说话有人听，底下不乏一条条善于跑路的腿、一双双善于抬轿子的手、一颗颗善于揣摩心思的脑袋、一张张能说出一串串让其高兴的话的嘴，这让在位者有高高在上的感觉，天天如沐春风。但花无百日红，人无常年好，再大的干部也有离职退休的那一天。干部，特别是领导干部，离开位子之后，如何融入平民社会，是勇敢地抛弃昨日的繁华，走出"人走茶凉"的悲苦精神世界，平静地进入市井，还是发挥余热，为人民做一点儿有益的事情？抑或是"任他年华如流水，依旧豪情似大江"，下了庙堂，身居山野，不是修身养性，不是将军还山不论兵，而是继续上忧党和国家的命运，下关心天下苍生之甘苦，还在为入党之誓言，在位时敢于担当的理想而奋斗？或者是利用在位时获得的资源继续为非作歹、骄奢淫逸、欺压百姓、危害社会？

　　本书以"二线干部"这个特有的名词为经纬，以纪实的手法描写了一群领导干部离职退位后的所思所说、所作所为。

◎ 后记：感慨生活

在我前面两本书的后记上，我分别写了《感谢生活》和《感悟生活》，我的责任编辑郭晓飞女士笑言："杨老师，你的第三本书的后记一定会写感慨生活。"真的被她的慧言说中，在这里，我只能是感慨生活。

春去秋来，北雁南飞。天命之年过后，觉得日子过得特别快，转眼快到耳顺的年龄，自己也按照上级组织部门的规定，离开了工作岗位。回首往事，人生无悔，缺憾是美。在岗40年中，工作单位变换多多，万变不离其宗，开始与文字结缘，终生与文字相伴：在局里做办公室主任分管文字，在报社做副总编辑，在市委做副秘书长，整天也都是写稿、看稿、改稿，连在县里做副书记，也是分管办公室和宣传部等文字部门。在一个地级城市里，官做得不大不小，也有些小名气。人们谈起我来，一般都会说，他啊，就是那个会写材料的什么长吧。离开工作岗位后，我继续常坐书斋，还是在书籍的海洋里和文字的长河里漫游。偶尔外出走走，也会碰到昔日同殿称臣的朋友、同朝为官的伙伴，当然，他们也和我一样，离开了工作岗位，但各自生活的方式大相径庭。

酒肆茶楼，依然坐豪车、喝美酒、吃佳肴、品香茶，官气未减，傲气在增。这些基本都是在岗时有实权，干的是肥差，过去人际关系宽广，牟取了不少利益，现在继续摘取新的果实的人。

夏日路旁的绿荫下，冬日暖阳中公园的一角，几个过去职务差不多的人一起大谈当年勇，八卦着世界、国家和本地的大事；或同样的场景，一个人在那里静坐、发呆，不屑地看着路人，回忆着自己为官的年华。

城郊一小片荒凉的土地上,一个人慢悠悠地挖土种菜;四处无人的野塘畔,鱼竿躺在草丛里,自己坐在马扎上傻傻地看着水面。他们不是在种菜,不是在垂钓,而是排遣着走下官位的孤独,消磨着剩余的时光。

——他们,都没有融入生活、融入百姓。

车库里,牌桌上,和街坊邻居、老乡聚集在一起,噼里啪啦,吃、碰、挺,大呼小叫;灯光下,马路旁,广场上,绿地畔,和一帮大嫂、大婶,四肢扭动,喊歌呼号,旁若无人。

——他们融入了,但融入的层次不算高。

离岗了,心静下来了,想起了养育自己的家乡,想起了自己曾经战斗、工作过的地方,布衣出行,带着当年的热情,带着几十年的工作经验,带着熟悉的党和国家的政策,带着自己的一技之长,给乡亲们当参谋、做顾问,同吃一锅饭,同点一盏灯,带动精神文明,发展物质文明,共筑中华民族的复兴梦。同时兼做民意调查,把民思、民想、民盼和基层社会中出现的新苗头、新态势,汇总成文,通过自己在位时的人际关系和特殊渠道,送达天庭,帮助现任领导者兴利除弊,或为民谋福,或为民除害,甚是快哉。

——这是一种真正的、高层次的融入。

一个领导干部的成长、成熟倾注了上级、同事、群众和自己大量的或者是毕生的心血,来之不易。尤其是知识分子,起码要有等同或者高于封建王朝时代范仲淹倡导的"居庙堂之高则忧其民,处江湖之远则忧其君"的情怀。在岗工作的时间有限,党员的责任无限,入党誓言中"奋斗终生"的警示应该永远回旋在耳边。

有了这些现象,就有了感慨;有了感慨,就有了这部小说。文学是一个时期一种社会现象的反映。本书中的故事和人物都是虚构的,希望昔日的同僚和朋友们不要对号入座,以免产生误会,伤害多年的友谊;如果有人非要充当故事中某个人物不可,并且要对簿公堂,那我也会非常欣喜,权当是免费的宣传,可以让这部作品被更多的读者看到。

于衡水个人工作室
2014年7月7日中午

○ 编后记：也说生活

杨新城老师的《位子》自2012年年中上市后，不断有人追问：《位子》第二部什么时候出版？我很欣慰，杨老师没有在赞誉中迷失，他爱惜羽毛，坚守自我，时隔两年后，他交来的系列书稿质量更高，我在手不释卷中强捺欣喜不做预告不做剧透，时值《位子.2》上市在即，终于可以畅言：此书值得等待！

《位子.2》以畅销书《位子》中的人物为延续，但亦是单独开篇，可以作为独立的故事来品读。在一群二线干部退而不休、为民请命、联手百姓惩治腐败这个清晰的故事架构和主线下，三类老干部被刻画得鲜活生动：退休后不忘社会责任——以理想情怀的文人柳枫、放荡不羁的侠客金剑北、与文为生的办公厅主任孙乃夫为代表；退休后着眼自身小私小利——以泼辣的女干部"雄伟的井冈山"、偷人嘴短的陈副所长、工作认真到使人厌烦的左超为代表；退休后还时刻谋算他人搬起石头砸了自己的脚——以"生铁锅"为代表。这三类人，第一类无论在不在职，始终家国天下有为有位，第三类当为而不为，不该作为乱作为，结党营私，正是当今中央巡视组痛批的"山头主义""圈子文化"。

习近平同志曾在全国老干部工作先进集体和先进工作者表彰大会上强调，广大老干部具有不可替代的思想政治优势和领导经验优势，充分发挥老干部在党员队伍和干部队伍建设中的传帮带作用、在推动科学发展和促进社会和谐中的积极作用,充分发挥离退休干部党支部在联系和服务群众中的桥梁和纽带作用。《位子.2》正是以纪实手法描写了一群领导干部在离职退位后的不同作为,切合了当下最热的两大关键词"老干部"和"反腐败"。老干部有特殊的政治优势、高超的政治智慧,以老干部的身份和角色(第一类二线干部)来反腐败(第三类二线干部),充满了新意、智慧,体现了正能量。

因作者杨新城有超过30年的从政经历,任过县委副书记、市委副秘书长等职务,其特殊的从政经历保证了创作的《位子》系列书稿中官场生态的真实,同时因为恭身近民,因而作品极接地气。书中两个关键性的女人:果敢泼辣的女商人"大运摩托"和时时不按常规出牌的齐曼,两人以强烈而鲜明的个性反差推进着情节环环展开,女商人看似言行出格,但前后串联她的经历出身,就会理解她行走江湖的性格成因;而齐曼所经历的特殊年代及种种是非决定了她曾经的扭曲心态。同时,书中有很多语言出彩、人物出彩的配角,如曾在市委工作过的陈剃头佬拿着鸡毛当令箭,"生铁锅"的后夫人与姑爷不得不说的故事,一地鸡毛,床上床下,田间地头,看似格调不高,但在农村蹲过点的记者和驻过乡的基层官员或生于农村、熟悉农村生活的读者会会心一笑,也会情不自禁地拿身边人、身边事对号入座。

有人看过《位子.2》初稿后,评价杨老师的作品充满悲悯情怀,不错,这难能可贵的悲悯来自对生活和人性极为深刻的体察。毫不夸张地说,《位子》系列是当下时政小说中难得一见的精品力作,而且《位子.2》较《位子》站位更高,角度更新。

王岐山同志在十八届中纪委四次全会中强调:"要尊重自己的历史传统,把握文化根脉,取其精华、去其糟粕,汲取礼法相依、崇德重礼、正心修身的历史智慧,发挥礼序家规、乡规民约的教化作用,为全面推进依法治国、依规依纪管党治党提供文化营养。"礼序家规、乡规民约的教化作用在《位子.2》中体现得淋漓尽致,身负家国情怀的二线干部金剑北依此在金家墩建立起一个秩序井然的新农村,在他所描绘的世外桃源——金家墩里公平公正、向上向善,姑妄猜之,这也是杨新城老师假以作品所表达的理想情怀,这种其他作品中少见的理想情怀正是当今社会最稀缺也最提倡的——离位不忘使命，不忘天下苍生。如杨老师一般的老干部，曾为国是，今献国策。

《位子》曾打造了一个没钱没背景的工业城市如何发展GDP，在片面追求经济效益不计后果招商引资所带来的带血GDP苦果面前，这本书所打造的范本意义是其受追捧的主因，如今，《位子.2》中所立起的礼序家规、乡规民约是和谐社会的基石，离退休干部党支部在联系和服务群众中的桥梁和纽带作用是中国梦的关键。

为官不易，为商亦然。其实是清官易做（事），贪官难为。

这是一个有关二线干部全景式的生态描画，是与地气相接的宏大纪事，二线干部随着2014年中央清理吃"空饷"和《公务员法》的正式实施已经成为历史名词，此前持续30年，此后不会再有。一个时代结束了，一个时代开始了。

戏里戏外都是故事，故事也是生活。

责编：郭晓飞
2014年12月